SHIP BREAKER
CEMENTERIO DE BARCOS

PAOLO BACIGALUPI

SHIP BREAKER
CEMENTERIO DE BARCOS

minotauro

Ship breaker. Cementerio de barcos

Título original: *Ship breaker*

Copyright © 2010, Paolo Bacigalupi

Published in agreement with the author, c/o BAROR INTERNATIONAL, INC., Armonk, New York, U. S. A.

Publicación de Editorial Planeta, SA. Diagonal, 662-664, 08034 Barcelona.
Copyright © 2024 Editorial Planeta, SA, sobre la presente edición.
Reservados todos los derechos.

Diseño de cubierta: Cover Kithen
Revisión: Balloon Comunicación
Traducción: © Ariadna Cruz, 2024

ISBN: 978-84-450-1684-8
Depósito legal: B. 20.698-2023
Printed in EU / Impreso en UE

No se permite la reproducción total o parcial de este libro, ni su incorporación a un sistema informático, ni su transmisión en cualquier forma o por cualquier medio, sea éste electrónico, mecánico, por fotocopia, por grabación u otros métodos, sin el permiso previo y por escrito del editor. La infracción de los derechos mencionados puede ser constitutiva de delito contra la propiedad intelectual (Art. 270 y siguientes del Código Penal).

La lectura abre horizontes, iguala oportunidades y construye una sociedad mejor. La propiedad intelectual es clave en la creación de contenidos culturales porque sostiene el ecosistema de quienes escriben y de nuestras librerías. Al comprar este libro estarás contribuyendo a mantener dicho ecosistema vivo y en crecimiento.

En **Grupo Planeta** agradecemos que nos ayudes a apoyar así la autonomía creativa de autoras y autores para que puedan seguir desempeñando su labor. Dirígete a CEDRO (Centro Español de Derechos Reprográficos) si necesitas fotocopiar o escanear algún fragmento de esta obra. Puedes contactar con CEDRO a través de la web www.conlicencia.com o por teléfono en el 91 702 19 70 / 93 272 04 47.

Inscríbete en nuestra newsletter en: www.edicionesminotauro.com
Facebook/Instagram: @EdicionesMinotauro
Twitter: @minotaurolibros

Para Arjun

1

Nailer tiraba de un cable de cobre y lo iba desprendiendo a medida que se abría paso por un conducto de servicio. Una nube de fibras de amianto y excrementos de ratón se esparcía a su alrededor cuando lo arrancaba. Siguió adentrándose en el tubo y fue desprendiendo más cable de las grapas de aluminio, que repiqueteaban por el espacio estrecho y metálico como monedas ofrendadas al Dios de la Chatarra. Nailer palpaba con avidez en busca de su brillo opaco y las iba guardando en una bolsa de cuero que llevaba a la cintura. Al volver a tirar del cable, se quedó con un metro de cobre valiosísimo entre las manos. Una nueva nube de polvo lo envolvió.

La pintura led fluorescente que llevaba embadurnada en la frente le ofrecía una tenue imagen verde fosforescente de los conductos de servicio que conformaban su mundo. La suciedad y el sudor salado le irritaban los ojos y goteaban por los bordes de la máscara de filtro. Se limpió los regueros de sudor con una mano cubierta de cicatrices, con cuidado de no restregarse la pintura led. Aunque la pintura picaba y le ponía de los nervios, no le entusiasmaba la idea de tener que encontrar a ciegas la salida de aquellas conducciones laberínticas, así que ignoró el escozor de la frente y volvió a evaluar su posición.

Las tuberías oxidadas se extendían ante él y se perdían en la oscuridad. Unas eran de hierro, otras de acero. La brigada pesada se ocuparía de ellas. A Nailer solo le interesaban los materiales ligeros, como el cableado de cobre, el aluminio, el níquel o los ganchos de acero, cosas que cabían en bolsas y que era posible arrastrar por los conductos hasta los compañeros de brigada que esperaban fuera.

Nailer se volvió y se dispuso a seguir avanzando por el pasillo de servicio, pero al hacerlo se golpeó la cabeza contra el techo del tubo. El ruido del impacto resonó con fuerza, como si estuviera sentado dentro de la campana de una iglesia cristiana. Una cascada de polvo le cayó sobre el pelo. Aunque llevaba una máscara con filtro, comenzó a toser en cuanto el polvo se coló por los bordes mal sellados. Estornudó una vez, luego otra, y empezaron a llorarle los ojos. Se apartó la máscara y se limpió la cara antes de volver a colocársela sobre la boca y la nariz, deseando que el material adhesivo la cerrara herméticamente, aunque no se hizo muchas ilusiones.

La máscara era heredada, regalo de su padre. Picaba y nunca había cerrado bien porque era de la talla equivocada, pero era la única que tenía. En uno de los laterales, escrito en letras descoloridas, se leía: desechar tras cuarenta horas de uso. Pero no tenía otra, ni él ni nadie. Era afortunado por tener una, aunque la microfibra hubiera empezado a hacerse jirones de tanto frotarla en el mar.

Sloth, una de sus compañeras de brigada, se burlaba de él siempre que lavaba la máscara y le preguntaba por qué se molestaba en hacerlo. Le decía que con eso solo hacía que el trabajo en los conductos, de por sí infernal, resultara más caluroso e incómodo, que no tenía sentido. A veces pensaba que tenía razón. Sin embargo, la madre de Pima les había dicho a él y a la propia Pima que usaran las máscaras siempre y, a decir verdad, siempre que las sumergía en el océano, salía un montón de suciedad negra de los filtros. «Sin ella, esa misma porquería la tendríais en los pulmones», solía decir la madre de Pima. Así que había seguido usándola, aun cuando sentía que le faltaba el aliento cada vez que respiraba el húmedo aire tropical a través de las fibras obstruidas y humedecidas por su propio vaho.

Una voz resonó por el conducto.

—¿Tienes el cable?

Era Sloth. La voz llegaba desde el exterior, donde le estaba esperando.

—¡Ya casi he terminado! —Se adentró un poco más en el tubo y arrancó algunas grapas más mientras se apresuraba a soltar algo más de cobre. El pasillo del conducto continuaba, pero ya tenía suficiente. Cortó el cable con el filo dentado de su cuchillo de trabajo.

—¡Ya está! —avisó.

El eco del grito de Sloth no tardó en llegar.

—¡Apártate!

El cable se alejó de él a toda velocidad, restallando al deslizarse por los angostos pasadizos mientras levantaba nubes de polvo a su paso. Fuera del laberinto de conductos, Sloth giraba la manivela de una polea, con la piel perlada de sudor y el pelo rubio pegado a la cara por el esfuerzo, mientras sorbía el cable como si fuera uno de los fideos de arroz de las raciones de sopa de Chen.

Nailer utilizó el cuchillo para grabar el código de la brigada ligera de Bapi por encima del lugar donde había cortado el cable. El símbolo se correspondía con las espirales que llevaba tatuadas en las mejillas, que eran los distintivos laborales que le daban derecho a explorar los pecios bajo la supervisión de Bapi. Sacó un poco de pintura en polvo, escupió sobre ella y la mezcló en la palma de la mano antes untarla sobre la marca. Ahora, incluso desde lejos, los arañazos emitían un brillo iridiscente. Ayudándose de un dedo, usó la pintura sobrante para escribir una secuencia de números, que ya sabía de memoria, debajo del símbolo: LC57-1844. El código de autorización de Bapi. Aunque de momento nadie más competía por aquel tramo, nunca estaba de más marcar el territorio.

Nailer recogió el resto de las grapas de aluminio y volvió sobre sus pasos gateando por las tuberías. Fue esquivando puntos débiles donde el metal apenas se sostenía, escuchando el eco de su propia voz y el golpeteo de su cuerpo contra el acero mientras se apresuraba a salir con todos los sentidos alerta, atento a cualquier indicio de que los conductos pudieran venirse abajo.

La pequeña linterna led de fósforo le permitía seguir el rastro de polvo serpenteante que el cable de cobre había dejado a su paso mientras se arrastraba sobre nidos y cadáveres disecados de ratas. Incluso allí, en las entrañas de un viejo buque petrolero, había roedores, aunque estos llevaban muertos mucho tiempo. Pasó por encima de otros huesos pequeños, restos de gatos y aves, y entre plumas y pelusas suspendidas en el aire. Al estar a tan poca distancia del exterior, los conductos de acceso eran un cementerio para toda clase de criaturas extraviadas.

La luminosidad del sol, con su resplandor deslumbrante, empezaba a vislumbrarse más adelante. Nailer entrecerró los ojos al avanzar hacia la claridad, pensando que, para los seguidores del Culto a la Vida, el renacimiento debía de ser algo así como ascender hacia la luz limpia y abrasadora del sol. Salió del tubo y se dejó caer sobre la cubierta de acero caliente.

Se arrancó la máscara entre jadeos.

El fulgor radiante del sol tropical y la brisa salobre del océano lo envolvieron. A su alrededor, el repiqueteo de los mazos resonaba contra el hierro mientras una multitud de hombres y mujeres se encaramaba al viejo petrolero para desmantelarlo. Las brigadas pesadas arrancaban los paneles de hierro con la ayuda de sopletes de acetileno y los lanzaban por la borda como si fueran hojas de palmera. En cuanto caían a la arena de la playa, otras brigadas los arrastraban más allá de la línea de pleamar. Las brigadas ligeras, como la de Nailer, se encargaban de desguazar los accesorios pequeños del buque en busca de piezas de cobre, latón, níquel, aluminio y acero inoxidable. Otras se dedicaban a buscar depósitos ocultos de gasolina y aceite y a extraer el valiosísimo líquido. Era un hervidero de actividad en el que todos los esfuerzos se destinaban a convertir el esqueleto de aquella embarcación extinta en algo que fuera aprovechable para un mundo nuevo.

—Sí que has tardado —dijo Sloth.

Golpeó los ganchos de sujeción del carrete para soltarlo del eje de la polea. Su tez pálida resplandecía a la luz del sol y los tatuajes espiralados parecían casi negros en contraste con el rubor de sus mejillas. El sudor le corría por el cuello. Llevaba el pelo rubio corto, casi tanto como el propio Nailer, para evitar que se le enredara en los miles de grietas y piezas de maquinaria que poblaban su lugar de trabajo.

—Nos hemos adentrado bastante —respondió él—. Hay muchos cables de servicio, pero se tarda en llegar hasta ellos.

—Siempre tienes alguna excusa.

—No te quejes, que con eso alcanzaremos la cuota.

—Más nos vale —le advirtió ella—. Bapi dice que hay otra brigada ligera intentando comprar derechos de explotación.

Nailer hizo una mueca.

—Qué sorpresa.

—Ya. Era demasiado bueno como para que durara. Échame una mano.

Nailer se colocó al otro lado del carrete y juntos lo levantaron del eje entre gruñidos, antes de ladearlo y dejarlo caer sobre la cubierta oxidada con un fuerte ruido metálico. Hombro con hombro, se apoyaron contra el pesado cilindro con las piernas flexionadas y los dientes apretados.

El carrete empezó a rodar lentamente. Nailer sentía que la cubierta recalentada por el sol le quemaba los pies descalzos. Aunque la inclinación del buque dificultaba la tarea de empuje, gracias al esfuerzo conjunto lograron mover el cilindro, que fue haciendo crujir la pintura protectora y las planchas de la cubierta a medida que avanzaba.

Desde lo alto de la cubierta de la embarcación se veía toda la playa de Bright Sands, una extensión alquitranada de arena y agua de mar encharcada, salpicada por los armazones desguazados de otros petroleros y cargueros. Algunos estaban enteros, como si sus capitanes hubieran enloquecido y decidido guiar aquellos barcos de un kilómetro de eslora hasta la arena para luego abandonarlos. Otros estaban desconchados y desvencijados, con los esqueletos de hierro oxidado al descubierto. Había cascos desperdigados por todas partes, como trozos de pescado descuartizado: una torre de mando por aquí, un camarote por allá, la proa de un petrolero apuntando directamente al cielo.

Era como si el Dios de la Chatarra hubiese descendido sobre los gigantescos buques de hierro y los hubiese cizallado y despedazado antes de dejar los cadáveres desparramados sin el menor cuidado. Y allí, donde estaban las enormes embarcaciones, estaban también revoloteando como moscas las bandas de recolección como la de Nailer, que arrancaban hasta el último trozo de carne y hueso de hierro y arrastraban los restos del viejo mundo por la playa hasta las básculas de chatarra y los hornos de reciclaje que ardían noche y día para beneficio de Lawson & Carlson, la empresa que se hacía de oro con la sangre y el sudor de los desguazadores.

Nailer y Sloth se detuvieron un momento, jadeantes, y se apoyaron en el pesado carrete. Nailer se enjugó el sudor de los ojos. A lo lejos, en el horizonte, el negro aceitoso del océano se teñía de azul al reflejar el cielo y el sol. La espuma coronaba las crestas de las olas. La humareda negra de las fundiciones de la costa empañaba el aire alrededor, pero allí, más allá del humo, se vislumbraban unas velas. Eran los nuevos clíperes. Habían ocupado el lugar de las embarcaciones que se alimentaban de carbón y petróleo, cuyos restos se pasaban el día desmantelando él y su brigada. Estaban equipados con un velamen del color blanco de las gaviotas, tenían cascos de fibra de carbono y eran más rápidos que cualquier otro vehículo, con la única excepción del tren de levitación magnética.

Nailer siguió con la mirada la estela de un clíper que surcaba las aguas elegante y veloz, y totalmente fuera de su alcance. Era posible que parte del cobre de su carrete acabara a bordo de un buque como aquel, transportado en tren hasta Orleans antes de trasladarlo a la bodega de carga de algún carguero, donde atravesaría el océano con destino a cualquier pueblo o nación que pudiera permitirse pagarlo.

Bapi tenía el póster de un clíper de Libeskind, Brown & Mohanraj. Estaba pegado a su calendario de pared reutilizable y mostraba una embarcación con parapentes desplegados a gran altura, muy por encima del propio clíper, un tipo de velas que, según Bapi, podían alcanzar las corrientes de chorro e impulsarlo a través del mar en calma a más de cincuenta y cinco nudos de velocidad, permitiéndole elevarse por encima de las olas con sus hidroalas, atravesar la espuma y el agua salada y deslizarse por el océano hasta llegar a África y a la India, a los europeos y a los nipones.

Nailer contempló con anhelo las velas lejanas, preguntándose adónde se dirigían y si alguna de ellas sería mejor que la suya.

—¡Nailer! ¡Sloth! ¿Dónde os habíais metido?

La voz lo sacó de su ensueño. Pima les estaba haciendo señas desde la cubierta inferior del petrolero con cara de pocos amigos.

—¡Estamos esperando por ti, brigadier!

—Mandona a la vista —murmuró Sloth.

Nailer hizo una mueca. Pima era la mayor de los tres y eso la hacía un poco autoritaria. Ni siquiera la larga amistad que los unía podía protegerlos cuando iban por detrás de la cuota.

Él y Sloth volvieron a centrarse en el carrete. Con un nuevo coro de gruñidos, lo lanzaron sobre la cubierta torcida del buque y lo hicieron rodar hasta donde se había instalado una grúa rudimentaria. Engancharon el carrete a unos mosquetones de hierro oxidado, sujetaron el cable de la grúa y se subieron de un salto al cilindro mientras descendía, meciéndose y dando vueltas, hasta llegar a la cubierta inferior.

Pima y el resto de la brigada ligera se agolparon a su alrededor en cuanto tocaron tierra. Desengancharon el carrete y lo llevaron rodando hasta donde habían colocado el equipo de desmontaje, cerca de la proa del petrolero. Por todas partes había trozos de material aislante de los cables eléctricos, además de los rollos de cobre reluciente que habían recogido, apilado cuidadosamente en filas y marcado con el símbolo de identificación de la brigada ligera de Bapi, el mismo distintivo en espiral que todos llevaban en la mejilla.

Empezaron a desenrollar secciones del nuevo botín de Nailer y a repartirse los distintos segmentos. Trabajaban a toda velocidad, acostumbrados los unos a los otros y a la tarea en cuestión. Estaba Pima, la cabecilla, más alta que el resto, con una silueta que se parecía cada vez más a la de una mujer, negra como el aceite y dura como el hierro. Sloth, delgada y pálida, un saco de huesos con las rodillas prominentes y el cabello rubio sucio; la próxima candidata a hacer el trabajo de Nailer en los conductos cuando este fuese demasiado grande, cuya piel blanquecina casi siempre estaba quemada y pelada por el sol. Moon Girl, del color del arroz integral, hija de una prostituta que había fallecido durante el último brote de malaria y que se había esforzado más que nadie como miembro de la brigada ligera porque conocía bien la alternativa; llevaba las orejas, los labios y la nariz adornados con trozos de alambre de acero que se había clavado en la piel con la esperanza de que nadie la quisiera nunca como habían querido a su madre. Tic-Toc, el miope que siempre entornaba los ojos para mirar todo lo que lo rodeaba, era casi tan negro como Pima, pero ni por asomo tan listo, hábil con las manos siempre y cuando se le dijera qué hacer con ellas e incapaz de aburrirse. Pearly, el hindú que les contaba historias sobre Shiva, Kali y Krishna y que tenía la suerte de tener una madre y un padre que trabajaban recolectando aceite; tenía el pelo negro, la piel morena y una mano a la que le faltaban tres dedos a raíz de un accidente con la manivela de una polea.

Y luego estaba Nailer. Algunos, como Pearly, sabían quiénes eran y de dónde venían. Pima sabía que su madre procedía de la última de las islas situadas al otro lado del golfo. Pearly le contaba a todo el que quisiera escucharlo que era cien por ciento indio, un marwari hindú de la cabeza a los pies. Incluso Sloth decía que su familia era de origen irlandés. Nailer era diferente. Él no tenía ni idea de lo que era. Mitad de una cosa y un cuarto de otra, un chico de piel morena y cabello negro como su difunta madre, pero con los inusuales ojos azul claro de su padre.

A Pearly le había bastado echar un vistazo a los ojos claros de Nailer para declarar que debía de ser un engendro del demonio. Pero Pearly siempre estaba inventándose cosas. Solía decir que Pima era una reencarnación de Kali, que por eso tenía la piel tan oscura y era tan puñetera cuando iban atrasados con la cuota. Aun así, lo cierto era que Nailer había heredado los ojos y la complexión enjuta y fuerte de su padre, y Richard López era un demonio, sin duda. Nadie podía negarlo. Estando sobrio daba miedo, pero borracho era un monstruo.

Nailer desenrolló un tramo de cable y se puso en cuclillas sobre la cubierta abrasadora. Prensó el cable con los alicates y arrancó una de las mangas de aislamiento para dejar al descubierto el núcleo de cobre brillante.

Repitió el movimiento una vez más. Y otra.

Pima se acuclilló a su lado y empezó a pelar otra sección de cable.

—Has tardado un buen rato en sacar esta partida.

Nailer se encogió de hombros.

—Ya no queda nada cerca. He tenido que adentrarme bastante para encontrarlo.

—Siempre dices lo mismo.

—Si quieres meterte tú en el agujero, adelante.

—Yo podría hacerlo —se ofreció Sloth.

Nailer le lanzó una mirada asesina. Percy resopló.

—Tú tienes un pésimo sentido de la orientación. Acabarías perdiéndote, como le pasó a Jackson Boy, y acabaríamos con las manos vacías.

Sloth hizo un gesto cortante.

—Cierra el pico, Pearly. Yo nunca me pierdo.

—¿Ni siquiera en la oscuridad? ¿Aunque todos los conductos parezcan iguales? —Pearly se giró hacia el costado del buque y lanzó un escupitajo que, en lugar de caer por la borda, acabó estrellándose contra la barandilla—. Los tripulantes del Azulón III pasaron días oyendo los gritos de auxilio de Jackson Boy, pero no lograron encontrarlo. Al final, el muy infeliz se quedó seco y la palmó.

—Qué forma tan horrible de morir —comentó Tic-Toc—. Sediento. A oscuras. Solo.

—Callaos ya —les espetó Moon Girl—. ¿Queréis que los muertos os escuchen?

Pearly se encogió de hombros.

—Solo estamos diciendo que Nailer siempre cumple con la cuota.

—Y una mierda. —Sloth se pasó una mano por el cabello rubio sudado—. Yo conseguiría veinte veces más chatarra que él.

Nailer se rio.

—Pues adelante. A ver si sales viva.

—Ya has llenado el carrete.

—Mala suerte entonces.

Pima le dio un golpecito en el hombro.

—Lo de la partida iba en serio. Hemos estado de brazos cruzados un buen rato.

Nailer miró a Pima a los ojos.

—Cumplo con la cuota. Si no te gusta mi trabajo, hazlo tú.

Pima frunció los labios, molesta. Era una sugerencia sin fundamento y ambos lo sabían. Había crecido demasiado, como demostraban las costras y cicatrices que tenía en la columna, los codos y las rodillas. Trabajar en la brigada ligera requería tener un cuerpo menudo. A la mayoría de los chavales los echaban al cumplir los dieciséis años, incluso si se mataban de hambre para no seguir creciendo. Si Pima no fuera una líder tan competente, ya estaría en la playa, hambrienta y mendigando por conseguir alguna oportunidad. Ahora mismo, disponía más o menos de un año para crecer y desarrollarse lo suficiente como para competir con los cientos de personas que aspiraban a formar parte de la brigada pesada. Pero se le acababa el tiempo, y todos lo sabían.

—No serías tan bravucón si tu padre no fuera un tirillas —dijo ella—. Estarías en la misma situación que yo.

—Bueno, entonces tengo algo que agradecerle.

Si la complexión de su padre era un augurio, él nunca sería corpulento. Ágil, quizá, pero no grande. De todos modos, el padre de Tic-Toc aseguraba que, dada la deficiencia calórica de sus dietas, ninguno de ellos crecería demasiado. Decía que en Seascape Boston la gente seguía siendo bastante alta. Pero a ellos les sobraba el dinero y la comida, jamás habían pasado hambre, así que engordaban y crecían con normalidad.

Nailer sabía muy bien lo que era tener un agujero en el estómago, había experimentado esa sensación suficientes veces como para preguntarse qué se sentiría al tener tanta comida. Se preguntaba cómo sería no despertar nunca en mitad de la noche con los dientes clavados en los labios, no tener que engañarte a ti mismo haciéndote creer que estabas a punto de comer carne. Pero no era más que una fantasía estúpida. Seascape Boston recordaba demasiado al paraíso de los cristianos, o al credo del Dios de la Chatarra, que prometía una vida de comodidades a quienes lograran encontrar la ofrenda apropiada que los acompañara y ardiera junto a sus cuerpos al rendir cuentas en su balanza.

En cualquier caso, para llegar allí tenías que morirte primero.

El trabajo no cesó. Nailer siguió pelando segmentos de cable y desechando el material aislante por la borda. El sol caía a plomo sobre todos. Les brillaba la piel. Las perlas de sudor salado les empapaban el cabello y se les metían en los ojos. Tenían las manos resbaladizas de tanto trabajar y los tatuajes identificativos relucían como nudos intricados en sus rostros enrojecidos. Siguieron hablando y bromeando un rato, pero poco a poco fueron enmudeciendo, afanándose en sus tareas mientras apilaban el cobre para quienquiera que fuera lo bastante rico para permitírselo.

—¡Jefe a la vista!

El grito de advertencia llegó de abajo, desde el agua. Todos se agacharon, haciendo ver lo atareados que estaban, esperando a ver quién aparecía en la barandilla. Si era el jefe de alguna otra brigada, podrían relajarse...

Era Bapi.

Nailer hizo una mueca cuando su jefe se encaramó a la barandilla jadeando. Tenía el pelo negro empapado y una barriga que entorpecía cada uno de sus movimientos, pero, como había dinero de por medio, el capullo se las apañaba.

Bapi se apoyó en la barandilla, intentando recuperar el aliento. El sudor oscurecía la camiseta sin mangas que solía ponerse para trabajar. Estaba llena de manchas amarillas y marrones de curry o de lo que hubiera sido el bocadillo que se había comido en el almuerzo. A Nailer le daba hambre solo de ver toda esa comida desperdigada por el pecho de

Bapi, pero no podría comer nada hasta por la noche, así que no tenía sentido ansiar una comida que Bapi nunca compartiría con él.

Los avispados ojos castaños de Bapi estudiaron al grupo, atentos a cualquier indicio de que estuvieran ociosos o no se esforzaran lo suficiente para cumplir con la cuota. Aunque ninguno de ellos había estado holgazaneando antes, bajo la mirada escrutadora de Bapi todos trabajaban con mayor presteza, intentando demostrarle que valía la pena mantenerlos en el equipo. El propio Bapi había formado parte de la brigada ligera en su día, por lo que conocía muy bien los hábitos y las artimañas de los indolentes. Eso lo convertía en alguien peligroso.

—¿Qué habéis conseguido? —le preguntó a Pima.

Levantó la vista, entrecerrando los ojos por el sol.

—Cobre. Un montón. Nailer ha encontrado unos conductos que la brigada de Gorgeous pasó por alto.

Bapi sonrió de oreja a oreja, dejando entrever unos dientes blancos y brillantes y el hueco donde antes habían estado los incisivos, que había perdido en una pelea.

—¿Cuánto?

Pima señaló con la cabeza a Nailer, instándolo a responder.

—De momento llevamos como cien o ciento veinte kilos —estimó Nailer—. Pero hay más.

—Ah, ¿sí? —asintió—. Bueno, entonces daos prisa e id a por él. No perdáis el tiempo pelándolo, solo preocupaos por sacarlo todo. —Oteó el horizonte—. En Lawson & Carlson dicen que se avecina una tormenta. Una de las gordas. No podremos acceder a los pecios durante un par de días, así que quiero que consigáis cable suficiente para que sigáis trabajando en la arena.

Nailer reprimió el rechazo que le provocaba la idea de bajar de nuevo a la negrura, pero Bapi debió de percibir algo en su expresión.

—¿Algún problema, Nailer? ¿Piensas que una tormenta es excusa suficiente para pasarte el día sentado de brazos cruzados? —Bapi señaló los campamentos de trabajo que se extendían por el área que separaba la selva de la playa—.

¿Acaso crees que me costará encontrar a otro centenar de infelices que quieran ocupar tu lugar? Ahí abajo hay chicos que me dejarían sacarles un ojo a cambio de trabajar en alguno de los pecios.

Pima intercedió.

—No tiene ningún problema. Si quieres que consigamos el cable, lo haremos. No hay problema. —Le lanzó una mirada asesina a Nailer—. Aquí todos estamos en el mismo barco, jefe. No hay ningún problema.

Todos asintieron enérgicamente. Nailer se puso en pie y le tendió el resto del cable a Tic-Toc.

—No hay ningún problema, jefe —repitió.

Bapi se le quedó mirando con el ceño fruncido.

—¿Estás segura de que quieres poner la mano en el fuego por él, Pima? Puedo rajarlo, cortarle los tatuajes de la brigada y dejarlo tirado en la arena.

—Es bueno encontrando chatarra —le aseguró—. Vamos por delante de la cuota gracias a él.

—¿Segura? —Bapi se ablandó un poco—. Bueno, tú mandas. No voy a entrometerme. —Observó a Nailer—. Y tú ándate con cuidado, chico. Sé cómo pensáis los de tu calaña. Siempre creyendo que la suerte os acabará sonriendo, que pronto encontraréis un depósito de petróleo y no tendréis que volver a trabajar en vuestra vida. El vago de tu padre era de esos y mira cómo ha acabado.

Nailer sintió que le hervía la sangre.

—Yo no hablo de tu padre.

Bapi soltó una carcajada.

—¿Qué? ¿Vas a pelearte conmigo, chico? ¿O a atacarme por la espalda, como haría tu padre? —Bapi se llevó la mano al cuchillo—. Pima da la cara por ti, pero no me queda claro si eres consciente del favor que te está haciendo.

—Déjalo estar, Nailer —le instó Pima—. Tu padre no lo vale.

Bapi se limitó a observarlo con una media sonrisa en los labios, sin apartar la mano del cuchillo. Él llevaba todas las de ganar y ambos lo sabían. Nailer agachó la cabeza y se obligó a reprimir la ira que lo atenazaba.

—Conseguiré el cable, jefe. No te preocupes.

Bapi asintió secamente.

—Parece que eres más listo que tu viejo. —Se volvió hacia el resto del equipo—: Prestad atención. No tenemos mucho tiempo. Si conseguís sacar el resto de la chatarra antes de la tormenta, os daré una prima. Dentro de un rato llega otra brigada ligera, así que nada de dejarles el trabajo hecho, ¿estamos? —dijo esbozando una sonrisa feroz. Todos asintieron.

—Nada de dejarles el trabajo hecho —repitieron.

2

Nailer nunca se había adentrado tanto en el petrolero. No se veían marcas de otras brigadas ligeras en la oscuridad y tampoco había rastro de otros buscadores de chatarra, a juzgar por la capa de polvo y los excrementos de rata que cubrían el pasadizo.

Por encima de él discurrían tres tendidos de cobre distintos, un hallazgo afortunado que con toda probabilidad le permitiría cumplir con la cuota establecida por Bapi, aunque en aquel momento le importaba un comino. La máscara no dejaba de obstruírsele y, con las prisas por volver a meterse en el agujero, se le había olvidado aplicarse un poco más de pintura led. Ahora, a medida que la oscuridad se cernía sobre él, lamentaba amargamente su descuido.

Arrancó otra maraña de cables. Pese a que la cantidad de cobre iba en aumento, el pasadizo parecía estrecharse cada vez más. Avanzó con cuidado. El conducto empezó a crujir a su alrededor en señal de protesta. Los vapores que desprendía el petróleo le abrasaban los pulmones. Pensó en darse por vencido y arrastrarse hasta la salida. Si daba media vuelta ahora, en veinte minutos estaría de nuevo en la cubierta, respirando aire puro.

Pero ¿y si la chatarra que había reunido no era suficiente?

Bapi ya lo tenía entre ceja y ceja, y Sloth se moría de ganas de robarle el puesto. Sus palabras no dejaban de resonar en su mente: «Yo conseguiría veinte veces más chatarra que él».

Una advertencia. Ahora tenía competencia.

Daba igual si Pima respondía por él. Si no cumplía con la cuota, Bapi le arrancaría los tatuajes identificativos de un cuchillazo y le daría una oportunidad a Sloth. Y Pima no podría hacer nada para evitarlo. No valía la pena conservar a alguien si no te aportaba beneficios.

Siguió serpenteando hacia delante, alentado por las ambiciosas palabras de Sloth. Cada vez tenía más cobre en las manos. La poca luz que irradiaba la pintura led se fue atenuando hasta apagarse. Ahora estaba solo y no disponía más que de un puñado de cables sueltos para guiarlo de vuelta al exterior. Por primera vez temió no ser capaz de encontrar la salida. El petrolero era inmenso, una mula de carga de la época de los combustibles fósiles que era prácticamente una ciudad flotante. Y en aquel momento él estaba en lo más profundo de sus entrañas.

Nadie había podido encontrar a Jackson Boy cuando murió. Lo habían oído golpear el metal, pedir ayuda a gritos, pero ninguno de sus compañeros logró encontrar un punto de acceso al doble casco donde se había quedado atrapado. Un año más tarde, el cuerpo momificado del pobre infeliz salió disparado como un proyectil cuando las brigadas pesadas se abrían paso a través de una sección de hierro. Había caído a la cubierta con un crujido, reseco como una hoja, roído por las ratas y totalmente desecado.

«No pienses en ello. Solo conseguirás atraer a su fantasma».

El conducto se estrechaba y le apretaba los hombros cada vez más. Empezó a imaginarse a sí mismo embutido como el corcho de una botella, atrapado en la oscuridad para siempre. Se estiró como pudo hacia delante y arrancó otro trozo de cable.

Suficiente. Más que suficiente.

Sacó el cuchillo y grabó el código de la brigada ligera de Bapi en el metal del conducto. Tuvo que hacerlo a ciegas, pero así por lo menos dejaba el terreno marcado para la próxima. Se hizo un ovillo. Apoyó la barbilla contra las rodillas y, con los codos y la espalda pegados a las paredes del conducto, empezó a girarse. Se acurrucó y dejó escapar un suspiro, acosado por imágenes de corchos, de botellas y de Jackson Boy atrapado en la negrura, muriendo solo. Se encogió un poco más y siguió dándose la vuelta mientras oía cómo el conducto crujía por la presión que su cuerpo ejercía contra el metal.

Resopló aliviado en cuanto pudo volver a estirarse.

En un año sería muy grande para hacer este trabajo y Sloth pasaría a ocupar su puesto, no cabía duda. Aunque fuera pequeño para su edad, tarde o temprano todos acababan creciendo demasiado para seguir formando parte de la brigada ligera.

Nailer retrocedió a gatas por el conducto, enrollando el cable a medida que avanzaba. Lo que más oía era el sonido entrecortado de su respiración a través de la máscara. Se detuvo y extendió un brazo hacia los cables sueltos para asegurarse de que seguían allí, guiándolo hacia la luz.

«Cálmate. Son los mismos cables que arrancaste hace un rato. Solo tienes que seguirlos...».

Detrás de él se oyó el eco de unas pisadas.

Nailer se quedó helado, con la piel de gallina. Una rata, probablemente. Pero parecía algo más grande. Otra imagen le vino a la cabeza de repente: Jackson Boy. Empezó a imaginarse que el fantasma del chico muerto estaba allí con él, arrastrándose por los conductos en la oscuridad. Acechándolo. Rozándole los tobillos con dedos esqueléticos.

Luchó por combatir el pánico. No eran más que supersticiones. Se suponía que la paranoica del grupo era Moon Girl, no él. Pero el miedo se había apoderado de su ser. Empezó a empujar la maraña de cables que había conseguido, desesperado de repente por salir a la luz y respirar aire limpio. Se arrastraría hasta fuera, volvería a aplicarse la pintura led y regresaría cuando pudiera discernir qué era qué. «Que les den a Sloth y a Bapi», pensó. Necesitaba oxígeno.

Empezó a retorcerse para sortear el amasijo de cobre. El conducto crujió de forma amenazadora, manifestando su descontento por el peso combinado de su cuerpo y del material. Había sido una estupidez reunir tanto. Debería haberlo cortado en trozos más pequeños y dejado que Pima y Sloth lo sacaran con la polea. Había tenido que arrancarlo deprisa y corriendo y, ahora, para colmo, resultaba que había recogido demasiado. Siguió avanzando a rastras mientras hacía los cables a un lado. Sintió una oleada de satisfacción en cuanto apartó de una patada el último amasijo de cobre.

El metal rugió con estrépito y se estremeció bajo su cuerpo.

Nailer se quedó inmóvil.

Un coro de crujidos y ruidos metálicos inundó el conducto. Se hundió ligeramente y se ladeó. Toda la estructura estaba a punto de derrumbarse. La actividad frenética de Nailer y el exceso de peso habían acabado debilitándolo.

Se estiró para repartir mejor el peso y se quedó totalmente quieto, intentando adivinar las intenciones del entramado mientras el corazón le martillaba en el pecho. El metal enmudeció. Aguardó un momento, atento al menor ruido. Pasado un tiempo, empezó a moverse, asegurándose de distribuir el peso del cuerpo a medida que avanzaba.

El metal rechinó y, de pronto, la estructura se desmoronó a sus pies. Nailer buscó a tientas algo a lo que agarrarse mientras su mundo se derrumbaba. Sus dedos se aferraron a uno de los cables que había recogido. Se quedó colgando sobre un pozo sin fondo. El material resistió unos segundos y luego se partió, haciéndolo caer en picado.

«No quiero que me pase lo que le pasó a Jackson Boy, no quiero que me pase lo que le pasó a Jackson Boy, no quiero...».

Se estrelló contra algo líquido, tibio y viscoso. La oscuridad lo engulló sin apenas inmutarse.

3

«Nada, idiota. Nada, idiota. Nada, idiota... ¡Nada!».

Nailer se hundía como una piedra en aquel líquido caliente y apestoso. Era como si intentara nadar a través de una nube de aire espeso en vez de en agua. Por más que luchaba, notaba cómo el calor cedía bajo sus pies y lo absorbía cada vez más.

«¿Por qué no puedo nadar?».

Era buen nadador. Nunca le había preocupado ahogarse en el océano, ni siquiera cuando había fuertes oleajes, pero ahora no dejaba de hundirse. De pronto, la mano se le enredó en algo sólido: el cable de cobre. Lo buscó a tientas y se aferró a él con la esperanza de que siguiera conectado a los conductos de arriba.

Se le escurrió entre los dedos, viscoso y resbaladizo.

«¡Petróleo!».

Nailer intentó no dejarse vencer por el pánico. Era imposible nadar en petróleo. Te engullía como un mar de arenas movedizas. Agitó los brazos en busca del cable y, en cuanto lo encontró, se lo enrolló en la mano para evitar que se le escapara otra vez. Dejó de hundirse. Empezó a impulsarse hacia arriba, luchando por salir del fango. Sus pulmones le pedían oxígeno a gritos. Palmo a palmo, siguió ascendiendo. Combatió las ganas de respirar, de darse por vencido y llenarse los pulmones de crudo. Sería tan fácil...

Emergió del mar de petróleo como una ballena que sale a la superficie, con el rostro cubierto de aquella sustancia viscosa. Abrió la boca para respirar.

Nada. Solo una extraña sensación de presión en la cara. «¡La máscara!».

Se la arrancó jadeando y tomó una bocanada de aire. Los vapores del combustible fósil le abrasaban los pulmones, pero al menos podía respirar. Utilizó el interior limpio de la máscara para frotarse los ojos y quitarse el petróleo. Cuando los abrió, sintió un picor y un escozor muy intensos. Se le llenaron de lágrimas. Empezó a pestañear rápido.

A su alrededor no había más que oscuridad. Una oscuridad absoluta.

Estaba en una especie de tanque de combustible, tal vez un depósito creado por alguna fuga, o puede que en una cámara de almacenamiento secundario o... No tenía ni idea de en qué parte del buque se encontraba. Si la suerte estaba en su contra, debía de estar en uno de los tanques principales. Terminó de limpiarse los ojos y se deshizo de la máscara, ya inservible. Los vapores lo aturdían. Se obligó a respirar de forma superficial mientras se aferraba con fuerza al cable. La capa de petróleo que lo cubría le quemaba la piel. A lo lejos se oía un leve martilleo; miembros de alguna brigada que se dedicaban a desmantelar la nave, completamente ajenos a lo urgente de su situación.

El cable se le estaba escurriendo de las manos. Desesperado por agarrarse a algo, metió el brazo entre la maraña de cables. Por encima de él, el conducto empezó a crujir de manera alarmante. El ruido hizo que se estremeciera de miedo. Lo único que impedía que se ahogara era el puñado de filamentos de cobre que ascendían hasta la estructura. Pero esa sensación de seguridad era temporal. El entramado metálico no tardaría en venirse abajo y él volvería a hundirse. Y entonces el petróleo le inundaría los pulmones mientras se retorcía y asfixiaba...

«Tranquilízate, idiota».

Nailer sopesó la posibilidad de ponerse a nadar de nuevo, pero acabó desechando la idea. Su mente intentaba jugarle una mala pasada, convencerlo de que el líquido que lo rodeaba era agua. Pero el crudo era diferente. No podía sostener un cuerpo, por mucho que lo desearas. Simplemente te engullía.

Él mismo había sido testigo de cómo un trabajador de una de las brigadas pesadas se ahogaba de esa forma. Había agitado los brazos un momento, gritando presa del pánico, y luego había desaparecido sin más, mucho antes de que alguien tuviera tiempo de lanzarle una cuerda.

«No te dejes llevar por el pánico. Piensa».

Estiró el brazo y sondeó la oscuridad con los dedos en busca de cualquier cosa: una pared, algún trozo de chatarra flotante, algo que le diera una pista de dónde estaba. Solo encontró aire y combustible viscoso. Sus movimientos hicieron que el conducto chirriara por encima de su cabeza. Algo cedió, y el cable descendió unos centímetros. Nailer contuvo la respiración, temiendo volver a quedar sumergido de un momento a otro, pero la maraña de cobre dejó de moverse.

—¡Pima! —gritó.

El eco de su voz se propagó rápidamente en todas las direcciones.

Sorprendido, se agarró al cable. A juzgar por el sonido, el espacio donde se encontraba no era tan grande como había pensado. Había paredes cerca.

—¡Pima!

Otra vez el mismo eco.

Aquello no era ningún depósito de petróleo gigantesco. Era algo mucho mucho más pequeño. Alentado por la más que probable cercanía de las paredes, volvió a tantear el terreno, pero, en lugar de usar la mano, esta vez decidió explorar la oscuridad con los dedos de los pies.

Tras dos intentos, rozó algo metálico y rugoso. Algo que parecía una pared y algo más... Nailer respiró aliviado. Una tubería delgada que la recorría de lado a lado. Aunque solo medía un centímetro de diámetro, no podía ser peor que una maraña de cobre que colgaba precariamente de un conducto maltrecho.

Se lanzó hacia el muro sin pensárselo dos veces. Apenas se movió, la estructura metálica chirrió y se vino abajo. Un instante después, Nailer empezó a hundirse. Se revolvió y arañó la pared en busca de la tubería. Aunque las manos se le escurrían en cuanto tocaba la superficie lisa, no se dio por vencido. ¡Bingo! Se impulsó hacia la pared mientras se aferraba a ella con las yemas de los dedos, que no tardaron en empezar a temblarle por el esfuerzo. Necesitaba mantenerse a flote, pero el petróleo no cooperaba ni en lo más mínimo. Cada vez estaba más fatigado. No podría sostenerse mucho tiempo más.

Se deslizó por la pared a toda prisa, tratando de encontrar algo mejor a lo que agarrarse. Si tenía suerte, quizá hasta hubiera alguna escalerilla. Siguió la tubería hasta un recodo donde describía un ángulo descendente muy pronunciado y se sumergía en el petróleo.

Ahogó un gemido de frustración. Iba a morir.

«No te dejes llevar por el pánico».

Como empezara a llorar, estaba jodido. Necesitaba pensar, no lloriquear como un niño pequeño, pero notaba la mente cada vez más embriagada y dispersa. El efecto de los vapores era abrumador. Ya podía imaginarse cómo acabaría todo: resistiría un rato más, aferrándose a la pared como un insecto mientras seguía inhalando aire tóxico; luego sucumbiría al agotamiento o a la embriaguez y terminaría cayéndose.

¿Cómo podía morir de una forma tan estúpida? Ni siquiera estaba en un tanque de almacenamiento...; aquello no era más que una habitación inundada de petróleo. Parecía una broma pesada.

Lucky Strike había encontrado un depósito de combustible en un buque y había comprado su libertad; él había encontrado otro y estaba a punto pagarlo con su vida.

«Voy a ahogarme en un mar de dinero».

La idea casi lo hizo reír. Nadie sabía con certeza cuánto petróleo había descubierto Lucky Strike o cuánto había logrado sacar de contrabando. Había obrado con cautela, tomándose su tiempo. Lo había extraído a escondidas, cubo a cubo, hasta reunir suficiente dinero para liquidar su contrato y borrarse los tatuajes laborales. Así y todo, le había sobrado bastante para establecerse como intermediario laboral y dedicarse a la adjudicación de derechos de explotación, que vendía a las mismas brigadas pesadas de las que había escapado. Lucky Strike había conseguido todo eso gracias a un poco de petróleo, y Nailer estaba cubierto hasta el cuello de aquella porquería.

—¿Nailer?

La voz sonó débil, lejana.

—¡Sloth! —respondió aliviado—. ¡Estoy aquí! ¡Aquí abajo! ¡Me he caído! —Empezó a patalear de la emoción, agitando el combustible que lo rodeaba.

Un pequeño haz de luz verde iluminó la penumbra que se cernía sobre él. El rostro macilento de Sloth se asomó por el agujero del conducto con una mancha de pintura led en la frente.

—Joder; vaya cagada, Nailer.

—Sí, de las grandes —admitió. Sonrió débilmente.

—Pima me pidió que viniera a buscarte.

—Dile que necesito una cuerda.

Un silencio interminable.

—Bapi no accederá.

—¿Por qué?

Otra pausa eterna.

—Quiere cobre. Me ha enviado a por cobre. Antes de que empiece la tormenta.

—Entonces tírame una cuerda.

—Tenemos que cumplir con la cuota. —El haz de luz desapareció—. Pima me pidió que trajera algunas cosas, por si te encontraba. Por si necesitabas ayuda.

Nailer hizo una mueca.

—¿Ves alguna escalerilla por ahí?

Volvió a hacerse el silencio mientras ambos escrutaban la penumbra con ayuda de la poca luz que desprendía la pintura. Nada. Ni escalerillas ni puertas, solo una sala oxidada envuelta en tinieblas.

—¿Qué tienes? —le preguntó ella—. ¿Te has roto algo?

Nailer negó con la cabeza antes de caer en la cuenta de que probablemente no podía verlo bien.

—Estoy nadando en petróleo. Dile a Bapi que estoy cubierto hasta el cuello de combustible. Miles de litros. Dile que le conviene sacarme, que todo este petróleo puede ser suyo.

Otra pausa.

—¿Tanto hay?

Sintió un escalofrío al percatarse de que Sloth estaba sopesando sus posibilidades.

—No creas que puedes ser la próxima Lucky Strike —le advirtió.

—Si él lo logró, ¿por qué yo no? —respondió.

—Porque nosotros somos un equipo —aseveró él, intentando que su voz no delatara su miedo.

—Solo dile a Pima que hay petróleo, que hay un depósito escondido. Si no lo haces, te perseguiré como Jackson Boy y volveré del más allá para destriparte mientras duermes.

Más silencio. Sloth seguía pensando.

Sintió una punzada de odio hacia ella. No podía creer que aquella cría escuálida y muerta de hambre estuviera ahí arriba como si nada. Su vida dependía de ella, de si decidía decirle a Bapi que valía la pena salvarlo y, sin embargo, allí seguía parada.

—¿Sloth? —la llamó.

—Cierra el pico —le respondió—. Estoy pensando.

—Somos un equipo —le recordó—. Hicimos un juramento de sangre —insistió, pero sabía de sobra lo que le pasaba por la cabeza. Estaba barajando sus opciones, analizando todos los escenarios mientras sopesaba qué hacer con aquel pozo de riqueza, un tesoro enterrado que podía ser todo suyo si las Parcas y el Santo de la Herrumbre obraban a su favor. Quiso gritarle, agarrarla y arrastrarla allí con él para enseñarle qué se sentía al morir tragando combustible.

Pero no podía correr ese riesgo. Lo último que quería era cabrearla; la necesitaba. Tenía que convencerla de que lo ayudara a sobrevivir.

—Lo mantendremos en secreto —le ofreció—. Podemos emular a Lucky Strike juntos.

Tras otra pausa, dijo:

—Tú mismo has dicho que estás hasta el cuello de petróleo. En cuanto te vean, sabrán que has encontrado un depósito.

Hizo una mueca. Era demasiado astuta. Ese era el problema de las chicas como Sloth, que muchas veces se pasaban de listas.

—Somos un equipo —le repitió, aunque sospechaba que no serviría de nada. La conocía demasiado bien. Los conocía a todos demasiado bien. Todos habían pasado hambre, todos habían hablado de lo que harían si alguna vez tenían la misma suerte que Lucky Strike. Una oportunidad como esta no se presentaba todos los días, y Sloth lo sabía. Tenía que jugársela, era el golpe de suerte que tanto había esperado.

«Por favor —suplicó para sí—. Por favor, que sea buena como Pima. Como Pima y su madre. Pero no como papá. Parcas, os lo ruego, que no sea como papá».

Sloth interrumpió sus plegarias susurradas.

—Pima me pidió que te echara una mano. Si te encontraba.

—Me has encontrado.

—Ya. Y tanto. —Un crujido. —Aquí tienes comida y agua.

Una sombra atravesó el haz de luz verde fluorescente que irradiaba de su frente. Cayó con un fuerte chapoteo. Nailer distinguió algunos bultos descoloridos flotando en la superficie, a punto de empezar a hundirse. Extendió una mano hacia ellos mientras se aferraba a la pared con la otra. Consiguió agarrar una botella de agua antes de que el petróleo la engullera. Todo lo demás ya había desaparecido. La oscuridad de la habitación volvió a cernirse sobre él en cuanto Sloth se alejó.

—¡Gracias por nada! —le gritó, pero ya se había ido.

No tenía ni idea de si Sloth pensaba avisar a Pima o si se limitaría a regresar a toda prisa con las bobinas de cobre a rastras, decidida a ocupar su lugar mientras elaboraba un plan para quedarse con todo el tesoro. Lo único que sabía con certeza era que no se lo diría a Bapi, porque intentaría apropiarse hasta de la última gota con la excusa de que era parte del material recolectado por la brigada ligera.

Aquello significaba que aún tenían varias horas de trabajo por delante para prepararse ante la tormenta... Y eso, a su vez, significaba que tendría que esperar varias horas más, incluso si Pima conocía su paradero y sabía que necesitaba ayuda.

Ayudándose de una mano resbaladiza y de los dientes, Nailer se las arregló para abrir la botella de plástico y beber sin soltarse de la pared. Sorbió un poco de agua y se enjuagó bien antes de escupirla, intentando deshacerse de los restos de petróleo que tenía en la boca. Luego empezó a tragársela a morro, sin parar, casi sin respirar, pero aliviado. No había sido consciente de lo sediento que estaba hasta que el líquido le había acariciado la garganta. Apuró el resto con avidez y dejó la botella flotando en la oscuridad. Si moría, esa botella sería el único rastro que quedaría de él en la superficie.

Percibió el sonido casi imperceptible de unos arañazos procedentes de arriba, como si alguien estuviera raspando o rasgando algo.

—¿Sloth? —El ruido cesó y se reanudó un momento después—. ¡Venga ya, Sloth! Échame un cable.

No sabía para qué se molestaba, era evidente que ya había tomado una decisión. Por lo que a ella respectaba, él estaba muerto. La escuchó con atención mientras se afanaba en arrancar el resto del cobre. Los dedos empezaban a flaquearle. El petróleo le rozó la barbilla. Estaba agotado. Se preguntó si a Jackson Boy también lo habría traicionado su brigada, si esa era la razón por la que habían tardado un año en encontrarlo. Puede que alguien lo hubiera dejado morir a propósito.

«Tú no te vas a morir».

Pero se estaba mintiendo a sí mismo. Iba a ahogarse. Sin una escalerilla o una puerta...

El corazón se le aceleró de repente.

Si estaba en una habitación que se había inundado de combustible por accidente, entonces tenía que haber puertas, aunque debían de encontrarse sumergidas. Tendría que zambullirse y arriesgarse a no volver a salir a la superficie. Era peligroso.

«Vas a ahogarte de todos modos. Sloth no va a salvarte».

Esa era la dura realidad. Incluso si era capaz de resistir un rato, se iría debilitando cada vez más y, tarde o temprano, los dedos le fallarían y resbalaría.

«Ya estás muerto», pensó.

Por extraño que pareciera, fue liberador. La realidad era que no tenía nada que perder.

Nailer se deslizó lentamente a lo largo de la pared mientras sondeaba la oscuridad con los dedos de los pies en busca de algún reborde o saliente que le indicara que debajo había una puerta. La primera vez no encontró nada, así que a la segunda se sumergió hasta que el petróleo le acarició la mandíbula. Rozó algo con los dedos de los pies. Inclinó la cabeza hacia arriba, dejando que el combustible le lamiera las mejillas y le rodeara la boca y la nariz.

Era un saliente. Un borde metálico.

Al recorrer el largo del metal con el dedo del pie, dedujo que podía tratarse de la parte superior de alguna puerta. Aunque no medía mucho más de un metro de ancho, aquel saliente fue como un regalo caído del cielo. Ahora podría relajarse un poco. Si conseguía apoyarse en él con los dedos de los pies, aliviaría parte de la presión de sus manos. En aquel momento, el saliente le pareció un palacio.

«Ahora puedes descansar —pensó—. Puedes esperar a Pima. Sloth le dirá que estás aquí abajo. Puedes esperar a que vengan a por ti».

Prefirió no hacerse ilusiones. Tal vez Pima viniera a salvarlo, pero lo más probable era que Sloth no dijera nada. Tenía que arreglárselas él solo. Se esforzó por mantener el equilibrio, a punto de tomar una decisión.

«Vivir o morir —pensó—. Vivir o morir».

Se zambulló.

4

En cierto modo, la oscuridad viscosa del mar de combustible no era mucho peor que la penumbra de la superficie. Nailer dejó que sus manos vieran por él. Deslizó los dedos a lo largo del borde de la puerta, sumergiéndose cada vez más, intentando hacerse una idea mental del contorno.

Sus dedos tocaron una especie de rueda.

Sintió que el corazón le daba un vuelco. ¡Un volante! Era un mecanismo de cierre rápido diseñado para contener el agua del mar en caso de que hubiera alguna brecha en el casco, parte de una puerta estanca. Tiró de él, tratando de recordar hacia dónde debía girarlo. No cedió. Luchó por combatir el pánico. Volvió a tirar del mecanismo. Nada. No se movía. Y se estaba quedando sin aire.

Utilizando el volante para tomar impulso, empezó a agitar las piernas para intentar salir a la superficie, rezando por no quedarse a medio camino. Emergió agitando los brazos de manera ostensible. Arañó la pared con los dedos en busca de la tubería. Logró aferrarse a ella en el último suspiro, cuando estaba a punto de hundirse de nuevo. Se limpió la cara frenéticamente y se sonó la nariz mientras mantenía los ojos cerrados. Expulsó aire por los labios, intentando escupir el petróleo que tenía en la boca, y tomó una bocanada de oxígeno cargado de vapores tóxicos.

Sin abrir los ojos, volvió a buscar el marco de la puerta con los dedos de los pies. Por un momento pensó que lo había perdido, pero no tardó más que unos segundos en encontrar el saliente oxidado. Un instante después, volvía a estar apoyado en él. Esbozó una sonrisa forzada. Una puerta con un mecanismo de cierre rápido. Una oportunidad. Siempre y cuando consiguiera girar el dichoso volante.

Se oyeron más arañazos procedentes de arriba. Sloth seguía a lo suyo.

La llamó a voces.

—¡Oye, Sloth! —exclamó—. He encontrado una salida. Voy a por ti, brigadier.

El ruido cesó.

—¿Me oyes? —Su voz resonó en toda la habitación—. ¡Voy a salir de aquí! Y, cuando lo haga, iré a por ti.

—¿No me digas? —respondió ella—. ¿Quieres que avise a Pima? —le preguntó en tono burlón.

Una vez más, Nailer deseó poder extender el brazo, agarrarla y arrastrarla allí con él. En vez de eso, se esforzó por sonar razonable.

—Si vas a buscarla ya, olvidaré que ibas a dejar que me ahogara.

Hubo una larga pausa.

—Ya es demasiado tarde para eso, ¿no crees? —dijo por fin—. Te conozco, Nailer —prosiguió—. Haga lo que haga, acabarás diciéndoselo a Pima, y entonces me echarán de la brigada y otro ocupará mi lugar. —Guardó silencio un momento—. Ahora todo está en manos del destino. Si de verdad has encontrado una salida, nos vemos fuera. Podrás vengarte entonces.

Nailer frunció el ceño. Había valido la pena intentarlo. Pensó en la puerta que tenía justo debajo. Puede que estuviera bloqueada por el otro lado y que esa fuera la razón por la que el volante no giraba. Quizá...

«Si está bloqueada, estás muerto. El resultado seguirá siendo el mismo. De nada sirve preocuparte por eso».

Respiró hondo y volvió a sumergirse.

Esta vez, con más aire y con una idea más clara de lo que trataba de hacer, encontró el volante enseguida y se tomó su tiempo para intentar moverlo. Colocó los pies en el marco de la puerta y tanteó la superficie en busca de la manija. Para poder tirar de ella, primero tenía que desbloquear el mecanismo de cierre hermético en el volante. Intentó hacerlo girar de nuevo. Nada. Se colocó a un lado y, aferrándose a él como pudo, empezó a hacer fuerza con las piernas.

Nada.

Metió el brazo en el volante hasta la altura del codo. Se estaba quedando sin aire, pero no quería darse por vencido. Tiró de él. Volvió a tirar, más fuerte esta vez, hasta que el metal se le clavó en la piel. Sentía que los pulmones iban a estallarle.

El volante giró.

Nailer redobló sus esfuerzos. Unos destellos dorados, azules y dorados le inundaron la visión. El mecanismo se aflojó un poco más. Aunque necesitaba oxígeno desesperadamente, se obligó a permanecer sumergido, luchando contra el impulso de salir a la superficie mientras giraba el volante cada vez más rápido, llevando a sus pulmones al límite. Volvió a impulsase hacia arriba, con la esperanza a flor de piel.

Ansioso por volver a sumergirse, tomó una última bocanada de aire mientras resoplaba en la oscuridad. Segundos después, se zambulló.

Giró el volante una y otra y otra vez, con los pulmones a punto de reventar, jugándosela a todo o nada, empujado a la imprudencia por la necesidad de escapar. Tiró con fuerza de la manija. Por un momento, temió que la puerta se abriera hacia dentro y que la presión del petróleo que la mantenía cerrada le impidiera moverla...

La puerta se abrió de golpe.

Un torrente negro engulló a Nailer y lo empujó contra una pared. Siguió rodando hecho un ovillo mientras el mar de petróleo rugía a su alrededor. Se golpeó la frente contra algo metálico y, aunque estuvo a punto de inspirar, se obligó a encogerse aún más y a dejar que la corriente lo girara, zarandeara y golpeara mientras lo empujaba por los pasillos de la embarcación como una medusa que se ve arrastrada a un arrecife por las olas.

Salió despedido al exterior.

Sintió un vacío en el estómago. Iba en caída libre. Los ojos se le abrieron sin querer. Sintió el escozor del combustible y el calor abrasador del sol. El reflejo cegador de un océano rutilante teñido casi de blanco. Unas olas azules que corrían a su encuentro. Solo tenía un segundo para girarse...

Se estrelló contra el agua. La sal marina lo engulló. El mar aceitoso se mecía y se rizaba a su alrededor. Nailer empezó a agitar las piernas, impulsándose hacia arriba. Salió jadeando a la superficie donde luz del sol y la espuma de las olas le dieron la bienvenida. Tomó una bocanada de aire que le inundó los pulmones de un oxígeno limpio y cristalino, aferrándose a una vida que había dado por perdida.

Por encima de él, una cascada de petróleo seguía precipitándose al mar por una brecha del casco, señalando el lugar exacto por el que el buque lo había arrojado al vacío. Unos regueros de crudo negro se deslizaban por el armazón del barco formando pequeños riachuelos viscosos. Quince metros de caída libre en aguas poco profundas, y había sobrevivido. Se echó a reír.

—¡Estoy vivo! —proclamó. Luego empezó a gritar, abrumado por una mezcla de euforia y terror liberado, embriagado por la luz del sol, las olas y la mirada curiosa de quienes lo observaban desde la orilla.

Empezó a nadar hacia la playa sin dejar de reírse, sintiéndose pletórico por haber sobrevivido. Las olas lo abrazaron y lo empujaron hacia la orilla. Fue entonces cuando cayó en la cuenta de que la suerte no le había sonreído una vez, sino dos. Si el nivel de la marea no hubiera subido, se habría estrellado contra la arena en lugar de zambullirse en el agua.

Nailer sorteó las últimas olas, se arrastró hasta la orilla y se puso de pie. Le temblaban las piernas de tanto nadar, pero estaba en tierra firme... y estaba vivo. Empezó a reírse a carcajadas delante de Bapi, Li, Rain y de los cientos de trabajadores y miembros de brigadas que lo miraban boquiabiertos.

—¡Estoy vivo! —chilló—. ¡Estoy vivo!

Nadie dijo nada, todos se limitaron a observarlo.

Estaba a punto de gritarles de nuevo, pero hubo algo en sus rostros que lo hizo bajar la mirada.

La espuma del mar le acariciaba los tobillos mezclada con trozos de metal y cable oxidados. También había conchas y fragmentos de material aislante... y sangre. Sangre que le caía por las piernas en regueros brillantes, roja y constante, y teñía el agua al ritmo de los latidos de su corazón.

5

—Tienes suerte —le dijo la madre de Pima—. Deberías estar muerto.

Aunque no podía con su alma, Nailer reunió fuerzas y esbozó una sonrisa para la ocasión.

—Pero no lo estoy. Estoy vivo.

La madre de Pima cogió una hoja de metal oxidado y la sostuvo delante de su cara.

—Si esto se te hubiese clavado dos centímetros más adentro, lo que habría llegado a la orilla habría sido tu cadáver. —Sadna lo miró con expresión seria—. Has tenido mucha suerte. Hoy el destino ha estado de tu lado. Lo normal habría sido que acabarás como Jackson Boy. —Le tendió el trozo de metal afilado—. Guárdalo como talismán. Te tenía ganas. Iba directo al pulmón.

Nailer extendió el brazo hacia el metal que casi había acabado con su vida. Hizo una mueca de dolor al sentir el tirón de los puntos.

—¿Lo ves? —insistió—. Hoy has sido muy afortunado. Las Parcas te bendicen.

Nailer negó con la cabeza.

—No creo en las Parcas.

Pero lo dijo en voz baja, lo suficiente para que ella no pudiera escucharlo. Si las Parcas de verdad existían, lo habían puesto en el camino de su padre, y eso quería decir que no podías fiarte de ellas. Pensar que la vida estaba en manos del azar era mejor que pensar que el mundo estaba en tu contra. Creer en las Parcas estaba bien si eras Pima y tenías la suerte de tener una madre cariñosa y un padre que había tenido la decencia de morirse antes de empezar a maltratarte. ¿Pero el resto del tiempo? Ojo.

Sadna levantó la vista y lo estudió con sus ojos castaño oscuro.

—Entonces da las gracias al dios en el que creas. Me da igual si es Ganesha, el de la cabeza de elefante, o Jesucristo o el Santo de la Herrumbre o tu difunta madre, pero hoy alguien velaba por ti. No menosprecies ese regalo.

Nailer asintió con obediencia. La madre de Pima era lo mejor que le había pasado en la vida y lo último que quería era hacerla enfadar. Aquella choza, construida con lonas de plástico, tablones viejos y hojas de palma, era el lugar más seguro que conocía. Aquí siempre podía contar con un plato de arroz o de cangrejo; incluso en los días en que no había nada para comer, seguía teniendo la certeza de que entre aquellas cuatro paredes, bajo los providentes ojos azules de las Parcas y una estatua abigarrada del Santo de la Herrumbre, nadie intentaría hacerle daño ni pelearse con él ni robarle. Allí, amparado por la fortaleza de Sadna, el miedo y la tensión se desvanecían.

Nailer se movió con cautela, poniendo a prueba la labor de sutura y desinfección que ella había realizado.

—Me siento bien, Sadna. Gracias por remendarme.

—Espero que sirva de algo —dijo sin levantar la vista. Estaba lavando los cuchillos de acero inoxidable en un cubo lleno de agua que se había ido tiñendo de rojo a medida que hacía su trabajo—. Eres joven, no eres adicto a nada. Y digas lo que digas de tu padre, tienes esa tenacidad que tanto caracteriza a los López, así que cuentas con una oportunidad.

—¿Crees que se infectará?

La madre de Pima se encogió de hombros. El gesto hizo que se le marcaran los músculos bajo la camiseta de tirantes. Su piel negra resplandecía a la luz de las velas que iluminaban la choza. Había abandonado a su brigada y se había marchado a mitad de turno para asegurarse de que Nailer recibía los cuidados necesarios. Había renunciado a una cuota, y había sido gracias a Pima, que había tenido la sensatez de ir corriendo a buscarla en cuanto se había enterado de que su compañero desaparecido estaba en el bajío y no en el buque.

—No estoy segura —respondió—. Tienes muchos cortes. Tu propia piel debería protegerte, pero aquí el agua está bastante sucia y encima has estado metido en petróleo. —Sacudió la cabeza—. No soy médico.

Nailer trató de quitarle hierro al asunto.

—¿Quién necesita un médico cuando tienes una aguja y un poco de hilo? Un pequeño remiendo y ¡como nuevo!

Sadna no sonrió.

—Mantén las heridas limpias. Si tienes fiebre o ves que empiezan a supurar, ven a buscarme. Te pondremos algunas larvas, a ver si ayuda.

Nailer hizo una mueca de disgusto, pero asintió al ver la ferocidad que había en su mirada. Se incorporó con cautela y apoyó los pies en el suelo mientras observaba cómo Sadna se afanaba de un lado a otro en la única habitación, llevaba el cubo de agua ensangrentada fuera y volvía a entrar. Se enderezó y, con sumo cuidado, se dirigió a la puerta. Hizo a un lado la lona de plástico que hacía las veces de puerta para poder ver la playa.

Incluso de noche, los pecios eran un hervidero de actividad que refulgía con la luz de las linternas de los trabajadores que proseguían con la continua labor de desmontaje. Los barcos se perfilaban como enormes sombras negras frente a los puntos brillantes de las estrellas y al manto de la Vía Láctea. Los haces de luz titilaban, oscilaban y se movían. El ruido de los mazos resonaba a través del agua. Un coro de sonidos reconfortantes producto del trabajo; una mezcla de olores en el aire enrarecido por el olor a carbón de las fundiciones y la brisa fresca y salada procedente del mar. Era hermoso.

Antes de haber estado a punto de morir, no había sido consciente de ello. Pero ahora, de vuelta en el exterior, la playa de Bright Sands le parecía lo mejor que había visto nunca. No podía dejar de mirarla, de observarlo todo. No podía dejar de sonreír al ver a la gente paseando por la arena o las hogueras donde asaban las mojarras que habían pescado con la marea baja; tampoco al oír el tintineo de la música y el griterío de las mujeres de vida alegre. Todo era hermoso.

Casi tanto como presenciar cómo echaban a Sloth a patadas, verla con los ojos anegados de lágrimas, compadeciéndose de sí misma mientras le cosían a él. El mismo Bapi se había encargado de rajarle los tatuajes de la brigada, renegando de ella por completo. Nunca volvería a trabajar desguazando barcos. Y, casi con total seguridad, en ningún otro sitio; no después de haber roto un juramento de sangre. Había demostrado que nadie podía confiar en ella.

Sin embargo, a Nailer le había sorprendido que Sloth no hubiera protestado. No estaba por la labor de perdonarla, pero respetaba que no hubiera suplicado ni intentado disculparse cuando Bapi había sacado el cuchillo. Todo el mundo sabía cómo funcionaban las cosas. Lo hecho hecho estaba. Se la había jugado y había perdido; así era la vida. Había Lucky Strikes y había Sloths; había Jackson Boys y había capullos con suerte como él. Distintas caras de una misma moneda. Era como echarlo a suertes: lanzabas tu moneda al aire y, según de qué lado cayera, vivías o morías.

—Es cosa del destino —murmuró la madre de Pima—. Las Parcas te tienen en sus manos. Quién sabe qué harán contigo. —Lo contempló con una expresión que parecía casi de tristeza. Quería preguntarle a qué se refería, pero en ese momento Pima entró por la puerta con el resto de la brigada.

—¡Pero mira! —dijo Pima—. ¡Si es nuestro brigadier! —exclamó mientras inspeccionaba los puntos de sutura y la piel fruncida de sus heridas—. Te quedarán unas buenas cicatrices después de esto.

—Cicatrices de la suerte —añadió Moon Girl—. Mejor incluso que un tatuaje en la cara del Santo de la Herrumbre. —Le tendió una botella.

—¿Qué es esto? —le preguntó Nailer.

Moon Girl se encogió de hombros.

—Un regalo de buena suerte. Ahora que he visto que Dios está de tu parte, quiero acercarme a él.

Nailer sonrió y le dio un sorbo a la botella. Se sorprendió al notar el calor del alcohol en la boca; era de buena calidad.

—Es Black Ling —le informó Pima entre risas antes de inclinarse hacia él—. Tic-Toc lo ha robado. El muy chalado se lo ha llevado de la tienda de fideos de Chen como si nada. No tiene dos dedos de frente, pero tiene manos rápidas. —Tiró de él en dirección a la orilla—. Ven, hemos encendido una hoguera. Vamos a emborracharnos.

—¿Y el trabajo mañana?

—Bapi dice que la tormenta se avecina —dijo con una sonrisa—. Podemos pelar cables estando de resaca, no pasa nada.

Los miembros de la brigada se reunieron alrededor de la fogata y empezaron a intercambiar bebidas. Pima se alejó un momento y regresó con una cacerola de arroz y judías, además de una brocheta de pichón asado con la que sorprendió a Nailer. Al ver su cara de incredulidad, dijo:

—Son muchos los que quieren acercarse más Dios y a las Parcas. Todo el mundo te vio salir despedido del petrolero. Nadie tiene tanta suerte.

Nailer decidió no hacerle más preguntas. Empezó a comer con avidez, alegre de estar vivo y de que lo estuvieran alimentando tan bien.

Siguieron bebiendo mientras se pasaban el trozo de metal punzante y oxidado que había estado a punto de matarlo. Sopesó la posibilidad de convertirlo en un talismán, en una especie de adorno que pudiera llevar al cuello.

El efecto relajante del alcohol lo calentó y le hizo ver el mundo con otros ojos. Estaba vivo. Su piel rezumaba vitalidad. Incluso el dolor que sentía en la espalda y en el hombro, donde se le había clavado la hoja de metal, le parecía reconfortante. Haber estado a punto de morir le había dado un nuevo brillo a todo lo que formaba parte de su vida. Movió el hombro en círculos, saboreando el dolor.

Pima lo observaba sentada al otro lado de las llamas.

—¿Crees que mañana podrás trabajar?

Nailer se obligó a asentir.

—Solo vamos a pelar cables.

—¿Quién se va a encargar de explorar los conductos? —preguntó Moon Girl.

Pima hizo una mueca de desagrado.

—Daba por hecho que sería Sloth. Habrá que fichar a alguien que la sustituya y hacer un nuevo juramento de sangre.

—Como si eso sirviera de algo... —murmuró Tic-Toc.

—Ya, bueno, todavía quedan personas que cumplen su palabra.

Todos desviaron la mirada hacia la zona de la playa donde habían dejado tirada a Sloth. No tardaría en empezar a pasar hambre y necesitaría buscar a alguien que la protegiera; alguien con quien compartir su botín, una persona que le cubriera las espaldas cuando ella no pudiera trabajar. Era difícil sobrevivir en la playa sin compañeros de brigada.

Nailer se quedó mirando el vaivén de las llamas mientras meditaba sobre la naturaleza de la suerte. Una decisión precipitada había bastado para sellar el futuro de Sloth. Prácticamente se había quedado sin opciones y, de las pocas que tenía, ninguna era agradable. Llenas de sangre, dolor y desesperación. Dio otro trago a la botella, preguntándose si la compadecía a pesar de lo que había hecho.

—Podríamos fichar a Teela —propuso Pearly—. Es menuda.

—Y patizamba —respondió Moon Girl—. ¿Podrá seguir el ritmo?

—¿A cambio de trabajar en la brigada ligera? Hará lo que sea.

—Lo decidiré más adelante —concluyó Pima—. Puede que Nailer se recupere rápido y no haga falta buscar a nadie para sustituirlo.

Nailer esbozó una sonrisa amarga.

—O puede que Bapi me eche y subaste mi puesto. Así nadie tendrá que buscar a nadie.

—No mientras yo siga aquí.

Nadie dijo nada. No valía la pena estropear una velada tan agradable con suposiciones que no llevaban a ninguna parte. Bapi acabaría haciendo lo que le viniera en gana, pero no había necesidad de hurgar en esa herida esta noche.

Sin embargo, Pima pareció intuir sus dudas.

—Ya he hablado con Bapi —insistió—. Me ha dicho que Nailer tiene un par de días libres, que él se ocupará de su cuota. Quiere tenerlo cerca, a ver si le trae buena suerte.

—¿No está cabreado conmigo por haber perdido todo ese crudo?

—Bueno, eso también. Pero el cable que habías recogido salió contigo, así que tuvo algo de lo que alegrarse. Dispondrás de tiempo suficiente para recuperarte. Tengo al Santo de la Herrumbre por testigo.

Sonaba demasiado bien para ser verdad. Nailer bebió otro trago. Había visto demasiadas veces cómo las promesas de los adultos quedaban en nada; así que no iba a esperar sentado. Tenía que estar con la brigada al día siguiente y volver a parecer útil cuanto antes. Movió el hombro con cuidado, deseando que sanara pronto. Pasar un par de días pelando cables le vendría de perlas. Si había algo positivo en todo aquello, era que se avecinaba una tormenta.

Claro que, si no hubiera sido por esa misma tormenta, no habría tenido que meterse en aquel agujero dos veces el mismo día.

Bebió otro sorbo mientras disfrutaba de las vistas de la playa. De noche, las manchas de petróleo ni siquiera se apreciaban; lo único que se veía eran los reflejos plateados de la luna. A lo lejos, mar adentro, se divisaban unas luces rojas y verdes que refulgían como pequeñas llamas de fuego fatuo: las luces de navegación de los clíperes que cruzaban el golfo.

Los veleros se deslizaban por el horizonte en silencio, impulsados por un viento tan fuerte que sus luces se perdían tras la curvatura terrestre en cuestión de minutos. Intentó imaginarse de pie en la cubierta de uno de aquellos barcos, dejando atrás la playa y la brigada ligera, navegando libre y veloz.

Pima le quitó la botella de las manos.

—¿Soñando despierto?

—Más bien dormido —dijo señalando las luces de colores—. ¿Alguna vez has subido en uno?

—¿En un clíper? —Pima negó con la cabeza—. Qué va. Una vez vi cómo atracaba uno. Tenían a un grupo de híbridos montando guardia; no querían que la escoria de la playa remara cerca de ellos. —Hizo una mueca—. Los muy capullos electrificaron el agua.

Tic-Toc soltó una carcajada.

—Lo recuerdo. Intenté acercarme nadando y empecé a sentir un hormigueo por todo el cuerpo.

Pima frunció el ceño.

—Y al final tuvimos que arrastrarte hasta la orilla como un pescado muerto. Casi nos electrocutan a todos.

—No me habría pasado nada.

Moon Girl resopló.

—Te habrían devorado vivo. Eso es lo que les gusta. Ni siquiera cocinan la carne, se la comen cruda. Si te hubiéramos dejado allí fuera, esos monstruos habrían acabado usando tus costillas como palillos.

—No digas tonterías. Uno de ellos trabaja para Lucky Strike como matón a sueldo... ¿Cómo se llama...? —Tic-Toc hizo una breve pausa, contrariado—. Bueno, da igual, lo he visto. Tiene unos dientes enormes, pero no come gente.

—¿Cómo lo sabes? Los infelices a los que se come no pueden ir por ahí quejándose.

—Cabras —dijo Pima de repente—. El tipo ese come cabras. Cuando apareció en la playa por primera vez, le pagaban con cabras por su trabajo en la brigada pesada. Mi madre me contó que podía comerse una cabra entera en tres días. —Hizo un mohín—. Moon Girl tiene razón: es mejor no meterse con los híbridos. Una nunca sabe cuándo les va a salir el instinto animal y van a intentar arrancarte un brazo de cuajo.

Nailer seguía contemplando las luces que se perdían en la distancia.

—¿Alguna vez os habéis preguntado cómo sería ir a bordo de un clíper? ¿Qué se sentiría al surcar el mar en uno de esos cacharros?

—No lo sé —respondió Pima sacudiendo la cabeza—. Supongo que son bastante rápidos.

—Muy rápidos —añadió Moon Girl.

—Rápidos como el viento —declaró Pearly.

Ahora todos miraban al agua con ojos anhelantes.

—¿Creéis que saben que estamos aquí? —preguntó Moon Girl.

Pima escupió en la arena.

—Para esa gente no somos más que moscas que revolotean en la basura.

Las luces no dejaban de moverse. Nailer trató de imaginarse cómo sería estar de pie en la cubierta, surcar las olas y atravesar la espuma. Había pasado noches enteras contemplando imágenes de clíperes que navegaban a toda vela, fotografías que había robado de las revistas que Bapi guardaba en un cajón en la cabaña de su supervisor, pero eso era lo más cerca que había estado nunca de uno de ellos. Había pasado horas escudriñando sus estilizadas líneas de depredador; estudiando las velas y las hidroalas, las elegantes superficies de diseño, tan distintas a los restos oxidados de los naufragios en los que trabajaba todos los días; observando a las personas atractivas que sonreían y bebían en las cubiertas.

Aquellos veleros susurraban promesas de velocidad, aire salado y horizontes abiertos. A veces, Nailer deseaba poder colarse en esas páginas y aparecer en la proa de algún clíper. Se imaginaba navegando lejos, dejando atrás las penurias del día a día de un recolector de chatarra. Otras veces, rompía las fotos en pedazos y las tiraba a la basura, enfadado consigo mismo por anhelar cosas que no había sabido que quería hasta que había visto las velas.

El viento cambió de repente. Una nube negra de humo procedente de las fundiciones se cernió sobre la playa y los envolvió en bruma y ceniza.

Todos empezaron a toser y a jadear intentando encontrar un poco de aire puro. El viento no tardó en cambiar de dirección, pero Nailer continuó tosiendo. El tiempo que había pasado en el depósito de petróleo le había dejado secuelas. Seguía teniendo el pecho y los pulmones doloridos, y aún notaba el sabor del crudo en la boca.

Cuando por fin dejó de toser y pudo levantar la vista, los clíperes ya se habían ido. Otra ráfaga de humo negro atravesó la fogata.

Nailer sonrió con amargura en el viento acre. Eso le pasaba por estar pensando en clíperes. Acababa de tragarse una humareda por no prestar atención a lo que le rodeaba. Dio otro trago a la botella y se la pasó a Pearly.

—Gracias por el regalo de buena suerte —dijo—. No sabía que el Black Ling estaba tan bueno.

Moon Girl sonrió.

—Un licor extraordinario para un capullo con una suerte extraordinaria.

—Vaya que si tiene suerte —aseveró Pima—. El capullo con más suerte que he visto en mi vida.

Echó un vistazo al resto de ofrendas que su amigo había ido recibiendo a lo largo de la noche: otra brocheta de pichón, que había compartido con todo el grupo; un paquete de cigarrillos liados a mano; una botella de licor barato del destilador de Jim Thompson; un pendiente de plata maciza de gran tamaño... Además de una caracola pulida por el mar y un saco de arroz de medio kilo.

—¿Más que Lucky Strike? —bromeó Nailer.

—No después de perder todo ese petróleo —señaló Moon Girl—. Si hubieras tenido la suerte de Lucky Strike, te las habrías arreglado para sacarlo a escondidas en lugar de echarlo todo a perder. Ahora serías un ricachón, dueño y señor de la playa.

Los demás emitieron un gruñido de conformidad, pero Pima se había quedado en silencio, con la piel azabache sumida en sombras.

—Nadie tiene tanta suerte —declaró con amargura—. Todo el mundo se pasa el día soñando despierto con ser el próximo Lucky Strike, y ha sido precisamente eso lo que ha echado a perder a Sloth.

—Ya, bueno —dijo Nailer encogiéndose de hombros—. Hoy me considero afortunado.

Pima puso mala cara.

—No ha sido solo cuestión de fortuna —insistió ella—. Fuiste inteligente. Y Lucky Strike también lo fue. La mitad de las brigadas de la zona encuentran depósitos de crudo, de cobre o de lo que sea, y ninguna de ellas sabe qué hacer con eso. Al final los jefes se quedan con todo y no vuelven a pisar un naufragio en sus vidas. Joder. —Dio otro trago a la botella y se frotó los labios con el brazo antes de pasársela a Moon Girl, que tomó un sorbo y empezó a toser—. Ahí fuera no necesitas suerte —continuó Pima—, lo que necesitas es inteligencia.

—Me da igual si ha sido cuestión de suerte o de inteligencia, la cuestión es que estoy vivo.

—Y brindo por eso. Aun así, nos entusiasmamos con ser el próximo Lucky Strike y acabamos perdiendo la cabeza. Malgastamos todo nuestro dinero jugando a los dados, buscando un golpe de fortuna que nos haga ricos de un día para otro. Le rezamos al Santo de la Herrumbre para que nos ayude a encontrar algún botín que podamos guardarnos para nosotros. Bueno, hasta mi madre pone arroz del bueno en la balanza del Dios de la Chatarra como ofrenda, a ver si nos trae de suerte, y al final todos acabamos como Sloth.

Pima señaló con la cabeza al otro lado de la playa, donde los hombres de las brigadas pesadas habían encendido sus hogueras. Estaban en compañía de varias prostitutas, que reían y bromeaban mientras los abrazaban por la cintura con brazos delgados y los instaban a seguir bebiendo y gastando dinero.

—Sloth está ahí ahora mismo. La he visto. Al final, tanto soñar con ser la próxima Lucky Strike solo le ha traído la vergüenza de que le hayan rajado los tatuajes de la brigada y un montón de malas compañías.

Nailer se quedó mirando las hogueras de los hombres.

—¿Crees que vendrá a por mí?

—Yo lo haría si estuviera en su lugar —declaró Pima—. Ya no tiene nada que perder. —Hizo un gesto con la cabeza hacia los regalos de buena suerte de Nailer—. Será mejor que busques un buen escondite para todo eso. Seguramente intentará robártelo. Tal vez encuentre a algún viejo rico que esté dispuesto a protegerla, pero nadie más querrá tener nada que ver con ella. En los tugurios de comida no querrán contratarla porque los desguazadores se negarán a comprarle nada a alguien con los tatuajes de brigada rajados y los clanes de las fundiciones no querrán inmiscuirse con alguien que haya roto un juramento de sangre. Con lo mentirosa que es, no tiene la menor oportunidad.

—Podría vender un riñón —propuso Moon Girl—. O donarles un litro de sangre a los Recolectores. Siempre están interesados en comprar.

—Claro. Tampoco nos olvidemos de ese par de ojazos —añadió Pearly—. Los Recolectores se volverían locos por ellos.

Pima se encogió de hombros.

—Los tratantes médicos pueden cortarla y trocearla como si fuera un filete de cerdo, pero tarde o temprano todo el mundo se queda sin partes que vender. ¿Y entonces qué?

—El Culto a la Vida —sugirió Nailer—. Esa gente le pagaría por sus óvulos.

—Lo que nos faltaba —dijo Moon Girl con cara de disgusto—. Un montón de híbridos con la jeta de Sloth.

—Un poco de ADN canino sería un paso adelante para ella —continuó Pearly—. Al menos los perros son leales.

Todos soltaron una risita sombría. Empezaron a bromear sobre qué animales mejorarían la estructura genética de Sloth: los gallos al menos madrugaban; los cangrejos se comían cualquier cosa; las serpientes eran perfectas para el trabajo en los conductos y encima no tenían manos, así que no podían apuñalarte por la espalda. Cada animal que proponían representaba una mejora con respecto a la criatura que los había traicionado. La confianza era algo imprescindible cuando te dedicabas a un oficio tan peligroso como el desguace de barcos.

—Sloth está a punto de llegar a un callejón sin salida —apuntó Pima—, pero nosotros tenemos el mismo problema. Quizá este año no, pero pronto. —Se encogió de hombros—. Mi madre me está haciendo comer más de lo habitual, intentando prepararme para poder competir por un puesto en la brigada pesada. —Vaciló y volvió a mirar al otro lado de la playa, a los hombres y las hogueras—. No creo que lo consiga. Demasiado corpulenta para trabajar en la brigada ligera y demasiado menuda para trabajar en la pesada...

¿Qué otras opciones tengo? ¿Cuántos clanes aceptan adolescentes que no son suyos?

—No digas sandeces —dijo Pearly—. No tienes por qué renunciar a tu puesto en la brigada ligera. Eres la desguazadora más competente de los que estamos a bordo de los barcos. Podrías quedarte con el trabajo de Bapi sin pensarlo, hacer limpieza y doblar la cuota. —Chasqueó los dedos—. Así de simple. Podrías quitarle el puesto, sin duda.

Pima sonrió.

—Hay muchos candidatos para ese puesto y nosotros ni siquiera estamos en la lista. Para eso habría que hacer una buena inversión y ninguno de nosotros tiene tanto dinero.

—Me parece una estupidez —protestó Pearly—. Tú serías mejor jefa de brigada que él.

—Ya. —Hizo un mohín—. Supongo que ahí es donde entra la suerte. —Los miró a todos con gesto serio—. Que no se os olvide a ninguno de vosotros. No basta con que seáis afortunados o inteligentes; tenéis que ser las dos cosas. De lo contrario, acabaréis como Sloth, deambulando entre las hogueras y rezando para que alguien os encuentre alguna utilidad. —Dio otro trago a la botella y se la devolvió a Nailer antes de ponerse de pie.

»Voy a dormir un rato —declaró. Cuando empezaba a alejarse por la playa, se dirigió a Nailer—. Nos vemos mañana, suertudo. No llegues tarde. Como no aparezcas y te mates a trabajar como el resto de nosotros, el jefe no dudará en echarte a patadas.

Nailer y los demás la siguieron con la mirada hasta que se perdió de vista. El último leño que quedaba en la hoguera crepitó y despidió algunas chispas. Moon Girl acercó la mano al fuego y empujó el leño al corazón de las brasas.

—No tiene ninguna posibilidad de entrar en una brigada pesada —comentó—. Ni ella ni ninguno de nosotros.

—¿Intentas arruinarnos la noche? —le preguntó Pearly.

Las facciones perforadas de Moon Girl brillaban a la luz de las llamas.

—Solo digo lo que todos sabemos. Pima vale más que diez Bapis juntos, pero da igual. Dentro de un año tendrá el mismo problema que Sloth. Aquí, o tienes suerte o no tienes nada. —Sostuvo en alto un amuleto de las Parcas de cristal azul que siempre llevaba colgado del cuello—. Besamos el ojo con la esperanza de que todo salga bien, pero estamos en las mismas que Sloth.

—No —dijo Tic-Toc negando con la cabeza—. Aquí la diferencia está en que Sloth se lo merecía y Pima no.

—Lo que merezcas o dejes de merecer no tiene nada que ver —insistió Moon Girl—. Si todo el mundo tuviera lo que se merece, la madre de Nailer estaría viva, la madre de Pima sería la dueña de Lawson & Carlson y yo comería seis veces al día. —Escupió al fuego—. Nadie merece nada. Puede que Sloth rompiera su juramento, pero siempre fue lo bastante inteligente para comprender que las cosas se consiguen ganándotelas, no mereciéndotelas.

—No me lo trago. —Pearly sacudió la cabeza—. ¿Qué es una persona sin palabra? Nada. Menos que nada.

—Pearly, no te imaginas todo el petróleo que había —intervino Nailer—. Es el depósito más grande que he visto nunca. Todos podemos seguir pretendiendo que no somos como Sloth, pero cualquiera que tuviera todo ese petróleo al alcance de la mano rompería sus juramentos sin pensarlo.

—Yo no —respondió Pearly con vehemencia.

—No, ni ninguno de nosotros —convino Nailer—. Pero, aun así, no estabas allí.

—Pima tampoco —añadió Tic-Toc—. Ella nunca haría algo así.

Sus palabras pusieron fin a la discusión, porque, por mucho que se engañaran, Tic-Toc tenía razón. Pima nunca vacilaba. Nunca desfallecía; siempre podías contar con ella. Incluso cuando te daba la tabarra para que cumplieras con la cuota, siempre intentaba protegerte. De pronto, Nailer deseó poder regalarle toda su suerte. Si alguien merecía algo mejor, era ella. Deprimidos por el giro que había dado la conversación, todos se pusieron a recoger las sobras de la cena. Cubrieron la madera con arena y se dispusieron a regresar a casa con sus familias, cuidadores o quienquiera que tuvieran en sus vidas.

El viento empezaba a cobrar fuerza. Nailer se volvió atraído por la brisa fresca. La tormenta se avecinaba, no había duda. Conocía de sobra la costa, podía presentirla. Estaba ahí fuera, acechando. Un vendaval de los gordos. No podrían trabajar en los pecios al menos durante un par de días. Con suerte, tendría tiempo de descansar y reponerse.

Respiró el aire fresco y salado que se derramaba sobre él. Alertados por la cercanía de la tormenta, los residentes habían empezado a apagar sus hogueras y a ir de un lado a otro de la playa asegurando sus escasas pertenencias.

A lo lejos, en el horizonte, otro clíper se deslizaba por las aguas nocturnas del golfo con las luces azules de navegación encendidas. Nailer respiró hondo mientras contemplaba cómo surcaba las olas a toda velocidad en busca de un puerto donde resguardarse. Por una vez, Nailer se alegró de estar en tierra.

Se volvió y echó a andar por la playa en dirección a su choza. Si de verdad tenía suerte, su padre estaría por ahí emborrachándose y podría entrar sin que lo viera.

La casa de Nailer se encontraba en los márgenes de la selva, rodeada de enredaderas de kudzu y cipreses. Estaba construida con hojas de palma, cañas de bambú y planchas de latón usadas que su padre había marcado a puñetazos para asegurarse de que nadie se las llevara mientras ellos estaban fuera durante el día.

Nailer dejó los regalos de buena suerte junto a la puerta. Recordaba vagamente los tiempos en los que esa puerta no le había parecido peligrosa. Antes de que su madre enfermara. Antes de que su padre se abandonara al alcohol y las drogas. Ahora, el simple hecho de abrirla era una lotería.

Si no hubiera sido porque llevaba ropa prestada, ni siquiera se habría atrevido a volver, pero su otra muda de ropa estaba dentro. Con suerte, su padre aún estaría por ahí bebiendo. Empujó la puerta y se adentró de puntillas en la oscuridad. Abrió el bote de pintura fluorescente y se untó un poco en la frente. El efecto luminiscente creó sombras tenues a su alrededor...

Una cerilla se encendió de repente. Nailer se giró.

Su padre estaba apoyado en la pared detrás de la puerta, observándolo, con una botella de alcohol casi vacía en la mano.

—Me alegro de verte, Nailer.

Richard López era un amasijo demacrado de músculos nudosos y energía explosiva. Unos dragones tatuados le serpenteaban por los brazos hasta el cuello, donde sus colas se entrelazaban con los contornos descoloridos de los tatuajes de la brigada ligera a la que había pertenecido en su juventud. Tenía el pecho cubierto de cicatrices de victoria, estas más recientes y mucho más siniestras, que daban fe de todos los hombres a los que había destrozado cuando luchaba en el *ring*. Trece en total, rojas y brillantes. «Mi docena de fraile especial», solía decir con una risita antes de preguntarle a Nailer si algún día llegaría a tener las agallas de su padre.

Richard encendió la lámpara de queroseno que colgaba del techo, que se meció con suavidad de lado a lado. Nailer se quedó quieto, intentando adivinar el estado de ánimo de su padre mientras este cogía una silla que había recogido por ahí, le daba la vuelta y se sentaba a horcajadas sobre ella. El resplandor oscilante de la lámpara proyectaba una mezcla de sombras siniestras y amenazantes entre ambos. Richard López estaba colocado, ciego de licor y de anfetaminas. Sus ojos inyectados en sangre estudiaban a Nailer con detenimiento, como una serpiente a punto de atacar.

—¿Qué coño te ha pasado?

Nailer intentó ocultar el miedo que sentía. Su padre no tenía nada en las manos, ni cuchillos, ni cinturones, ni varas de sauce. Aunque sus ojos azules y cristalinos brillaban con intensidad, su semblante seguía siendo el de un mar en calma.

—He tenido un accidente en el trabajo —le explicó Nailer.

—¿Un accidente? ¿No estarías haciendo alguna estupidez?

—No...

—¿O es que estabas pensando en chicas? —le presionó su padre—. ¿O en nada? ¿Soñando despierto como sueles hacer? —Hizo un gesto con la cabeza hacia la imagen rota de un clíper que Nailer había clavado con chinchetas en la pared de la choza—. ¿Fantaseando con tus barquitos?

Nailer no mordió el anzuelo. Si protestaba, solo empeoraría las cosas.

Richard prosiguió.

—¿Cómo vas a cubrir tus gastos aquí si no estás trabajando?

—No voy a dejar de trabajar —respondió Nailer—. Vuelvo mañana.

—Ah, ¿sí? —Los ojos inyectados en sangre de su padre lo miraron con desconfianza. Señaló con la cabeza el cabestrillo hecho de trapos que sostenía el hombro de su hijo—. ¿Con un brazo inútil? Bapi no va por ahí haciendo obras de caridad.

Nailer se obligó a no echarse atrás.

—Todavía me necesita. Ha echado a Sloth, así que nadie más puede trabajar en los conductos. Soy más pequeño...

—Más pequeño que una mierda. Sí. Tienes eso a tu favor. —Dio un trago a la botella—. ¿Dónde está tu máscara? —preguntó.

Nailer vaciló.

—¿Y bien?

—La he perdido.

Se hizo el silencio entre ellos.

—Perdido, ¿eh? —fue todo lo que dijo, pero Nailer conocía perfectamente los peligrosos engranajes mentales que sus palabras acababan de poner en marcha, unos engranajes alimentados por las drogas, la ira y unos brotes de locura que solían desencadenar episodios de histeria y brutalidad desmedidas. Bajo aquellas facciones tatuadas se gestaba una tormenta, una llena de corrientes de retorno, olas violentas y mangas de agua; una tempestad inclemente y letal que sacudía a Nailer cada día mientras luchaba por capear el temporal de los estados de ánimo de su padre. Richard López estaba pensando algo; ahora Nailer tenía que adivinar el qué o no volvería a salir de la choza sin recibir una paliza.

Intentó darle una explicación.

—Me caí por un conducto y acabé en un depósito de petróleo. No podía salir y la máscara no me dejaba respirar. Se había llenado de crudo, ya no servía para nada.

—No digas que no servía para nada —le espetó su padre—. Eso no lo decides tú.

—No, señor. —Nailer guardó silencio, sin fiarse.

Richard López empezó a dar pequeños golpes con la botella de licor en el respaldo de la silla.

—Y ahora supongo que querrás otra máscara, ¿no? Siempre estabas quejándote del polvo que se filtraba en la otra.

—No, señor —repitió.

—No, señor —lo imitó su padre—. Joder, Nailer, estás hecho un listillo. Siempre diciendo lo correcto—. Sonrió, dejando entrever los dientes amarillentos y despegados como los dedos extendidos de una mano, pero sin dejar de golpetear el respaldo de la silla con la botella. Nailer se preguntó si su padre iba a pegarle con ella. Otro golpecito. Los ojos depredadores de Richard López estudiaron a su hijo—. Últimamente estás muy espabilado —masculló—. Empiezo a pensar que te estás volviendo demasiado listo en tu propio beneficio. Igual te da por empezar a decir cosas que no piensas con tanto *sí, señor; no, señor; señor...*

Nailer casi no podía respirar. Ya no tenía la menor duda de que la intención de su padre era cometer algún acto de violencia, de que planeaba agarrarlo y enseñarle modales. Desvió la mirada hacia la puerta. Incluso estando colocado, lo más probable era que lograra interceptarlo y que acabara ensangrentado y lleno de cardenales. Y ahí ya no habría forma de que pudiera reincorporarse a la brigada ligera antes de que Bapi lo echara.

Se arrepintió de no haber ido directamente a refugiarse a la choza de Pima. Volvió a mirar hacia la puerta. Si pudiera...

Richard se percató de sus intenciones. Una expresión gélida se apoderó de sus facciones. Se puso de pie y apartó la silla de un empujón.

—Ven aquí, chico.

—Me han hecho un regalo de buena suerte —dijo Nailer de repente—. Uno bueno. Por haber salido del petróleo.

Nailer mantuvo la voz firme, haciendo como si no supiera que su padre pensaba darle una paliza. Haciéndose el inocente. Hablando con naturalidad, como si no se encontrara al borde de un abismo lleno de dolor y gritos.

—Está ahí mismo —le indicó.

«Camina despacio. Que no piense que vas a salir corriendo».

—Está justo aquí —repitió mientras abría la puerta y sacaba el brazo. Cogió el regalo que le había hecho Moon Girl y se lo ofreció a su padre. La botella resplandeció a la luz de la lámpara como un talismán—. Es Black Ling —explicó—. Me lo ha regalado la brigada. Me dijeron que debía compartirlo contigo porque soy afortunado por tenerte.

Nailer contuvo la respiración. Los gélidos ojos de su padre se posaron en la botella. Podía ser que le diera un trago o que se la quitara de las manos y le pegara con ella. Era imposible saberlo. Richard se había vuelto más impredecible a medida que había ido dedicando menos tiempo al trabajo de la brigada y más a los placeres del mundo clandestino de las playas, motivado por el consumo de unas drogas que lo habían convertido en un hombre sin más inquietudes que la violencia y el deseo.

—Déjame ver. —Le quitó la botella de las manos y comprobó cuánto licor quedaba—. No has dejado mucho para tu viejo —se quejó, aunque luego desenroscó el tapón y olfateó el contenido. Nailer se limitó a esperar, rezando por que la suerte lo acompañara esta vez.

Richard bebió un trago. Hizo un gesto en señal de respeto.

—Está bueno —confesó.

El clima de violencia se evaporó de la habitación. Su padre sonrió y brindó por su hijo con la botella en alto.

—Muy bueno —aseveró mientras lanzaba la otra botella a un rincón—. Mucho más que esa bazofia.

Nailer se atrevió a esbozar una sonrisa.

—Me alegro de que te guste.

Su padre dio otro trago y se limpió la boca.

—Vete a dormir, que mañana tienes que trabajar. Bapi no dudará en echarte si llegas tarde. —Le hizo un gesto hacia las mantas—. Eres un chico con suerte. —Volvió a sonreír—. A lo mejor deberíamos llamarte así a partir de ahora: chico con suerte o... ¿Lucky Boy? —Richard volvió a enseñar los enormes dientes amarillos en un gesto tan benévolo como inesperado—. ¿Qué te parece? ¿Te gusta? —preguntó.

Nailer asintió con vacilación.

—Sí, me gusta. —Se obligó a sonreír de oreja a oreja, dispuesto a decir lo que fuera con tal de que su padre siguiera de buen humor—. Me gusta mucho.

—Bien —asintió satisfecho—. Vete a dormir, Lucky Boy. —Bebió otro trago del regalo de buena suerte de Nailer y se sentó a observar cómo arreciaba la tormenta.

Nailer se tapó con una sábana mugrienta. Desde el otro lado de la habitación, su padre musitó:

—Lo has hecho bien.

Sintió una oleada de alivio al oír el cumplido. En aquellas palabras se escondía la esencia de un padre que recordaba de antes, de cuando él era pequeño y su madre aún vivía. Una época diferente, un padre diferente. Allí, en la penumbra, Richard López casi podría haber sido el hombre que lo había ayudado a tallar la imagen del Santo de la Herrumbre en la pared que estaba sobre la cama donde yacía su madre enferma. Por desgracia, de eso hacía ya mucho tiempo.

Nailer se acurrucó, contento de poder sentirse a salvo por esta noche. Mañana podía ser distinto, pero hoy había acabado bien. Habría que ver qué pasaba mañana.

6

La tormenta azotó la costa con la fuerza implacable de un tanque del viejo mundo. Unos imponentes bancos de nubes se alzaban en el horizonte y luego se desplazaban hacia el litoral descargando un aguacero constante. Los truenos retumbaban sobre el océano y los rayos iluminaban la base de las nubes, dibujando líneas centelleantes entre el cielo y el mar.

Se desató el diluvio universal.

Nailer se despertó con el rugido de la tormenta y el vendaval que sacudía las paredes de bambú. El viento y el agua entraban a raudales por la puerta abierta, iluminados por estallidos de electricidad. Su padre no era más que una sombra inerte a su lado. Estaba reclinado con la boca abierta, roncando. Una racha de viento recorrió la choza y acarició el rostro de Nailer con dedos helados antes de embestir la pared y arrancar de cuajo la foto del clíper. El trozo de papel se agitó con violencia un momento antes de salir despedido por la ventana y perderse de vista en la oscuridad, sin que Nailer pudiera siquiera hacer ademán de cogerlo. La lluvia fría le salpicaba la piel al filtrarse por donde las crecientes rachas de viento habían empezado a arrancar el techo de hojas de palma.

Nailer pasó por encima de su padre y fue a trompicones hasta la puerta. Fuera, la playa era un hervidero de actividad. Había personas metiendo los esquifes entre los árboles, otras persiguiendo al ganado. Aquella tormenta era peor que un simple temporal; cabía incluso la posibilidad de que fuera una de esas tempestades que arrasaban ciudades enteras, a juzgar por la forma en que se arremolinaban las nubes y por cómo se desperdigaban los relámpagos por los pecios diseminados en la costa. Aunque la marea debería haber bajado, las olas y los cachones rompían con fuerza por toda la playa mientras la marejada ciclónica se adentraba cada vez más hacia el interior.

Su padre afirmaba que las tormentas eran cada año peores, pero Nailer nunca había visto nada parecido al monstruo que se cernía sobre ellos. Volvió a entrar en la choza.

—¡Papá! —le gritó—. ¡Todo el mundo está subiendo! ¡Tenemos que alejarnos de la marejada!

El hombre no respondió. Las brigadas nocturnas habían empezado a salir en desbandada de los pecios. Los hombres y mujeres descendían por las escalerillas de cáñamo a toda prisa, se descolgaban y se dejaban caer en el mar revuelto como pulgas que saltan para huir de un perro. Las descargas eléctricas perfilaban las siluetas oscuras de los barcos contra el brillante cielo nocturno; unos segundos después, todo volvía a quedar sumido en la oscuridad. La lluvia asolaba la playa.

Nailer recorrió la choza en busca de pertenencias que valiera la pena salvar. Se puso la última muda de ropa que le quedaba, cogió el bote de grasa fosforescente y recogió el pendiente de plata y el saco de arroz de la suerte que le habían regalado. La casa crujía y se bamboleaba a causa de las fuertes rachas de viento. El latón y el bambú no aguantarían mucho más.

Estaba claro que aquella tormenta era de las que arrasaban ciudades enteras, un fenómeno que algunos conocían como *aguafiestas* o *marejada de Orleans*. Cuando Nailer volvió a asomarse a la furia incontenible de la tempestad, vio que todo el mundo corría en busca de refugios más seguros. Había una multitud de sombras que emergían de la oscuridad, encorvadas bajo las rachas de viento y agua mientras se apresuraban a ponerse a cubierto. Corrían hacia estructuras como el tren desguazado, confiando en que los vagones de carga de hierro no salieran volando.

Nailer arrastró todas sus pertenencias hasta el cuerpo inerte de su padre. Quitó la sábana de la cama y empezó a buscar los objetos a tientas con una sola mano para colocarlos sobre ella. Aquel esfuerzo desesperado hizo que el hombro herido comenzara a arderle de dolor. Lo metió todo deprisa y corriendo en la sábana y lo anudó para hacer un fardo. La lluvia seguía cayendo a chorros por el tejado medio desintegrado. Su padre tenía la pálida piel empapada, pero, aun así, seguía sin moverse.

Nailer lo agarró por uno de los brazos tatuados.

—¡Papá!

No hubo respuesta.

—¡Papá! —Nailer lo zarandeó de nuevo. Probó a clavarle las uñas en la piel adornada con dragones—. ¡Despierta!

El hombre apenas se inmutó; estaba tan puesto de anfetaminas que nada le afectaba.

Nailer se meció sobre los talones, de repente pensativo.

Si les alcanzaba la peor parte de la tormenta, no quedaría nada en pie. Había oído que las marejadas ocasionadas por este tipo de temporales podían llegar a desplazar la línea costera hasta un kilómetro y medio tierra adentro, lo que a menudo acababa transformando las playas y los árboles en una marisma cenagosa donde el aumento del nivel del mar solía crear una nueva línea de marea alta irregular. Una acometida impetuosa podía arrastrar los armazones de los pecios con facilidad. Incluso si la choza no salía volando por el viento, cualquiera de aquellos barcos podía acabar llevándosela por delante.

Nailer se enderezó y se cargó el fardo al hombro, dejando escapar un gruñido al sentir el peso. Cuando llegó a la puerta, el viento lo arrolló y le azotó el rostro con una mezcla de lluvia, arena y hojas. Los relámpagos seguían cayendo sobre la playa. Un gallinero pasó de largo dando tumbos bajo la luz intermitente. Todas las aves habían desaparecido; una a una, habían sucumbido a los embates de la tormenta. Nailer volvió a mirar a su padre, inmerso en un mar de sentimientos encontrados.

No iba a moverse. Tenía los receptores del cerebro tan mermados que ni siquiera la violencia del temporal conseguiría despertarlo. A veces, cuando el colocón era muy fuerte, podía pasarse hasta dos días seguidos durmiendo. Normalmente, Nailer agradecía la paz que traían consigo aquellos momentos de bajón de su padre. Así todo sería tan sencillo...

Dejó el fardo con sus pertenencias en el suelo y, maldiciéndose por su estupidez, se aventuró en la tormenta. Su padre era un borracho y un desgraciado, pero por las venas de ambos corría la misma sangre. Tenían los mismos ojos, compartían los mismos recuerdos de su madre, la misma comida, el mismo licor... Era todo lo que tenía, su única familia.

Una vorágine de arena, tornillos de cobre y fragmentos de plástico se arremolinó a su alrededor. Los restos de chatarra recuperados durante las labores de desmantelamiento de los barcos le rasgaban la piel mientras corría descalzo por la playa en dirección a la choza de Pima. Virutas de óxido, trozos de material aislante, un rollo de alambre... Había restos de basura y desechos volando como cuchillas por todas partes.

Una ráfaga de viento lo postró de rodillas y lo obligó a arrastrarse por el suelo. Empezó a sentir un fuerte dolor en el hombro. Una plancha de metal le pasó por encima como una cometa y se empotró en un cocotero; un tejado, tal vez, o los restos de algún barco...; era imposible saberlo. El árbol se desplomó un momento después, pero el fragor de la tormenta era tan fuerte que Nailer ni siquiera lo oyó caer.

Entornó los ojos bajo la lluvia torrencial mientras permanecía agazapado en la arena. La choza de Pima había desaparecido, pero tanto su silueta como la de su madre seguían allí, luchando contra la tormenta, tendiendo cabos, intentando desesperadamente aferrarse a una sombra borrosa.

Nailer siempre había pensado que la madre de Pima era grande y alta porque trabajaba en la brigada pesada, pero en aquel momento, en medio del temporal, le pareció tan pequeña como Sloth. La lluvia amainó un momento. Sadna y Pima estaban amarrando un esquife, intentando atarlo al tronco de un árbol que se combaba con el viento. Los escombros las estaban acribillando. Al acercarse, vio que Pima tenía un corte en la cara y que la sangre le corría por la frente mientras ayudaba a su madre a tensar los cabos.

—¡Nailer! —La madre de Pima le hizo señas para que se acercara—. ¡Ayuda a Pima a asegurar ese lado! —dijo antes de lanzarle un cabo.

Lo agarró, se lo enrolló alrededor del brazo bueno y tiró con fuerza. Los dos trabajaron hombro con hombro para fijar uno de los extremos del esquife mientras Pima se apresuraba a hacer los nudos. En cuanto acabó, Sadna le hizo señas y le gritó:

—¡Resguardaos entre los árboles! ¡Hay una cavidad rocosa algo más arriba! Debería servir como refugio.

Nailer negó con la cabeza.

—¡Mi padre! —dijo señalando su casa. Por increíble que pareciera, la estructura seguía estando en pie—. ¡No se despierta!

La madre de Pima se quedó mirando la choza en medio de la lluvia y la oscuridad. Frunció los labios.

—Mierda. Está bien. —Le hizo un gesto a Pima—. Llévalo arriba.

Lo último que vio fue la sombra de Sadna adentrándose en el vendaval, corriendo playa abajo rodeada de rayos. Pima lo arrastró hacia los árboles y empezó a abrirse paso entre las ramas y los rugidos de la tormenta.

Ascendieron a toda velocidad, desesperados por escapar de la marejada. Nailer volvió a echar un vistazo a la playa, pero no vio nada. Sadna había desaparecido. También la choza de su padre. Todo. La playa había quedado totalmente arrasada. Mar adentro había ojos de fuego provocados por vertidos de petróleo que, de algún modo, se habían incendiado y ardían con furia a pesar de la tromba que caía sobre ellos.

—¡Vamos! —le instó Pima tirando de él—. ¡Todavía falta un trecho!

Siguieron adentrándose en la selva, abriéndose paso por el fango y dando tumbos entre las gruesas raíces de los cipreses. La lluvia torrencial se precipitaba sobre ellos de manera infatigable a la vez que inundaba los senderos de leña con sus ríos de lodo. Finalmente llegaron al destino de Pima: una pequeña cueva de piedra caliza, apenas lo bastante grande para ellos dos. Se agazaparon dentro. El agua caía a raudales por el borde y se acumulaba a su alrededor, obligándolos a mantenerse juntos con los pies sumergidos en el charco helado. Aun así, estaba resguardada del viento.

Nailer contempló la tormenta. Era de las que arrasaban ciudades enteras, sin duda.

—Pima —empezó a decir—, lo...

—Shhh... —Tiró de él para apartarlo de la lluvia—. No le pasará nada. Es fuerte. Más que cualquier temporal.

Un árbol pasó volando delante de ellos como si fuera un palillo lanzado al aire por un niño. Nailer se mordió la lengua. Esperaba que Pima tuviera razón. No debería haberles pedido ayuda; había sido una estupidez. La madre de Pima valía cien veces más que su padre.

Esperaron, tiritando de frío. Pima lo arrimó a ella y se acurrucaron, dándose calor mutuamente mientras aguardaban el fin de aquella agresión de la naturaleza.

7

El temporal persistió dos noches más, durante las que siguió devastando la costa y arrasando con todo lo que no estuviera bien amarrado. Pima y Nailer pasaron todo ese tiempo agazapados, atentos al fragor de la tormenta y a la lluvia, abrazados mientras el frío les pintaba los labios de morado y les ponía la piel de gallina.

Al tercer día, por la mañana, el cielo se despejó de repente. Nailer y Pima se obligaron a mover las extremidades entumecidas y bajaron a trompicones hasta la playa, donde se unieron a un grupo de supervivientes desaliñados que se dirigían en masa hacia la arena.

Al atravesar la última línea de árboles, Nailer se detuvo en seco, atónito.

La playa estaba desierta. No había el menor indicio de que hubiera estado habitada. A lo lejos, las sombras de los petroleros aún se alzaban imponentes sobre el mar azul, desperdigadas por todas partes como si fueran de juguete, pero no quedaba nada más. El manto de hollín y los vertidos de petróleo habían desaparecido; todo relucía bajo el esplendor matutino del sol tropical.

—Qué azul es —musitó Pima—. Creo que nunca había visto el agua tan azul.

Nailer se había quedado sin palabras. La playa estaba más limpia que nunca.

—Así que seguís vivos, ¿eh?

Era Moon Girl. Les sonreía de oreja a oreja, cubierta de barro tras haber salido del escondite en el que se hubiese metido, pero viva al fin y al cabo. Detrás de ella, Pearly y sus padres acababan de llegar a la playa. Caminaban con cara de asombro, intentando asimilar los cambios.

—Sanos y salvos. —Pima recorrió la playa con la mirada—. ¿Has visto a mi madre?

Moon Girl negó con la cabeza. El movimiento hizo que sus *piercings* destellaran bajo la luz del sol.

—Puede que esté por allí. —Señaló de forma imprecisa hacia el patio de maniobras—. Lucky Strike está repartiendo comida entre quienes la necesiten. También nos venderá a crédito lo que nos haga falta, hasta que se reanude el trabajo de desguace.

—¿Ha podido salvar la comida?

—Un par de vagones enteros.

Pima tiró de Nailer.

—Vamos.

Una multitud de personas estaba congregada en torno al vagón a la espera de que Lucky Strike empezara a repartir los suministros disponibles. Pima y Nailer escrutaron los rostros de los presentes, pero no había rastro de Sadna.

—¡No os preocupéis! ¡Hay comida suficiente para todos! —anunció el hombre entre risas—. Nadie pasará hambre mientras esperamos a que la gente de Lawson & Carlson regrese de MissMet. Puede que los compradores de chatarra se escondan de los huracanes, pero Lucky Strike cuida de todos vosotros.

Aunque no dejaba de sonreír, con las rastas negras y largas recogidas hacia atrás, Nailer sabía que también estaba advirtiendo a la gente de que no toleraría ningún tipo de disturbio relacionado con la comida. Y, si había alguien a quien la gente estaba dispuesta a obedecer, era a él.

Con el paso del tiempo, desde aquel primer golpe de suerte que le había permitido abandonar la brigada pesada, había ido acumulando cada vez más poder. Ahora introducía toda clase de productos de contrabando en la playa de Bright Sands, desde antibióticos hasta metanfetamina cristalina. Los tratos con los jefazos le permitían hacer lo que quería. Estaba metido en el mundo de las apuestas, la prostitución y una docena de negocios más; así que le llovía el dinero, un hecho que evidenciaban las pepitas de oro que le colgaban relucientes de las puntas de las rastas o los aros gruesos y brillantes que llevaba en las orejas. Estaba forrado.

—¡No os acerquéis tanto! —gritó a la muchedumbre—. ¡Tened paciencia! —Aunque sonreía y se mostraba seguro, había acudido acompañado de un séquito de matones a sueldo para reforzar su posición de autoridad.

Al echar un vistazo a la hilera de rufianes, Nailer reconoció a algunos de los asesinos con los que solía juntarse su padre. Al parecer, Lucky Strike había reclutado a lo mejor de lo peor para protegerse. Incluso el híbrido estaba presente. Su figura fornida y musculosa se elevaba por encima del resto de maleantes con el hocico de perro arrugado, gruñendo y enseñando los dientes a la multitud hambrienta para asustarla.

Pima se dio cuenta de dónde miraba Nailer.

—Ese es el híbrido que la brigada pesada de mi madre usaba para extraer las planchas de hierro. Por lo visto era capaz de levantar cuatro veces lo que cualquier persona.

—¿Qué hace ahí arriba?

—Se habrá dado cuenta de que se gana más trabajando como matón para Lucky Strike que en la brigada pesada.

El híbrido volvió a enseñar los colmillos y soltó un rugido de advertencia. El gentío que se había acercado a los vagones retrocedió.

Lucky Strike se rio.

—Bueno, ya veo que a mi perro asesino sí le hacéis caso, ¿eh? Muy bien, atrás todos, o mi amigo Tool tendrá que enseñaros modales. Lo digo en serio, dadnos un poco de espacio. Como alguien no le guste, se lo comerá vivo.

La gente empezó a refunfuñar, pero la intensa mirada de Tool la aplacó enseguida.

—¡Pima!

Ella y Nailer se dieron la vuelta en cuanto oyeron el grito. Era Sadna, que corría hacia ellos seguida de cerca por el padre de Nailer. En cuanto llegó adonde estaban, la mujer se agachó para abrazar a Pima. Richard se detuvo un paso por detrás de ella e inclinó la cabeza.

—Parece que me has salvado el culo, Lucky Boy.
El chico asintió con cautela.
—Eso parece —respondió.
De pronto, Richard soltó una carcajada y lo agarró.
—Joder, ¿no vas a darle un abrazo a tu viejo? —Nailer se estremeció e hizo una mueca de dolor al sentir cómo el apretón de su padre le tensaba los puntos, pero no hizo ademán de zafarse. Luego prosiguió—: Me desperté en medio de la maldita tormenta y no sabía qué coño estaba pasando. Casi mato a Sadna antes de que tuviera tiempo de explicarse.

Nailer miró preocupado a la madre de Pima, pero Sadna se limitó a encogerse de hombros.

—Al final nos entendimos.
—Ya lo creo. —Richard sonrió y se llevó la mano a la mandíbula—. Pega con la fuerza de un martillo.

Por un momento, le preocupó que su padre pudiera tenérsela jurada, pero, por una vez, no estaba colocado. De hecho, casi parecía racional. Tan limpio como la playa. Y ya estaba estirando el cuello para ver cómo distribuían la comida.

—¿Tool está con ellos? —Se rio y le dio una palmada en el hombro a Nailer—. Si Lucky Strike está dispuesto a contratar a ese perro, seguro que a mí también. Esta noche comeremos bien. —Empezó a abrirse paso a empujones a través de la multitud en dirección al séquito de Lucky Strike, sin volver la vista atrás ni una sola vez para mirar a Sadna, a Pima o a su hijo.

Nailer dejó escapar un suspiro de alivio. No hubo reproches ni resentimientos.

Tanto en la playa como en los pecios seguían llevándose a cabo labores de inventario. Corría el rumor de que no se habían llevado la peor parte de la tormenta. Al parecer, se había desviado hacia el este y había avanzado a través del pasaje de Orleans, azotando las ruinas de la antigua ciudad antes de desplazarse más al norte hasta llegar a los restos de Orleans II. Se decía que había dejado una estela de destrucción a su paso hasta las mismas entrañas del lugar.

Lo que significaba que en Bright Sands habían tenido suerte de que no hubiera arrasado con todo.

Aunque la tormenta solo los había golpeado de refilón, los daños que había ocasionado en la playa de Bright Sands eran incalculables. Había cadáveres por todas partes: atrapados en las enredaderas de kudzu de la selva, colgando de las copas de los árboles o flotando entre las olas. Lucky Strike organizó partidas de búsqueda para que se hicieran cargo de los muertos, a quienes se incineraba o enterraba conforme a sus creencias y rituales, y con ello prevenir la propagación de enfermedades. La lista de nombres no dejaba de crecer.

Bapi había desaparecido; se desconocía si había muerto ahogado o despedazado por el temporal, pero no había dejado el menor rastro. Nadie sabía tampoco si Sloth seguía con vida. A Tic-Toc y a toda su familia los encontraron sin lesiones aparentes, pero muertos.

Los compradores de chatarra que solían hacer negocios con Lawson & Carlson habían huido y se habían refugiado en el interior a esperar a que pasara la tormenta. Sin empresas como General Electric, que empleaba el material desguazado en sus operaciones de fabricación, o navieras como Patel Global Transit, que adquirían la ferralla para venderla en el extranjero, las instalaciones de desmantelamiento se mantenían inactivas. Los contables, los quilatadores y los depositarios de las empresas que pesaban y compraban las materias primas que se extraían de los pecios se habían marchado y, sin nadie a quien venderles sus productos, los desguazadores se pasaban el día talando y reconstruyendo sus chozas, rebuscando en la selva y pescando en el océano en busca de comida. Hasta que volviera a establecerse cierto orden, todos tendrían que buscarse la vida como mejor pudieran.

Aquel día, Pima y Nailer habían salido en busca de comida y habían ido recogiendo los cocos verdes que encontraban por el suelo antes de probar suerte en las charcas y en el mar. En la distancia se distinguía el afloramiento rocoso de una isla.

—Por esa zona hay cangrejos —le indicó Pima.

—¿Sí? ¿Crees que deberíamos alejarnos tanto?

—Mejor si no tenemos que estar pendientes de la competencia, ¿no? —dijo encogiéndose de hombros antes de señalar hacia las embarcaciones enmudecidas—. Además, tampoco es que vayan a echarnos de menos.

Partieron rumbo a la pequeña isla equipados con un saco de cáñamo y un cubo, abriéndose paso por la arena y a lo largo del cordón litoral que conducía hasta ella. El océano era como un espejo resplandeciente a su alrededor. Las olas rompían en la orilla coronadas por una espuma blanca como la nieve. Los armazones negros de los buques en ruinas se erigían imponentes bajo la luz del sol como monumentos de un mundo hecho pedazos.

A lo lejos, en el horizonte, un clíper surcaba el mar con la vela principal desplegada a gran altura. Nailer dejó de lado sus quehaceres y contempló cómo se deslizaba sobre la superficie azul. Tan cerca y a la vez tan lejos.

—¿Soñando despierto otra vez? —le preguntó Pima.

—Lo siento. —Se agachó y metió la mano en otro de los charcos inundados por la marea. Hizo una pequeña mueca de dolor al moverse, pero se sentía mejor que durante los últimos días. Aunque los cardenales se habían desvanecido casi por completo, todavía llevaba el brazo en cabestrillo y seguía sintiendo un molesto dolor en el hombro. Continuaron avanzando por el promontorio. En algunos tramos era posible asomarse a las aguas cristalinas y ver los emplazamientos de casas antiguas, cuyos cimientos de hormigón aún asomaban en las profundidades.

—Mira esa —dijo Pima, apuntando con el dedo—. Debe de haber sido una casa enorme.

—Si eran tan ricos —señaló Nailer—, ¿por qué edificaron sus casas en un lugar donde acabarían ahogándose?

—Ni idea. Supongo que ser rico no te exime de ser estúpido —declaró Pima mientras señalaba a un área un poco más alejada de la bahía—. Aunque, para estupidez, la de los tipos a los que se les ocurrió construir los Dientes.

Las aguas que cubrían los Dientes estaban en calma, alteradas únicamente por la suave brisa. Varios pilares negros y restos de edificaciones asomaban entre las olas. Bajo la superficie se vislumbraban unos edificios altos de ladrillo y acero, cuyas estructuras en ruinas quedaban ocultas por el mar. Las personas encargadas de la construcción de los Dientes habían cometido un grave error al calcular la subida del nivel del mar. Sus edificios solo se veían cuando bajaba la marea; el resto del tiempo, las ruinas de la ciudad permanecían completamente sumergidas.

—¿Alguna vez te has preguntado si habrá algún botín que valga la pena ahí abajo? —preguntó él.

—La verdad es que no. La gente tuvo tiempo de sobra para desmantelar todo lo que estuviera más a mano.

—Ya... Aun así, todavía debe de quedar algo de hierro y acero aprovechable. Materiales que no eran tan escasos cuando se dieron por vencidos.

—Nadie va a molestarse en ir a por un poco de acero oxidado cuando tenemos todos estos barcos aquí, esperando a que alguien los destripe.

—Ya, supongo que tienes razón. —Sin embargo, le mortificaba pensar en la riqueza que podía yacer oculta bajo las olas.

Bordearon las ruinas de los ricos y siguieron avanzando por el cordón litoral con la vista puesta en el montículo verde de la isla. El último tramo discurría por una amplia llanura de arena que la bajamar había dejado al descubierto, y les resultó mucho más fácil recorrerlo.

Al llegar a la isla, escalaron entre una maraña de árboles, enredaderas de kudzu y arbustos, avanzando a buen ritmo pese al hombro herido de Nailer. Cuando alcanzaron la cima, el vasto océano azul emergió ante ellos. Estaban tan lejos de la orilla que era como si estuvieran en alta mar. Al sentir el viento que soplaba desde el agua, Nailer imaginó que se encontraba a bordo de un gran buque marítimo que navegaba a toda velocidad hacia el horizonte. Se quedó mirando la curvatura de la tierra, al otro extremo del mundo.

—Desearías estar ahí —musitó Pima.

—Sí.

Aquello era lo más cerca que estaría nunca de las profundidades del océano. Era algo que lo afligía profundamente, por lo que intentaba no pensar demasiado en ello. Algunas personas eran afortunadas al nacer y podían permitirse ir a bordo de los clíperes. Y luego estaban las ratas de playa, como Pima y él. Se obligó a apartar la vista del horizonte y oteó la bahía. Las sombras de los Dientes danzaban bajo la superficie donde las aguas eran más profundas. A veces, cuando no estaban familiarizados con el litoral local, los barcos quedaban atrapados entre ellos. De hecho, una vez había visto cómo un pesquero se encallaba y se hundía entre los viejos pilares, incapaz de liberarse tras haberse estrellado contra la masa de torres. Aunque varios desguazadores se habían atrevido a sumergirse en la zona del naufragio en busca de chatarra, aquellos Dientes podían morderte de verdad dependiendo de cuál fuera el nivel de la marea.

—Vamos —lo instó Pima—. Antes de que empiece a subir la marea.

Nailer la siguió ladera abajo, dejando que le ayudara en los tramos más accidentados.

—¿Se ha emborrachado ya tu padre? —le preguntó Pima de repente.

Rememoró los acontecimientos de aquella mañana y el buen humor de su padre. Pensó en lo alerta y risueño que había estado, en lo preparado que parecía para afrontar el día, pero también en lo acelerado que estaba, como cuando había tomado su dosis de cristal o de anfetaminas.

—Imagino que aguantará sobrio unas horas. Lucky Strike no le dejará repartir leña a menos que esté limpio, así que supongo que no volverá a las andadas hasta esta noche.

—No entiendo por qué le salvaste el culo —le confesó Pima—. No hace más que pegarte.

Nailer se encogió de hombros. La maleza que cubría la isla era sumamente densa, por lo que tenía que ir echándola a los lados a medida que avanzaba para evitar que le azotara la cara.

—Antes no era así. Era distinto. Antes de meterse en el mundo de las drogas y de que mi madre muriera.

—Bueno, antes tampoco era ningún alma de Dios. Ahora simplemente es peor.

Nailer hizo una mueca.

—Ya, bueno... —Se encogió de hombros, sumido en una vorágine de sentimientos encontrados—. De no ser por él, no habría podido salir del depósito de petróleo. Fue él quien me enseñó a nadar. ¿No crees que le debo algo por eso?

—Depende de cuántas veces al día te muela a palos —dijo torciendo el gesto—. Si sigues dándole oportunidades, acabará matándote.

Nailer no respondió. Sabía que, si se detenía a pensarlo, él tampoco entendería por qué lo había salvado. Nunca le había hecho la vida más fácil. Quizá fuera porque la gente solía decir que la familia era importante: Pearly, la madre de Pima, todo el mundo... Y Richard López, fuera lo que fuese, era la única familia que le quedaba.

Sin embargo, no podía evitar desear estar con Sadna y Pima, y no con Richard. Se preguntó cómo sería vivir con ellas todo el tiempo y no solo cuando su padre estaba colocado. Saber que no tendría que marcharse siempre al cabo de uno o dos días para volver a casa de su padre. Convivir con personas que te protegían y en las que podías confiar.

La maleza se despejó. Emergieron entre las marismas y las rocas dentadas de la punta de la isla. Allí, varios afloramientos de granito sobresalían del agua y formaban una especie de rompeolas que resguardaba la isla de los peores embates de las tormentas. Pima empezó a recoger corvinas y gallinetas pequeñas que seguían aturdidas por el temporal y las fue metiendo en el cubo.

—Hay un montón de peces. Más de lo que pensaba.

Nailer no respondió. Tenía los ojos clavados en las formaciones rocosas, donde algo blanco que parecía de cristal destellaba a la luz del sol.

—Oye, Pima. —Le tiró del hombro—. Mira eso.

Ella se irguió.

—¡Estás de coña!

—Es un clíper, ¿verdad? —Tragó saliva y dio un paso adelante. Se detuvo. ¿Sería un espejismo? Aguardó unos segundos, esperando que se esfumara de un momento a otro, pero los tablones blancos, la lona y la seda ondeantes se quedaron donde estaban—. Lo es. Tiene que serlo. Es un clíper.

Detrás de él, Pima dejó escapar una risita.

—No, te equivocas. No es un clíper. —Y le adelantó corriendo en dirección al barco—. ¡Es un montón de chatarra!

Sus carcajadas llegaron a sus oídos traídas por el viento, tentándolo. Nailer despertó de su estupor y salió corriendo tras ella. Dejó escapar un grito de júbilo mientras correteaba por la arena.

Delante, el impoluto casco blanco de la embarcación naufragada resplandecía a la luz del sol, llamándolos.

8

El clíper yacía de costado, anegado y destruido, con la popa partida. Aun estando destrozado, era una preciosidad, algo totalmente distinto a los cascos de hierro y acero oxidados que desmantelaban a diario.

Era enorme, una embarcación empleada para el tránsito rápido y el transporte de mercancías por la ruta del Polo, que cruzaba la cima del mundo hasta Rusia y Japón. O por rutas que atravesaban el hostil Atlántico hacia África y Europa. Aunque tenía las hidroalas plegadas, los daños que presentaba el casco de fibra de carbono permitieron a Nailer echar un vistazo a los mecanismos internos: los engranajes gigantescos que extendían las alas y los complejos sistemas hidráulicos y electrónicos.

En la cubierta del navío, que estaba escorada hacia ellos, se veían un cañón Buckell y los carretes de alta velocidad de los parapentes. En una ocasión en que había estado de buen humor, Bapi le había explicado que aquel cañón podía lanzar una vela a cientos de metros de altura para capturar los fuertes vientos que permitían al barco elevarse sobre las hidroalas y continuar su travesía deslizándose sobre las olas a velocidades superiores a los cincuenta nudos.

Nailer y Pima se detuvieron en seco, contemplando los restos del naufragio.

—¡Por las Parcas!, es precioso.

Incluso abatido parecía un halcón majestuoso, resquebrajado y destrozado, pero con una belleza inherente gracias al refinamiento salvaje de sus líneas. Poseía el diseño elegante y aerodinámico de un depredador, en el que cada ángulo había sido concebido para reducir al mínimo la fricción. Los ojos de Nailer recorrieron las cubiertas superiores del clíper siniestrado, luego los pontones, los estabilizadores y los restos desgarrados de las velas fijas; todo era blanco, de un tono que resultaba casi deslumbrante a la luz del sol. No se veían restos de hollín ni de herrumbre por ninguna parte; tampoco había ni una gota de combustible, pese a la enorme brecha del casco.

Los viejos petroleros y cargueros que decaían en las instalaciones de desmantelamiento no eran nada en comparación, simples dinosaurios consumidos por el óxido. Moles inútiles sin el preciado crudo que alguna vez los había alimentado. Ahora no eran más que grandes bestias errantes que vertían residuos y toxinas en el agua. Ya en la Edad del Aceleramiento, cuando fueron creados, eran nocivos y malolientes, y hoy lo seguían siendo incluso después de haber perecido.

El clíper era algo completamente distinto, una máquina construida por los ángeles. Aunque el nombre grabado en la proa resultaba ilegible para ambos, Pima reconoció una de las palabras que había debajo.

—Es de Boston —dijo.

—¿Cómo lo sabes? —preguntó Nailer.

—Una de mis brigadas ligeras trabajó en un buque de carga de Boston, y llevaba la misma palabra en el casco. Bueno, la vi escrita en el casco y en todas las puñeteras puertas del barco mientras lo desmantelábamos.

—No lo recuerdo.

—Fue antes de que te incorporaras a la brigada. —Hizo una pausa—. La primera letra es una B y luego está la S, esa que parece una serpiente; así que es la misma.

—Me pregunto qué habrá pasado.

—Seguro que ha sido la tormenta.

—No debería haberlos pillado por sorpresa. Suelen estar equipados con transmisores vía satélite. Como unos ojos enormes que lo observan todo desde las nubes. Deberían haber sido capaces de evitarla.

Ahora fue Pima la que le dirigió una mirada inquisitiva a Nailer.

—¿Cómo sabes eso?

—¿Te acuerdas del viejo Miles?

—¿No murió hace tiempo?

—Sí, pilló una infección en los pulmones. Pero, bueno, la cuestión es que estuvo un tiempo trabajando en la cocina de un clíper, antes de que lo echaran. Sabía toda clase de cosas sobre el funcionamiento de los clíperes. Llegó a contarme que los cascos están hechos de una fibra especial que les permite deslizarse sobre el agua como el aceite y que usan ordenadores para mantenerse nivelados y medir la velocidad del agua y del viento. Recuerdo perfectamente que me dijo que se comunican con los satélites meteorológicos, como hacen Lawson & Carlson cuando se acerca una tormenta.

—Quizá pensaron que podían escapar de la tormenta —propuso Pima.

Ambos se quedaron mirando los restos.

—Hay un montón de chatarra —apuntó él.

—Sí —convino ella—. ¿Recuerdas lo que dije hace un par de noches? ¿Lo de ser afortunados e inteligentes?

—Sí.

—¿Cuánto tiempo crees que podremos mantener esto en secreto? —Giró la cabeza en dirección a la playa y las instalaciones de desmantelamiento—. De todos ellos.

—Uno o dos días, a lo mejor —respondió Nailer—. Si tenemos mucha suerte. Pero tarde o temprano alguien pasará por aquí. Algún barco pesquero o mercante lo verá, incluso si las ratas de la playa lo pasan por alto.

Pima apretó los labios.

—Tenemos que reclamarlo como nuestro.

—Ni de broma. —Escudriñó el barco encallado—. No vamos a poder defender un reclamo como este. Habrá patrullas buscándolo. Matones a sueldo de alguna corporación. Además, Lawson & Carlson también querrá sacar tajada, si de verdad es un siniestro total...

—Claro que lo es —lo interrumpió ella—. Míralo bien. Nunca volverá a moverse.

Nailer sacudió la cabeza obstinadamente.

—Sigo sin ver cómo podemos quedárnoslo para nosotros.

—Mi madre —propuso—. Ella podría ayudarnos.

—Forma parte de la brigada pesada. Si desaparece de repente para venir a trabajar aquí, la gente se dará cuenta. —Miró hacia la playa—. Además, si mañana no nos incorporamos a la brigada ligera, la gente también se preguntará dónde nos hemos metido. —Se masajeó el hombro dolorido—. Necesitaríamos unos cuantos matones. Y, aunque nos las arregláramos para conseguirlos, nos arrebatarían el barco en cuanto se enteraran de su existencia.

Pima se mordió el labio, abstraída.

—Ni siquiera sé qué hay que hacer para registrarlo.

—Créeme, nadie va a dejar que registremos algo así como nuestro.

—¿Qué me dices de Lucky Strike? Tiene contacto con los jefes. Quizá podría hacerse cargo y quitarnos de encima a la gente de Lawson & Carlson.

—Y luego nos lo birlaría. Como todos los demás.

—Ahora mismo está repartiendo comida —apuntó Pima—. Nadie más ha hecho ademán de hacerlo. También está dando anticipos a quienes le lleven a dos amigos que den fe de que los devolverán en cuanto se reanude el trabajo.

—Para él no somos más que un par de infelices. No necesita la chatarra que podamos ofrecerle. Una cosa es la comida... —Contempló los restos del naufragio con frustración. Tanta riqueza y no sabían cómo reclamarla—. Esto es absurdo. Nos dedicamos a pescar cobre en los conductos. No tenemos ni idea de lo que puede haber a bordo. ¿Por qué no entramos y vemos con qué estamos lidiando?

—Es verdad —dijo sacudiendo la cabeza—. Tienes razón. A lo mejor encontramos algo de valor que sea ligero y fácil de esconder. Ya luego podemos decidir qué hacer con el resto.

—Exacto. Tal vez hasta nos den un premio por el barco si damos parte de lo que ha pasado.

—¿Un premio?

Nailer se encogió de hombros.

—Lo oí una vez en un programa de radio, en la tienda de fideos de Chen. Te dan una recompensa por ayudar a la gente.
—¿Por qué no dices que es una recompensa y ya?
Nailer hizo una mueca.
—Porque en la radio dijeron que era un premio —le espetó—. Venga, echemos un vistazo.

Sortearon las últimas rocas hasta el clíper. Con la marea baja, el agua que rodeaba el casco les llegaba a los tobillos. Había algunos peces en los charcos, otros habían quedado varados en la arena y empezaban a podrirse envueltos en serpentinas de algas. De cerca, el barco era incluso más grande. Su tamaño no era equiparable al de los monolitos oxidados de la Edad del Aceleramiento, pero, aun así, se alzaba imponente sobre ellos. Pima trepó por el borde destrozado de la embarcación y se deslizó en el interior con una rapidez y una agilidad fruto de tantos años de trabajo en las brigadas. Nailer la siguió más despacio, ayudándose de su única mano buena.

Como el buque estaba de costado, desplazarse por los pasillos se asemejaba bastante a recorrer los conductos; una circunstancia de una familiaridad inopinada en un contexto que debería haber sido totalmente diferente. Nailer escudriñó los restos: destellos de metal, prendas de ropa desparramadas por todas partes, una miríada de trastos... y el hedor del pescado podrido.

—Cosas de pijos —concluyó. Acarició una bata que parecía de seda—. Mira esta ropa.

Pima hizo una mueca de desprecio.

—¿Quién necesita algo así? —Trepó por la brecha, subió a la plataforma inclinada de la cubierta superior y se arrastró hasta encontrar la escotilla de acceso. Un minuto después, gritó—: ¡He encontrado la cocina! —Dejó escapar un silbido—. ¡Ven a ver todo esto!

Nailer siguió sus pasos con dificultad. La cocina estaba hecha un desastre, todo estaba desperdigado por ahí, pero muchos de los recipientes de alimentos seguían guardados en su sitio: arroz y harina en envases herméticos. Pima empezó a abrir los cajones. Varias botellas cayeron al suelo en una cascada de cristales rotos y nubes de especias. Empezó a toser mientras arrugaba la nariz.

Nailer estornudó.

—Más despacio, brigadier.

—Perdón —dijo tosiendo. Abrió un congelador del que cayó un montón de carne que el calor había echado a perder. Eran unos filetes grandes y jugosos, más exquisitos que cualquier cosa que pudieran encontrar en las playas. Ambos se taparon la boca con las manos, intentando respirar de manera superficial mientras el hedor los envolvía.

—Seguramente tenían un sistema de refrigeración eléctrica —comentó Nailer.

—Solo así podrían haber conservado toda esa carne.

—Joder. Qué bien viven algunos.

—Ya te digo. Viendo esto, no me extraña que al viejo Miles le diera tanta pena que lo echaran.

—¿Qué hizo?

—Por lo visto lo pillaron borracho, pero me da que se dedicaba a vender anfetaminas.

Echó un vistazo dentro del congelador en busca de algo que mereciera la pena salvar. Sacó la cabeza dando arcadas. El hedor de la carne podrida era demasiado fuerte. Siguieron recorriendo el barco.

Encontraron el primer cadáver en uno de los camarotes; un hombre sin camiseta, con los ojos abiertos como platos y las tripas llenas de cangrejos. Pima se apartó, atragantada por el olor a muerte que se desprendía de la habitación cerrada, y se asomó de nuevo. Había varios peces flotando inertes en un charco poco profundo junto a la cabeza del hombre. Era difícil saber si había muerto ahogado o por culpa del tajo que tenía en la frente, la cuestión era que había pasado a mejor vida.

—Bueno, no le importará que rebusquemos un poco —musitó Pima.

—¿Vas a registrarlo? —preguntó él.

—Tiene bolsillos.

Nailer negó con la cabeza.

—No pienso tocarlo.

—No seas crío.

Tomó aire y se acercó con sigilo al cuerpo sin vida del hombre. Una nube de moscas salió disparada con un zumbido atronador y empezó a revolotear por la habitación caldeada. Pima tiró de los pantalones del hombre y le cacheó los bolsillos con los dedos. Aunque se hacía la dura, era evidente que estaba nerviosa. Ambos habían oído historias recientes sobre naufragios. Los cadáveres eran parte del trabajo, era inevitable, pero no por ello resultaba menos escalofriante mirar a los ojos de un difunto y pensar que solo unas horas antes había estado paseando por las cubiertas, antes de que la tormenta se lo arrebatara todo y se lo entregara a un par de adolescentes en la costa.

Nailer echó un vistazo al resto del camarote. Era espacioso. Había una fotografía estropeada en el suelo en la que aparecía el hombre con una chaqueta blanca con franjas en las mangas. Se agachó, la recogió y la escudriñó.

—Creo que el clíper era suyo.

—¿Sí?

Nailer escrutó las paredes. Había un catalejo antiguo sujeto con abrazaderas. También varias hojas de papel con todo tipo de escritos, sellos y timbres de aspecto oficial. Además de la imagen del hombre con el galón en el hombro, sonriendo de pie delante de un clíper. No estaba seguro de si el barco de la foto era el mismo que el del naufragio, pero era evidente que aquel señor no cabía en sí de orgullo. Nailer echó un vistazo al cadáver abotagado y mutilado y dejó escapar un suspiro, abstraído.

De pronto, como si le hubiera leído el pensamiento, Pima dejó de lado lo que estaba haciendo para mirarlo.

—Es cuestión de suerte, Nailer. La suerte y el destino son todo lo que tenemos. —Le enseñó el puñado de monedas que acababa de encontrar como prueba. Había dinero suficiente para alimentarlos durante una semana. Monedas de cobre y un fajo húmedo de chinos, los billetes de papel rojo—. Hoy la suerte nos ha sonreído a nosotros.

—Ya —asintió Nailer—. Y mañana puede que nos dé la espalda.

El capitán había tenido mala fortuna. Y, gracias a eso, Nailer y Pima ahora tenían un montón de dinero. Resultaba extraño pensar en ello. El cuerpo del hombre era una masa hinchada, con la cara tumefacta y amoratada y la piel abrasada y maltratada por el sol. Las moscas pululaban ociosamente a su alrededor: por los labios y los ojos, por la sangre que le manchaba la cabeza, por el tajo que tenía en el estómago. Un hervidero de ellas volvió a posarse sobre él en cuanto Pima se retiró.

Nailer volvió a examinar la cabina con detenimiento. En las paredes había latón y todo tipo de chatarra. No cabía duda de que era una embarcación de lujo. El camarote del capitán era suntuoso. De hecho, aunque el clíper tenía el tamaño de un carguero, su aspecto no se correspondía con el de un barco de faena. Todo parecía demasiado bonito, todo lleno de seda y pasillos alfombrados, de latón, cobre y pequeños farolillos de cristal. Pima y él continuaron revisando los camarotes. Descubrieron muebles tallados, salas de estar, salones, un bar lleno de botellas de licor hechas añicos, cabinas de lujo, cuadros dañados y desgarrados en las paredes, óleos desperdigados por el suelo...

Abajo, en las salas de máquinas, donde estaban los sistemas mecánicos que controlaban el navío, encontraron más cadáveres.

—Híbridos —susurró Pima.

Tres de ellos, ahogados y abotagados. Sus rostros bestiales tenían un aspecto voraz con las lenguas alargadas colgando de aquellas bocas de dientes afilados. Sus ojos cánidos y amarillentos miraban fijamente a Pima y Nailer mientras destellaban débilmente bajo los rayos del sol tropical que se filtraban en la habitación en ruinas.

—Esta gente debía de estar forrada si podía permitirse todos estos híbridos.

—Ese se parece a ti —comentó Nailer—. ¿Seguro que no has vendido algún óvulo?

Pima soltó una carcajada y le dio un codazo en las costillas, pero ni siquiera le propuso que los registraran. Había algo en aquellas criaturas diseñadas genéticamente que resultaba espeluznante, demasiado incluso para considerar acercarse a ellas.

Nailer y Pima se separaron y siguieron explorando la nave. Pima encontró otro híbrido muerto en una de las cubiertas superiores; había muerto ahogado, atado al timón. «Cuánta muerte», pensó Nailer. Había que ser idiota para dejarse sorprender por una tormenta arrasaciudades. Abrió otra puerta de un empujón y, sorprendido, dejó escapar un silbido.

Vio una mesa apoyada sobre un costado, empotrada contra la pared. Era de madera, de un tono negro tan oscuro como la noche. Había cristales rotos por todas partes, copas tiradas...

—¡Pima! ¡Mira esto!

Vino corriendo. La sala estaba llena de objetos de plata: candelabros, vajillas, fuentes, cuencos... La suerte había vuelto a sonreírles. Era un golpe de suerte equiparable al de Lucky Strike, y estaba al alcance de la mano.

—Es un botín enorme —comentó Pima.

—Suficiente para saldar todas nuestras deudas laborales. Con todo ese dinero podrías establecer tu propio negocio de recolección. Incluso comprar los derechos de explotación de la brigada ligera de Bapi.

—¡Tenemos que darnos prisa! —exclamó—. Hay que sacarlo todo antes de que aparezca alguien más. ¡Somos ricos, Lucky Boy! —Lo agarró y le dio un beso en la mejilla derecha, en la izquierda y otro en los labios mientras se reía al ver su expresión de sorpresa—. ¡Madre mía, Lucky Boy! ¡Somos ricos! ¡Seremos más famosos que Lucky Strike!

Contagiado por el entusiasmo de su amiga, Nailer también se echó a reír. Empezaron a reunir todo lo que fuera de plata y lo fueron apilando hasta formar un montón. Rebuscaron entre la vajilla de porcelana hecha añicos, los vasos rotos y los tallos partidos de las copas de cristal, desenterrando cada vez más tesoros.

Pima fue en busca de algo donde poder guardarlo todo. Regresó con un saco de cáñamo que, hasta hacía apenas unos minutos, habrían considerado un hallazgo valioso. Algo que podrían haber vendido por un par de segmentos de cobre y con lo que se habrían dado por satisfechos. Sin embargo, ahora no era más que un objeto donde guardar el auténtico tesoro: toda la plata. Bandejas, tenedores y cuchillos, todo fue a parar al saco. Había tenedores tan pequeños que les desaparecían entre las manos, y cucharas tan grandes y hondas que podrían haber servido como cucharones en el puesto de fideos de Chen, donde solían atender hasta a cien clientes a la vez.

Nailer se irguió.

—Voy a ver qué más encuentro. A lo mejor hay más cosas como estas.

Pima soltó un gruñido a modo de respuesta. Nailer volvió a trepar hasta el pasillo principal y atravesó una sala de estar llena de cuadros caídos y estatuas destrozadas. Incluso con una brigada ligera al completo, llevaría varios días extraer todo el latón, el cobre y el cableado del clíper. Pima y él tendrían que idear un plan en cuanto sacaran el primer lote. Tenía que haber alguna forma de quedarse con una parte del resto.

Afortunados e inteligentes. Tenían que ser afortunados e inteligentes.

El problema de haber encontrado semejante botín era que había demasiado en juego, y resultaba complicado mantener la cabeza fría.

Encontró la puerta de otro camarote y la abrió de una patada. Una habitación extraña, llena de muñecas y osos de peluche empapados. Unos relucientes trenecitos de madera que parecían trenes de levitación magnética en miniatura. Un cuadro hecho jirones colgado de la pared: la cubierta de un clíper, puede que del mismo en el que se encontraba, vista desde lo alto. Abajo, todos los rostros miraban hacia arriba, a las alturas. El artista era bastante bueno, la imagen casi parecía una fotografía. Mientras la contemplaba, Nailer sintió un escalofrío, como si estuviera a punto de caer dentro del lienzo y precipitarse sobre la cubierta de aquel barco, encima de todas aquellas personas ataviadas con elegantes vestimentas y cuyos ojos gélidos lo miraban fijamente. Era desconcertante. Se apartó del cuadro y siguió explorando la estancia. En el extremo opuesto de la cabina había otra puerta. Se arrastró por la pared que ahora era el suelo y la empujó para abrirla.

Era un dormitorio. Había mantas por todas partes y una cama enorme destrozada. Y una chica muy bonita. Tenía el cuerpo aplastado y los enormes ojos negros clavados en él.

Nailer contuvo la respiración.

Aun estando muerta y magullada, inmovilizada bajo los restos de la cama y del peso de todo lo que le había caído encima, seguía siendo preciosa. El cabello negro le caía sobre el rostro como una red mojada, y sus penetrantes ojos oscuros parecían mirarlo fijamente. La tela de la blusa que llevaba, elaborada con un complejo tejido de colores e hilos plateados, estaba rasgada y empapada. Era joven, no como el capitán y los híbridos, tal vez de la edad de Pima. Una chica rica, con un diamante en la nariz perforada.

Si no hubiese sido porque estaba muerta, le habría tenido envidia.

Avisó a Pima.

—¡He encontrado otro fiambre!

—¿Otro híbrido? —preguntó Pima. Nailer no respondió. No podía apartar los ojos de la muchacha muerta. Tras él, el sonido de unas pisadas anunció la llegada de Pima.

—Vaya —dijo—. Una pena.

—Es guapa, ¿verdad?

—No sabía que te gustaba el fiambre —se burló Pima entre risas.

Nailer puso cara de asco.

—Si quiero salir con una alguna chica, lo intentaré con una que esté viva, gracias.

Pima sonrió.

—Sí, pero esta no te cruzará la cara como hizo Moon Girl cuando intentaste besarla. Aunque esta parece que tiene los labios un poco fríos. Bésala y seguro que acabas frente a la balanza del Dios de la Chatarra.

—¡Puaj! —dijo haciendo un mohín. Pima pasaba demasiado tiempo con los miembros de las brigadas pesadas, de ahí que tuviera un humor tan negro.

—Lleva cosas de oro —observó Pima.

Nailer había estado tan absorto mirando los ojos negros de la muchacha que no se había dado cuenta. Tenía accesorios de oro en torno al cuello moreno y esbelto y alrededor de los dedos. Si era auténtico, valdría una fortuna; más que todo lo que habían encontrado hasta aquel momento.

Pima y él empezaron a arrastrarse entre los restos hasta el cuerpo sin vida. El cadáver de la chica estaba enterrado debajo de varios muebles. Aquellos ricachones ni siquiera se habían molestado en fijarlos a las paredes, como si hubieran dado por sentado que ninguna tormenta osaría reubicar el mobiliario, como si fueran dioses capaces no solo de predecir el tiempo con sus instrumentos y satélites, sino también de decirle lo que tenía que hacer.

Nailer se estremeció al ver de cerca el cuerpo maltrecho de la chica rica. Aquella grotesca imagen encerraba una lección tan valiosa como las que les enseñaba la madre de Pima cuando les explicaba cómo sobrevivir hasta alcanzar la edad adulta. El orgullo y la muerte sobrevenían a todo el mundo por igual, tanto si tu nombre era Bapi y dabas por hecho que serías el jefe de la brigada ligera para siempre como si eras esta joven destrozada con sus juguetes estupendos, su ropa suntuosa, su oro y sus joyas preciosas.

Se agacharon junto al cuerpo.

—Al menos aquí no hay cangrejos —susurró Pima. Agarró el collar de la chica y tiró de él. La cabeza se inclinó hacia atrás de repente, como si fuera una marioneta, y la cadena se abrió. El colgante de oro osciló frente a sus ojos, como un péndulo de riqueza en el puño de Pima. Un simple tirón y de pronto eran más ricos que todo el mundo, con la única excepción de Lucky Strike. Ambos empezaron a tirar de los anillos de la muchacha, intentando arrancárselos de los dedos helados.

—Joder —murmuró Nailer, tirando con más fuerza—. Tiene los dedos tiesos.

—¿Esos también están atascados? —le preguntó Pima.

—Están todos hinchados. No hay forma de sacar los anillos.

Pima sacó el cuchillo de trabajo.
—Toma.
Nailer puso cara de asco.
—¿Quieres que le corte los dedos?
—No creo que sea peor que degollar una gallina. Al menos esta no se pondrá a graznar y a aletear. —Apoyó el cuchillo en el dedo de la joven—. ¿Me ayudas?
—¿Dónde hago el corte?
—En la articulación —le indicó Pima—. El hueso es imposible atravesarlo. Pero si lo haces así, se desprende enseguida.
Nailer se encogió de hombros y sacó su cuchillo. Apretó la hoja contra la piel y el corte empezó a sangrar.
De repente, los ojos negros de la chica pestañearon.

9

—¡Joder! —Nailer retrocedió de un salto—. ¡No es un fiambre! ¡Está viva!

—¿Que qué? —Pima se apartó de ella corriendo.

—¡Ha movido los ojos! ¡La he visto! —Tenía el corazón desbocado. Tuvo que luchar contra el impulso de salir disparado de la cabina. Aunque la chica yacía inmóvil, él sentía escalofríos por todo el cuerpo—. Le he hecho un pequeño corte y se ha movido.

—Yo no he visto... —Pima se detuvo en seco.

Los ojos oscuros de la joven ahogada se clavaron en ella. Pasaron de Pima a Nailer y de nuevo a Pima.

—Por las Parcas —susurró Nailer. Unos dedos helados le recorrieron la columna vertebral, poniéndole el vello de punta. Era como si al sacar los cuchillos hubieran invocado a su fantasma y lo hubieran devuelto a su cuerpo. Los labios del supuesto cadáver empezaron a moverse. El único sonido que salió de ellos fue un siseo casi imperceptible.

—Qué cosa tan espeluznante —masculló Pima.

La muchacha siguió susurrando, dejando escapar un flujo constante de sonidos sibilantes, una especie de cántico, una súplica, todo ello a un volumen tan bajo que apenas podían discernir las palabras. En contra de lo que le dictaba su buen juicio, Nailer avanzó con cautela, atraído por sus ojos y su expresión desesperada. Los dedos bañados en oro de la chica se crisparon e intentaron alcanzarlo.

Pima se acercó por detrás. La chica estiró los brazos hacia ellos, pero ambos se mantuvieron a una distancia prudente.

Más palabras susurradas: sonidos de plegarias, súplicas, una exhalación atormentada y llena de terror salado. Sus ojos recorrieron el camarote, desorbitados por el miedo, aterrorizados por algo que solo ella podía ver. Volvió a clavar la mirada en Nailer, desesperada, suplicante, sin dejar de susurrar. Él se inclinó un poco más hacia ella, intentando entender lo que decía. La joven agitó las manos débilmente contra sus brazos y las alzó para tocarle la cara con un movimiento tan sutil como el aleteo de una mariposa, esforzándose por acercarlo a ella. Nailer se agachó y dejó que los dedos de la muchacha ahogada se aferraran a él.

Los labios susurrantes le acariciaron el oído.

Estaba rezando. Dirigía suaves plegarias a Ganesha y a Buda, a Kali María Piedad y al Dios cristiano... Les estaba rezando a todos, suplicándoles a las Parcas para que la ayudaran a escapar de la sombra de la muerte. Las oraciones brotaban de sus labios en un goteo desesperado. Estaba agonizando, a punto de morir, pero las palabras se derramaban en un susurro constante.

—*Tum karuna ke saagar, Tum palankarta*; Dios te salve, María, llena eres de gracia; Ajahn Chah Bodhisattva, líbrame de este sufrimiento...

Nailer se apartó. Los dedos le acariciaron la mejilla como los pétalos marchitos de una orquídea.

—Se está muriendo —dijo Pima.

Los ojos de la chica se habían desenfocado. Seguía moviendo los labios, pero parecía estar quedándose sin energía, perdiendo las ganas de rezar. Sus suaves palabras acentuaban los sonidos del océano y de la costa que se filtraban desde el exterior: el graznido de las gaviotas, el oleaje, los crujidos y el vaivén de la embarcación siniestrada.

Poco a poco, los susurros cesaron y la quietud se apoderó de su cuerpo.

Pima y Nailer intercambiaron una mirada.

El oro relucía en los dedos de la joven.

—Por las Parcas, qué horror. Cojamos el oro y larguémonos de aquí.

—¿Vas a cortarle los dedos cuando aún respira?

—No le queda mucho —dijo Pima señalando a la cama, los arcones y los escombros apilados sobre ella—. Está en las últimas. Si le rajara el cuello, estaría haciéndole un favor —añadió. Se acercó a ella con sigilo y le pinchó la mano. No hubo reacción—. De todos modos, ya está muerta. —Volvió a clavarle el filo del cuchillo en el dedo.

La chica abrió los ojos de repente.

—Por favor —susurró.

Pima apretó los labios, haciendo caso omiso de sus palabras. La muchacha le rozó la cara con la mano libre, pero Pima se la apartó de golpe y aplicó fuerza hasta que la hoja le atravesó la piel y empezó a salirle sangre. La joven no se inmutó. Tampoco intentó apartar la mano, simplemente se limitó a observar con ojos suplicantes cómo el cuchillo le rasgaba la piel morena.

—Por favor —repitió.

A Nailer se le erizó la piel.

—No lo hagas, Pima.

Su amiga alzó la vista y lo miró.

—¿A qué viene tanto sentimentalismo? ¿Crees que puedes salvarla? ¿Que puedes ser su caballero andante, como los de los cuentos de hadas de mi madre? Tú no eres más que una rata de playa, y ella es una ricachona. Este barco le pertenece. Si sale de aquí, lo perdemos todo.

—Eso no lo sabemos.

—No seas iluso. Todo esto solo es un botín si ella no está aquí para decir que le pertenece. Piensa en la plata que encontramos antes, en todo el oro que lleva en los dedos. El barco es suyo y lo sabes. Fíjate en esta cabina. —Pima señaló con la mano los restos que los rodeaban—. No es ninguna criada, de eso puedes estar seguro. Es una pija rica. Si la dejamos salir, lo perdemos todo. —Miró a la chica—. Lo siento, ricachona. Vales más muerta que viva. —Le lanzó una mirada a Nailer—. Puedo rajarla primero, si te hace sentir mejor. —Acercó el cuchillo a la garganta tersa y morena de la muchacha.

Los ojos suplicantes de la joven miraron a Nailer, rogándole que la salvara, pero de sus labios no volvió a salir una palabra. Simplemente se limitó a observarlo.

—No le hagas daño —insistió Nailer—. No podemos emular a Lucky Strike de esta manera... Si lo hiciéramos, no sería diferente a lo que Sloth me hizo a mí.

—No tiene nada que ver. Sloth era parte de la brigada, compartíais un juramento de sangre. Con sus actos demostró no tener principios. ¿Pero esta ricachona? —dijo dándole unos golpecitos con el cuchillo—. No pertenece a la brigada. No es más que una pija con montón de oro. —Hizo una mueca—. Si la rajamos, somos ricos. Nunca tendríamos que trabajar en la brigada de nuevo.

Nailer se ahogaba en un mar de sentimientos contradictorios mientras observaba cómo el oro relucía en los dedos de la muchacha. Tenía ante sí más riqueza de la que jamás había visto, más incluso de la que la mayoría de las brigadas habían reunido a lo largo de los años desguazando barcos y, sin embargo, adornaba los dedos de esta chica con la misma indiferencia con la que Moon Girl se perforaba el labio con acero.

Pima insistió.

—Una oportunidad como esta solo se presenta una vez en la vida, Nailer. O actuamos con inteligencia o estaremos jodidos de por vida. —Estaba temblando y tenía los ojos llorosos—. A mí tampoco me gusta. —Contempló a la joven—. No es nada personal. Es ella o nosotros.

—Tal vez nos dé una recompensa por salvarla —dijo él.

—Ambos sabemos que no es así como funcionan las cosas —respondió mirándolo con tristeza—. Esas cosas solo pasan en los cuentos de hadas y en las historias de la madre de Pearly sobre el rajá que se enamora de su criada. Aquí, o nos hacemos ricos o morimos trabajando en alguna brigada pesada... Y eso si tenemos suerte. Igual acabamos buscando petróleo hasta que nos salgan llagas en las piernas y tu padre te parta la cabeza. ¿Qué más? ¿Los Recolectores? ¿Los prostíbulos? Siempre podríamos trapichear con anfetas y cristal en los pecios hasta que los de Lawson & Carlson nos cuelguen del palo mayor. Esas son nuestras opciones. ¿Y esta ricachona? Volverá a su vida de niña rica sin mirar atrás.

Guardó silencio un momento.

—A menos que nos larguemos. Con este oro podríamos largarnos para siempre.

Nailer se quedó mirando a la chica. Hacía solo unos días, la habría rajado. Se habría disculpado ante aquel par de ojos desesperados y le habría clavado el cuchillo en el cuello. Lo habría hecho rápido para que no sufriera, evitando herirla deliberadamente como le gustaba hacer su padre, pero la habría matado de todos modos. Luego habría arrancado el oro de su cadáver hinchado y se habría marchado. Habría sentido pena, sin duda, incluso habría dejado una ofrenda en la balanza del Dios de la Chatarra para que la guiara hacia cualquier más allá en el que creyera. Pero ella habría muerto y él podría haberse considerado afortunado.

Ahora, sin embargo, el hedor sombrío del depósito de petróleo le inundaba la mente. Se sentía abrumado por el recuerdo de verse sumergido hasta el cuello en aquella sustancia tibia y letal mientras miraba a Sloth en lo alto, iluminada por el tenue resplandor de la pintura led, consciente de que solo se salvaría si lograba convencerla, si era capaz de alcanzar esa parte de ella que se preocupaba por algo más que sí misma; sabedor de que, si conseguía pulsar la tecla correcta, la incitaría a buscar ayuda, él se salvaría y todo tendría un final feliz.

Qué desesperado había estado por hacer que Sloth se preocupara.

Pero no había logrado dar con la tecla. Cabía incluso la posibilidad de que nunca hubiera habido una. Algunas personas eran incapaces de ver más allá de sí mismas. Personas como Sloth.

O como su padre.

Richard López no habría vacilado. Habría degollado a la niña rica, le habría arrancado los anillos y se habría reído mientras se sacudía la sangre. Hacía una semana, Nailer habría hecho lo mismo, no tenía la menor duda. Entonces habría pensado que la ricachona no era parte de la brigada y que, por tanto, no le debía nada. Pero ahora, tras su experiencia en el depósito de petróleo, no podía dejar de pensar en cuánto había deseado que Sloth creyera que su vida valía lo mismo que la de ella.

El oro de los dedos de la muchacha resplandeció una vez más.

Pero ¿qué le pasaba? Tuvo ganas de darle un puñetazo a la pared. ¿Por qué no actuaba con inteligencia? ¿Por qué no podía armarse de valor, rajar a la chica y llevarse el botín? Casi podía oír a su padre riéndose de él, burlándose de su estupidez. Pero, al contemplar los ojos suplicantes de la joven ahogada, reparó en que podrían haber sido los suyos.

—Lo siento, Pima —se disculpó—. No puedo hacerlo. Tenemos que ayudarla.

Pima se echó hacia atrás.

—¿Estás seguro?

—Sí.

—Mierda —dijo secándose las lágrimas—. Debería rajarla igualmente. Más adelante me lo agradecerías.

—No lo hagas. Por favor. Ambos sabemos que no está bien.

—¿Bien? ¿Qué no estaría bien? Fíjate en todo ese oro.

—No le rajes el cuello.

Pima hizo una mueca de desagrado, pero retiró el cuchillo.

—Bueno, a lo mejor deja que nos quedemos con las cosas de plata.

—Sí, a lo mejor.

Empezó a arrepentirse de su decisión al ver cómo sus esperanzas de un futuro mejor se desvanecían ante sus ojos. Al día siguiente, Pima y él regresarían al trabajo en los pecios, y aquella muchacha viviría y seguiría con su vida, o alertaría al resto de brigadas de Bright Sands del naufragio. En cualquier caso, se le había acabado la suerte. La fortuna le había sonreído y él acababa de darle la espalda.

—Lo siento —volvió a decir, aunque no estaba seguro de si lo sentía por Pima, por él o por la chica que lo observaba con aquellos enormes ojos negros y que, si tenía mucha suerte, no sobreviviría a la noche—. Lo siento.

—La marea está subiendo —apuntó Pima—. Si vas a hacerte el héroe salvador, será mejor que te des prisa.

La joven estaba atrapada bajo toda clase de trastos, un montón de arcones y la inmensa cama de cuatro postes. Tardaron casi una hora en retirarlo todo. La muchacha no volvió a decir nada mientras trabajaban. Dejó escapar un gemido una única vez, cuando le quitaron uno de los baúles de encima. Nailer temió que los restos hubieran podido desplazarse y aplastarla de nuevo, pero, cuando por fin lograron sacarla, calada hasta los huesos y tiritando de frío bajo la luz mortecina, parecía estar entera. Tenía la piel ensangrentada y la ropa empapada y hecha jirones, pero estaba viva.

Pima examinó su cuerpo.

—Jolín, Nailer, tiene casi tanta suerte como tú.

Echó un vistazo al brazo herido de Nailer e hizo una mueca de disgusto al darse cuenta de que, después de todo, le iba a tocar a ella ser la salvadora.

—Como no espabiles, no te dará ningún besito de agradecimiento —se burló ella.

—Cierra el pico —masculló Nailer, aunque no pudo evitar fijarse en la figura esbelta de la chica bajo la ropa empapada, en las curvas de su cuerpo, en la piel de los muslos y del cuello que dejaban entrever las telas rasgadas de la falda y la blusa.

Pima se echó a reír. Sacó a la joven ahogada del camarote y la llevó a rastras por los pasillos inclinados del barco hasta salir por la brecha del casco. La muchacha pesaba mucho, apenas era capaz de andar ni de ayudar en nada. «Bien podría ser un cadáver», había comentado Pima entre gruñidos mientras arrastraba a la chica. Tuvieron que unir fuerzas para bajarla por la borda hasta las aguas ondeantes de la marea: Nailer la sujetó como pudo y la hizo descender hasta los brazos extendidos de Pima, que empezó a moverse mientras el creciente oleaje las hacía dar tumbos.

—Coge la maldita plata —gruñó Pima—. Por lo menos trae el saco. Nos conviene esconderlo, por si alguien más encuentra el barco.

Nailer volvió a adentrarse en el clíper y recogió todo lo que pudo. Cuando volvió a asomarse por el hueco irregular del casco, Pima estaba sola en el agua, rodeada de espuma a la altura de los muslos. Por un momento, pensó que había ahogado a la muchacha, pero entonces vio un destello de ropa clara entre las rocas de la base de la isla.

Pima sonrió.

—Creías que la había rajado, ¿verdad?

—No.

Pima soltó una carcajada. Las olas chapoteaban a su alrededor, salpicándole las piernas morenas y mojándole los pantalones cortos. El clíper crujía con el vaivén de las olas.

—La marea está subiendo —apuntó ella—. Pongámonos en marcha.

Nailer echó un vistazo al otro lado de la bahía, donde los buques de las instalaciones de desmantelamiento resplandecían bajo el sol mortecino.

—Nunca conseguiremos cruzar el estrecho de arena a tiempo, no con ella.

—¿Quieres que vaya a buscar una barca? —le preguntó Pima.

—No. Estoy agotado. ¿Por qué no pasamos la noche aquí en la isla y cruzamos por la mañana? A lo mejor de aquí a entonces se nos ocurre qué hacer con el resto del botín.

Pima miró de reojo a la chica, que estaba en el suelo hecha un ovillo, tiritando.

—Bueno, vale. No creo que a ella le importe. —Señaló la embarcación—. Pero si nos quedamos, tenemos que intentar sacar todo lo que podamos. Hay comida y un montón de cosas más. Podemos acampar en la isla y llevarla al otro lado mañana.

Nailer hizo un gesto burlón.

—Buena idea.

Regresó a la despensa en busca de provisiones. Encontró magdalenas empapadas de agua salada. Mangos, plátanos y granadas magullados, todos desperdigados por la cocina. Carne encurtida que seguía estando en buen estado y que, por lo que parecía, apenas habían tocado. Un jamón curado. Le costaba creer que hubiera tanta carne. No pudo evitar empezar a salivar.

Arrastró todo lo que había encontrado hasta la brecha del casco. Descendió con cuidado tras meterlo todo en una bolsa de malla que había encontrado en la cocina. El nivel del agua era cada vez más alto. El vaivén de las olas lo zarandeaba de lado a lado mientras atravesaba la espuma con la comida en alto. Después de haber sacado y transportado todo lo que había encontrado en el clíper, se dio cuenta de que la joven rescatada estaba temblando de frío, por lo que decidió regresar a la embarcación. Dentro, la oscuridad era casi total. Encontró unas gruesas mantas de lana, húmedas pero abrigadas, y las sacó con el resto del botín.

Cruzó el estrecho de arena con el agua por la cintura, sacudido por el oleaje mientras sostenía las mantas por encima de la cabeza. Avanzó a trompicones hasta la orilla y dejó caer el montón de mantas al suelo. Miró de reojo a la muchacha, que seguía tiritando.

—Todavía no la has matado, ¿eh?

—Te dije que no lo haría —respondió mientras hacía un gesto con la cabeza hacia la joven temblorosa—. ¿Has traído algo con lo que podamos encender una hoguera?

Nailer se encogió de hombros.

—Qué va.

—¡No fastidies, Nailer! —exclamó con cara de exasperación—. No sobrevivirá a menos que entre en calor —declaró. Se dirigió de nuevo al naufragio, abriéndose camino entre el embate de unas olas cada vez más oscuras.

—¡Comprueba también si hay agua fresca! —le gritó.

Recogió el fardo de mantas y empezó a arrastrarlas a un terreno más elevado en busca de algún punto en la ladera que fuera medianamente llano. Al cabo de un rato, encontró un sitio junto a las raíces de un ciprés que no estaba mal. Comenzó a despejar el espacio que había entre las rocas y unas enredaderas de kudzu.

Cuando volvió a bajar a la orilla, Pima había regresado con un montón de trozos de los muebles rotos del clíper. También había encontrado un pequeño depósito de queroseno y un encendedor entre los restos de basura de la cocina. Dieron algunos viajes más hasta el campamento para llevar la comida y el combustible y luego trasladaron a la joven ahogada. Con tanta actividad, Nailer había empezado a sentir un fuerte dolor en el hombro derecho y en la parte superior de la espalda. En aquel momento, se alegró de no haber tenido que trabajar con la brigada ligera ese día. Tenía más que suficiente con el poco trabajo que había hecho.

Poco después, consiguieron que los trozos de madera ardieran con intensidad y se sentaron a disfrutar de unas lonchas de jamón que Nailer había cortado.

—Está rico, ¿eh? —le preguntó a Pima cuando esta le tendió la mano para pedirle más.

—Ya te digo. Los ricachones viven como reyes.

—Ahora mismo, nosotros tampoco vivimos muy mal —comentó Nailer mientras señalaba el botín que los rodeaba—. Esta noche cenaremos mejor que Lucky Strike.

En cuanto lo dijo, pensó que podía ser verdad. El fuego danzaba ante sus ojos e iluminaba a Pima y a la joven ahogada, proyectando su luz sobre las bolsas de comida, el saco lleno de plata y porcelana, las gruesas mantas de lana del norte y el oro que relucía en los dedos de la chica y centelleaba al ritmo de las llamas. Era mucho más de lo que tenía cualquiera de los desguazadores, pero para aquella muchacha no eran más que despojos. La riqueza que poseía era inmensa. Un barco repleto de comida y lujos; un cuello, unos dedos y unas muñecas bañados en oro y joyas; y el rostro más hermoso que Nailer había visto jamás. Ni siquiera las chicas de las revistas de Bapi eran tan bonitas.

—Es superrica —musitó él—. Mira todo lo que tiene. Ni siquiera en las revistas aparecen tantas cosas. —En aquel momento, comprendió que las fotos de las revistas intentaban imitar aquel nivel de opulencia, pero no tenían la menor idea de cómo conseguirlo—. ¿Crees que tiene casa propia? —preguntó.

—Claro que tiene casa —respondió Pima con una mueca—. Todos los ricos tienen casa.

—¿Crees que será tan grande como su barco?

Pima titubeó, sopesando la idea.

—Supongo que sí.

Nailer se mordió el labio mientras pensaba en los precarios refugios que tenían en la playa: chozas construidas con ramas, planchas arrancadas de embarcaciones naufragadas y hojas de palmera que salían volando como si fueran basura cada vez que había alguna tormenta.

Guardaron silencio un buen rato mientras el fuego los secaba y los calentaba, contemplando cómo los trozos de los muebles del clíper crepitaban y ardían.

—Mira eso —dijo Pima de repente.

Los ojos de la joven, cerrados desde hacía horas, ahora estaban abiertos y miraban atentamente las llamas. Pima y Nailer la estudiaron, y ella los estudió a ellos.

—Te has despertado, ¿eh? —apuntó Nailer.

La muchacha no respondió. Se limitó a observarlos en silencio, como una niña pequeña. No movió los labios, ni rezó, ni dijo nada. Pestañeó, con los ojos clavados en Nailer, pero siguió sin decir nada.

Pima se arrodilló a su lado.

—¿Quieres agua? ¿Tienes sed?

Los ojos de la chica se desviaron hacia ella, pero guardó silencio.

—¿Se habrá vuelto loca? —preguntó él.

Pima sacudió la cabeza.

—Ni idea —respondió. Cogió una pequeña taza de plata y la llenó de agua. La sostuvo delante de la joven, observándola—. ¿Tienes sed? ¿Me entiendes? ¿Quieres un poco agua?

La muchacha se inclinó hacia la taza con un movimiento débil. Pima le acercó el agua a los labios y dejó que diera un pequeño sorbo. Sus ojos oscuros, ya más despiertos, observaron a ambos. Pima intentó darle más agua, pero la chica desvió el rostro e intentó sentarse erguida. Tras incorporarse, dobló las piernas y se las rodeó con los brazos mientras la luz anaranjada y brillante de las llamas centelleaba sobre su rostro. Pima volvió a ofrecerle agua y, esta vez, se bebió la taza entera antes de mirar con ojos anhelantes hacia la jarra.

—Dale más —le pidió Nailer. Sujetando la taza con una mano temblorosa, la chica volvió a beber. Lo hizo con tanta avidez que el agua empezó a caerle por la barbilla.

—¡Oye! —Pima le quitó la taza—. ¡Ten cuidado! Es toda el agua que tenemos para esta noche.

Le lanzó una mirada de fastidio a la muchacha, se dio la vuelta y empezó a rebuscar en la bolsa de fruta que Nailer había recogido. Sacó una naranja, la cortó en gajos y se la ofreció. La joven cogió un trozo y lo devoró con avidez antes de aceptar otro. Contempló a Pima con una fascinación casi salvaje mientras cortaba los trozos de naranja. Sin embargo, tras dar unos cuantos bocados más, volvió a tumbarse en el suelo, agotada.

—Gracias —susurró con una sonrisa débil. Luego cerró los ojos y se quedó en silencio.

Pima apretó los labios. Se levantó y cubrió el cuerpo inmóvil con una manta.

—Parece que va a salir de esta, Nailer.

—Eso parece —respondió él, aunque no sabía si sentirse aliviado o afligido por su supervivencia. Ahora mismo descansaba serenamente, tenía los ojos cerrados y respiraba de manera acompasada, como si estuviera dormida. Si hubiera muerto, o hubiera perdido la razón, habría sido mucho más fácil.

—Espero que sepas lo que estás haciendo —musitó Pima.

10

Si era honesto consigo mismo, debía admitir que no tenía ni idea de lo que estaba haciendo. Iba improvisando sobre la marcha, imaginando una nueva versión del que sería su futuro, y lo único que sabía con seguridad era que aquella chica extraña y rica tenía que formar parte de él. Ella, con su *piercing* de diamante en la nariz, con sus dedos bañados en oro y sus ojos oscuros y brillantes vivos en lugar de muertos.

Estaba sentado al otro lado de la hoguera alimentada con trozos de muebles, tenía las rodillas abrazadas contra el pecho mientras observaba cómo Pima le daba el resto de la naranja. Dos chicas, dos vidas distintas. Pima tenía la piel oscura, era fuerte, estaba llena de cicatrices y cubierta de tatuajes identificativos de la brigada ligera y de símbolos de buena suerte; llevaba el pelo muy corto, era musculosa y rebosaba vitalidad. Y luego estaba esta otra. Ella también tenía la piel morena, aunque de un tono mucho más claro, y no por los efectos del sol. Tenía el cabello negro, largo y sedoso, sus movimientos eran suaves y delicados, refinados y precisos, y ni su rostro ni sus brazos mostraban el menor indicio de abuso o de heridas sufridas por algún cable suelto o por quemaduras químicas.

Dos chicas, dos vidas distintas, dos caras de una misma moneda.

Nailer tiró distraídamente de sus pendientes. Pima y él compartían muchas marcas, desde los tatuajes que les permitían trabajar en las brigadas hasta las múltiples cicatrices que se habían repasado con tinta en honor al Santo de la Herrumbre y a las Parcas por los favores que les habían concedido. Pero aquella joven no tenía nada de eso. Ni diseños decorativos ni marcas laborales ni tatuajes de brigada. Nada. Su cuerpo era un lienzo vacío. Él era un poco más bajo que ella, pero sabía que podría matarla si era menester. Nunca podría vencer a Pima en una pelea, pero esta chica era endeble.

—¿Por qué no me habéis matado?

Nailer se sobresaltó. La chica había vuelto a levantar los párpados y lo miraba fijamente a través del fuego. En sus ojos tenía el reflejo de las llamas que devoraban los muebles rotos y los cuadros destrozados que hasta hacía unas horas decoraban el clíper.

—¿Por qué no me matasteis cuando tuvisteis la oportunidad de hacerlo? —susurró.

Se expresó con elegancia, con palabras que sonaban exquisitas al salir de sus labios, concisas, cercanas y precisas. Como solían expresarse los jefazos que acudían la playa a supervisar el trabajo y les ofrecían bonificaciones en efectivo por recuperar restos de más valor. Palabras articuladas a la perfección, sin fisuras ni estridencias. Aceptó los últimos gajos de la naranja que le ofrecía Pima y se los comió, tomándose su tiempo para saborearlos. Volvió a incorporarse lentamente.

Sus ojos pasaron de Nailer a Pima.

—Podríais haberme dejado morir. —Se limpió la comisura de la boca con la palma de la mano y sorbió la última gota de zumo que quedaba de la naranja—. No podía escapar. Os habríais hecho ricos con mi oro. ¿Por qué?

—Pregúntale a Lucky Boy —respondió Pima, disgustada—. No fue idea mía.

La chica lo miró.

—¿Te llamas Lucky Boy?

Nailer no sabía si se lo preguntaba en serio o si le estaba tomando el pelo. Intentó ocultar su inquietud.

—Encontré los restos de tu barco, ¿no?

Los labios de la muchacha se torcieron en lo que pareció una sonrisa.

—Supongo que eso me convierte en una Lucky Girl, ¿no? —Los ojos le brillaban.

Pima soltó una carcajada y se puso de cuclillas a su lado.

—Claro que sí, Lucky Girl. Eres una chica con suerte —declaró. Por un momento, sus ojos contemplaron con avidez las manos de Lucky Girl y el oro que relucía sobre su piel morena—. Muchísima.

—Entonces, ¿por qué no cogisteis el oro y os marchasteis? —Levantó la mano donde las hojas afiladas de sus cuchillos la habían cortado—. Podríais haber usado mis dedos como amuletos de las Parcas, ¿no? También os podríais haber quedado con el oro y con mis falanges.

Sus delicadas facciones se habían endurecido. En ese momento, Nailer se dio cuenta de lo inteligente que era. Blanda, sí, pero no estúpida. No pudo evitar pensar que había cometido un error al dejarla vivir. Era difícil saber cuándo estabas siendo listo y cuándo te estabas pasando de listo. Y esta chica... era como si hubiera empezado a apoderarse del espacio que rodeaba la hoguera, adueñándose de él, haciendo preguntas en lugar de responderlas.

Lucky Strike siempre decía que había una delgada línea entre la inteligencia y la estupidez y solía partirse de risa cada vez que lo decía. Sin embargo, al contemplar a aquella muchacha mientras se burlaba y lo provocaba sentada al otro lado de las llamas, de pronto tuvo la sensación de que lo comprendía.

—Creo que podrías haberte hecho un amuleto muy bonito con uno de mis dedos —le dijo ella—. Te habría dado una suerte exquisita.

Pima volvió a reírse, pero Nailer frunció el ceño. Una decena de futuros alternativos se extendían ahora ante él, todos ellos supeditados a su suerte, a la voluntad de las Parcas... y a la variable que presentaba aquella chica. Veía cómo los caminos se alejaban de él en distintas direcciones. Se encontraba en la encrucijada, donde podía vislumbrar el principio de cada uno de ellos, incluso un poco más allá, pero nunca el final.

Y ahora, mientras miraba fijamente a los ojos avispados de aquella ricachona impoluta, cayó en la cuenta de que había pasado por alto un factor importante: no sabía nada de ella. Pero sí sabía de oro. El oro le ofrecía seguridad y libertad para dejar atrás los buques, el trabajo de desguace y la brigada ligera. Lucky Strike había seguido ese camino. Y habría demostrado ser más inteligente que estúpido si hubiera dejado que Pima rajara a la chica y finiquitara el asunto.

Pero ¿y si había más caminos? ¿Y si alguien ofrecía una recompensa por aquella chica rica? ¿Y si podía serles útil de alguna otra manera?

—¿Crees que tu brigada vendrá a buscarte? —preguntó Nailer a la chica.

—¿Mi brigada?

—Sí, alguien que quiera que regreses a casa...

Sus ojos no se apartaron de los de Nailer en ningún momento.

—Claro que sí —respondió—. Mi padre debe de estar buscándome.

—¿Tiene pasta? —le preguntó Pima—. ¿Es un ricachón como tú?

Nailer le lanzó una mirada contrariada. Lucky Girl esbozó una sonrisa divertida.

—Pagará, si es eso a lo que te refieres. —Les mostró los dedos—. Os pagará más de lo que valen mis joyas —afirmó mientras se quitaba un anillo y se lo lanzaba a Pima. Esta lo atrapó en el aire, sorprendida—. Más que eso. Más que todos los bienes que hay a bordo de mi barco —continuó, mirándolos con expresión seria—. Viva valgo más que el oro.

Nailer intercambió una mirada con Pima. Aquella chica sabía lo que querían, sabía perfectamente de qué pata cojeaban. Era como si fuera una de esas brujas de la playa, capaz de lanzar unos huesos al aire y descubrir el hambre y la codicia que escondía su alma. Le enfureció pensar que Pima y él pudieran ser tan obvios. Lo hizo sentirse como un niño pequeño, estúpido y evidente, como los pobres infelices que merodeaban detrás del puesto de comida de Chen con la esperanza de que tirara algunos huesos para poder roerlos. Ella simplemente lo sabía.

—¿Cómo sabemos que no nos estás mintiendo? —le preguntó Pima—. Puede que no tengas nada más que ofrecernos y que solo intentes ganar tiempo.

La joven se encogió de hombros con aire despreocupado mientras acariciaba los anillos que le quedaban.

—Vivo en casas donde cincuenta criados esperan a que toque una campanilla para traerme todo lo que me apetezca. Tengo dos clíperes y un dirigible. Mis criados llevan uniformes con plata y jade y los obsequio con oro y diamantes. Y puedo hacer lo mismo por vosotros... si me ayudáis a llegar localizar a mi padre.

—Es posible —admitió Nailer—. Aunque también es posible que ese oro que llevas en los dedos sea lo único que tienes y que valgas más estando muerta.

La chica se inclinó hacia delante. El fuego le iluminaba el rostro, pero su expresión era glacial.

—Si me hacéis daño, mi padre vendrá y os borrará a vosotros y a vuestras familias de la faz de la tierra antes de alimentar a los perros con vuestras tripas. —Volvió a echarse hacia atrás—. La elección es vuestra: enriqueceos ayudándome o morid en la pobreza.

—A la mierda —espetó Pima—. Ahoguémosla y acabemos con esto de una vez.

Un destello de incertidumbre alteró el semblante de la joven, tan fugaz que Nailer no se habría dado cuenta si no hubiera tenido los ojos clavados en su rostro y hubiera visto cómo sus ojos se ensanchaban de manera casi imperceptible.

—Deberías andarte con cuidado —le advirtió—. Estás sola. Nadie sabe dónde estás ni qué te ha pasado. Por lo que a los demás respecta, podrías haberte ahogado en el océano. Puede que desaparezcas sin dejar rastro y que el viento y las olas ni siquiera recuerden que alguna vez exististe. —Esbozó una sonrisa—. Tus criados no están aquí para salvarte, niña rica.

—No. —Se arrebujó en las mantas como si fueran una capa y contempló océano iluminado por las estrellas y el vaivén de las olas—. El GPS y las señales de socorro del barco les dirán dónde buscar. Es solo cuestión de tiempo. —Sonrió con ironía—. Mi brigada no tardará en llegar.

—No lo dudo, pero ahora mismo solo nos tienes a Pima y a mí —replicó Nailer—. Y está claro que tú no perteneces a nuestra brigada. —Se inclinó hacia delante—. Puede que tu gente nos haga daño de verdad, que nos arranquen las tripas y nos corten los dedos, pero eso no nos da miedo, Lucky Girl —dijo, pronunciando con sorna las palabras de su nuevo apodo. Hizo un gesto hacia las instalaciones de desguace—. Aquí morimos todos los días, todo el tiempo. Puede que muera mañana. Puede que muriera hace dos días —espetó—. Mi vida vale menos que un metro de cobre. —La miró—. Así que, para nosotros, tu vida solo valdrá más que el oro que llevas en los dedos si nos saca de este sitio. De lo contrario, vales lo mismo estando muerta.

En cuanto las palabras salieron de sus labios, supo que lo que había dicho era verdad. Estaba en el infierno. Los astilleros eran un infierno. Y fuera cual fuera el lugar de origen de aquella muchacha, fuera quien fuera, debía de ser mejor que todo lo que él conocía. Incluso Lucky Strike, que todos pensaban que vivía como un rey, no era nada comparado con esta niña pija y mimada. Cincuenta personas a su servicio. Lucky Strike tenía a Raymond, a Ojos Azules y a Sammy Hu, y con ellos le bastaba para intimidar a quien hiciera falta, pero fuera de la playa no era nada. Es más, hasta Lucky Strike ponía buena cara y agachaba la cabeza cada vez que los jefazos de Lawson & Carlson llegaban en su tren especial para supervisar las labores de desguace antes de volver a dondequiera que vivieran los ricachones. Esta muchacha pertenecía a un mundo completamente diferente.

Y no tardaría en regresar a él.

—Si deseas seguir con vida —dijo—, tendrás que llevarnos contigo cuando te vayas.

—Me parece justo —respondió asintiendo lentamente.

—Está mintiendo —replicó Pima—. Solo intenta ganar tiempo. No pertenece a la brigada. En cuanto aparezca su gente se largará, y tú y yo tendremos que volver al trabajo en los astilleros. —Desvió la mirada hacia los restos invisibles de los navíos siniestrados que se encontraban desperdigados a lo largo de la costa—. Eso si tenemos suerte.

—¿Es eso cierto? —Nailer observó detenidamente a la ricachona, intentando adivinar si de verdad estaba mintiendo—. ¿Piensas dejarnos tirados? ¿Abandonarnos a nuestra suerte con el resto de los desguazadores mientras vuelves a tu vida de niña rica?

—Yo no miento —afirmó sin apartar los ojos de los de Nailer. Le sostuvo la mirada, imperturbable, dura como la obsidiana.

Nailer sacó el cuchillo.

—Comprobémoslo entonces.

Rodeó la hoguera hasta situarse a su lado. La joven dio un respingo, pero Nailer la sujetó por la muñeca. Intentó resistirse, pero él era más fuerte. Sostuvo el cuchillo delante de sus ojos al tiempo que Pima la agarraba por los hombros para inmovilizarla.

—Solo será un poco de sangre, Lucky Girl. Un poquito nada más —le dijo Pima—. Solo para asegurarnos, ¿vale? —La muchacha no tenía ninguna posibilidad de zafarse de ella.

Nailer le tiró de la mano para acercarla a él. Opuso resistencia en todo momento, se sacudió y se retorció, pero sus esfuerzos fueron en vano. Unos segundos después, tenía la mano extendida delante de él. Apretó la hoja contra la palma y la miró sonriendo.

—Y ahora, ¿lo juras? —le preguntó mirándola a los ojos—. ¿Nos llevarás contigo cuando te vayas?

La chica tenía la respiración acelerada, estaba asustada y sobrecogida por el pánico, con los ojos clavados en la hoja y en Nailer.

—Lo juro —susurró—. Lo juro.

Nailer continuó estudiando su rostro en busca de alguna señal que confirmara que pensaba traicionarlos, que emularía a Sloth y los apuñalaría por la espalda. Miró de reojo a Pima, que asintió en señal de conformidad.

—Parece dispuesta.

—Eso parece.

Nailer le hizo un corte en la palma de la mano. Empezó a salirle sangre y a temblarle la mano mientras los dedos se le crispaban sobre la herida. A Nailer le sorprendió que no gritara. Acto seguido, se rajó la palma de la mano y la apretó contra la de ella.

—Ahora somos un equipo, Lucky Girl —declaró—. Yo te protejo a ti y tú me proteges a mí —dijo sosteniéndole la mirada.

Pima zarandeó a la muchacha.

—Dilo.

Lucky Girl tartamudeó, pero repitió las palabras.

—Yo te protejo a ti y tú me proteges a mí.

Nailer asintió, satisfecho.

—Bien.

Le extendió la mano ensangrentada y le hundió el pulgar en la herida abierta. La joven gimió al sentir aquella nueva punzada de dolor y se estremeció cuando Nailer le apoyó el pulgar en la frente y le dejó una marca sangrienta entre las cejas, un tercer ojo que simbolizaba el destino que ahora compartían. Sin dejar de temblar, cerró los ojos y dejó que la marcara.

—Ahora tú se lo haces a él —le indicó Pima—. Sangre con sangre, Lucky Girl. Así es como lo hacemos aquí. Sangre con sangre.

Lucky Girl hizo lo que se le dijo. Con una expresión gélida, hundió el pulgar en la palma de la mano de Nailer y lo marcó.

—Bien. —Pima se acercó a ella—. Ahora yo.

Cuando acabaron, bajaron a las aguas teñidas de negro y se lavaron la sangre de las manos antes de regresar al campamento. Estaban completamente rodeados por el mar, aislados en la oscuridad mientras subían lentamente hasta su almenara particular. Nailer tenía el hombro dolorido e inflamado con tanto ajetreo, lo que dificultaba bastante el ascenso. Lucky Girl avanzaba a trompicones delante de ellos. Caminaba con estrépito entre la vegetación, trepando con la ropa desgarrada, claramente ajena a aquel tipo de actividad, mientras respiraba con dificultad. Nailer se quedó mirando sus piernas esbeltas y las curvas sinuosas de su cuerpo bajo la falda.

Pima le dio una colleja.

—¿Qué? ¿Crees que vas a poder ligar con ella después de haberle clavado un cuchillo en la mano?

Sonrió y se encogió de hombros avergonzado.

—Es guapísima.

—Arreglada seguro que se ve bien —admitió Pima. Luego bajó la voz y dijo—: ¿Qué piensas? ¿Podemos considerarla parte de la brigada?

Nailer se detuvo un momento y empezó a girar el hombro con cuidado mientras sentía un dolor lacerante en la herida de la espalda.

—A Sloth eso le importó un comino. Formar parte de la brigada no significa nada, salvo que todos nos partimos el lomo trabajando juntos en el mismo barco —dijo encogiéndose de hombros. Hizo una mueca al sentir una nueva punzada de dolor—. Aun así, vale la pena intentarlo, ¿no?

—¿Hablabas en serio con lo de irnos de aquí?

Él asintió.

—Sí. Sería lo más inteligente, ¿no crees? Lo más sensato. Aquí no nos espera nada. Tenemos que salir, o acabaremos muriendo como todos los demás. Ni siquiera Lucky Strike se ha salvado de los estragos de la tormenta. ¿Y qué me dices de Bapi? Ser jefe de la brigada ligera no le sirvió de nada, al final la palmó igualmente.

—Lucky Strike ha salido mucho mejor parado que nosotros.

—Claro que sí —espetó él—. Eso es lo que dice el cerdo en la pocilga cuando ve que al que sacrifican para la cena es a su hermano. —Volvió a encogerse de hombros—. Sigues estando en la pocilga y en algún momento llegará tu turno.

11

Nailer despertó bajo el sol, con el lujo de saber que todavía disponía de un par de horas antes de que el nivel de la marea bajara lo suficiente como para poder regresar a la orilla. En cualquier día normal, a esas horas ya habría estado trabajando en la brigada ligera, metido en algún conducto con pintura led fluorescente embadurnada en la frente como una marca de la suerte, aspirando polvo y excrementos de ratón mientras sudaba en la oscuridad.

Los rayos del sol se filtraban entre el susurro de los helechos y los cipreses achaparrados de la isla, creando un manto de luces y sombras. Unas voces interrumpieron sus pensamientos.

—No, no pongas toda la madera de golpe. Hazlo despacio.

Era la voz de Pima. Lucky Girl respondió algo que Nailer no logró entender, pero que dejaba entrever que no estaba muy interesada en que Pima le dijera lo que tenía que hacer.

Se incorporó y dejó escapar un gemido de dolor. Sentía un dolor abrasador en todo el hombro, un dolor agónico que le desgarraba las entrañas y quemaba como el ácido. Estaba pagando el sobresfuerzo de ayer, sin duda. Se había excedido recuperando el botín y sacando a Lucky Girl, y ahora estaba sufriendo las consecuencias. Movió el brazo con cautela, intentando relajar la musculatura. El dolor era intenso.

—¿Ya estás despierto?

Levantó la vista. Lucky Girl lo miraba asomada entre los helechos. También era bonita a plena luz del día. Tenía la piel aceitunada suave y limpia, recién lavada. Se había recogido la melena azabache y se había hecho un moño para que no le molestara, dejando al descubierto la delicada estructura de su rostro. La chica le sonrió.

—Pima quiere saber si te has levantado.
—Sí, ya me he levantado.
—¡A levantarse, bello durmiente! —gritó Pima—. Es hora de desayunar.
—Ah, ¿sí?

Nailer se incorporó y se abrió paso entre los helechos hasta donde estaban las chicas, de cuclillas en torno a una hoguera recién encendida. Más abajo, el clíper seguía estando en el agua. La marea lo había desplazado ligeramente, pero estaba encallado entre tantas rocas que la corriente no había podido arrastrarlo por la costa. «La suerte nos sigue sonriendo», pensó Nailer. Y lo cierto era que iban a necesitarla, sobre todo si querían que la gente de Lucky Girl la encontrara rápido.

Echó un vistazo a su alrededor para ver qué estaban comiendo, pero no vio nada preparado.

—¿Qué hay para desayunar? —preguntó desconcertado.
—Lo que nos prepares —respondió Pima, y ella y Lucky Girl empezaron a reírse.
—Qué graciosilla —dijo Nailer haciendo una mueca—. En serio, ¿qué has preparado?
—A mí no me mires. —Pima se recostó en el suelo cubierto de arena—. Yo he encendido el fuego.

Nailer le lanzó otra mirada asesina.
—No estamos en un turno de la brigada, aquí no eres mi jefa.

Pima soltó una carcajada.
—Entonces te va a tocar pasar hambre.

Sacudió la cabeza y empezó a rebuscar en los sacos de comida que habían sacado del clíper la noche anterior.
—No te sorprendas si encuentras algún escupitajo en la comida.

Pima se sentó de golpe.
—Como escupas en mi comida, te escupo en la boca.
—Ah, ¿sí? —dijo dándose la vuelta—. ¿Quieres probar?

Pima se echó a reír.

—Te daría una paliza y lo sabes, Lucky Boy. Ponte a preparar el desayuno y alégrate de que te hayamos dejado dormir.
—Yo te ayudo —intercedió Lucky Girl.
Nailer negó con la cabeza.
—No te preocupes. Pima no cocina porque echaría a perder toda la comida. Mucho músculo, pero poco cerebro. —Empezó a sacar fruta de uno de los sacos mientras rebuscaba entre los demás alimentos—. Mirad esto. —Sacó una bolsa de cereales de medio kilo.
—¿Qué es? —Pima se incorporó, intrigada.
—Bayas de trigo.
—¿Saben bien?
—Están bastante ricas. Son menos duras que el arroz.
Nailer guardó silencio un momento, pensativo.
—¿Los ricachones consumís azúcar? —le preguntó a Lucky Girl.
—En el barco hay —respondió ella.
—¿En serio? —Miró de reojo al agua. No tenía ganas de bajar para luego volver a subir—. ¿Podrías ir a buscar un poco de azúcar y agua fresca?
La chica asintió, sorprendentemente dispuesta.
—Sí, claro.
Continuó rebuscando en el saco mientras Lucky Girl desaparecía por la ladera.
—Es increíble la cantidad de comida que tienen.
—Todos los días deben de ser un festín —apuntó Pima.
—¿Te acuerdas del pichón que Moon Girl me dio como regalo de buena suerte?
—Estaba rico.
Nailer hizo un gesto con la cabeza y señaló a Lucky Girl, que en aquel momento trepaba por el casco del clíper.
—Seguro que ella no pensaría lo mismo.
—¿Por eso quieres irte con ella?
Él se encogió de hombros.
—Nunca me lo había planteado, no hasta anoche... —Dejó la frase sin terminar, intentando encontrar las palabras adecuadas para expresar lo que le pasaba por la mente—. Viste el camarote en el que estaba, ¿no? ¿Todo lo que había dentro? No

significa nada para ella. Piensa en todos los anillos que lleva o en el diamante que tiene en la nariz. Si se lo quitáramos, tú o yo seríamos ricos, pero ella ni siquiera le presta atención.

—Vale, le sale el dinero por las orejas. Pero no pertenece a la brigada, digas lo que digas. Además, no confío en ella. Le he preguntado por su familia, quiénes son... —Sacudió la cabeza—. No hizo más que irse por las ramas, como Pearly cuando le preguntas por qué cree que es Krishna. Oculta algo. No te dejes engañar por su aspecto de niña buena.

—Ya. Es inteligente.

—Más que inteligente. Es astuta. ¿Sabes esos anillos de oro? Bueno, pues hoy le faltan algunos. No sé dónde los habrá escondido, pero no están por ninguna parte. Habla mucho de que somos un equipo, pero está velando por sus propios intereses.

—¿No es eso lo que hacemos todos?

—No me vengas con esas, Nailer, sabes a lo que me refiero.

Nailer levantó la vista al oír el tono de voz de Pima.

—Entendido, jefa. La mantendremos vigilada. Ahora déjame cocinar. —Encontró una bolsa llena de pequeños frutos rojos secos y probó uno. Eran dulces y ácidos al mismo tiempo. Estaban bastante ricos. Le lanzó uno a Pima—. ¿Sabes qué es eso?

—Nunca lo había probado —dijo saboreándolo. Extendió la mano—. Dame más.

—Ni hablar —respondió él con una sonrisa—. Voy a usarlos. Tendrás que esperar. —Dejó la bolsa junto al saco con las bayas de trigo y contempló en silencio todos los alimentos que habían encontrado almacenados en el barco tan a la ligera—. Nunca me había parado a pensar lo mal que vivimos aquí, no hasta ayer. No hasta... ella. —Hizo una pausa—. Ahora bien, por muy rica que sea, no debe de ser la única. El dinero y la fortuna están ahí fuera, no aquí. Comparado con ella, Lucky Strike no es más que un pobre infeliz.

—¿Y crees que puedes irte a vivir con ella y ya está? ¿Que viviréis felices y comeréis perdices?

—No te burles de mí. Hasta los miembros de su tripulación son más ricos que Lucky Strike.

—Si dice la verdad.

—Sabes que sí. Igual que sabes que quedándonos aquí nunca tendremos nada.

Pima vaciló.

—¿Crees que mi madre podría venir con nosotros? —preguntó.

—¿Es eso lo que te preocupa? —le preguntó—. La ricachona nos debe la vida. Tiene una deuda de sangre con nosotros. Claro que puede venir con nosotros.

—¿Y qué me dices de Moon Girl? ¿De Pearly? ¿Del resto de la brigada ligera?

Nailer guardó silencio un momento.

—Lucky Strike no compartió el botín —dijo finalmente—. Solo veló por sus intereses.

—Ya... —Su argumento no pareció convencer a Pima, aunque sus palabras quedaron en el aire cuando Lucky Girl apareció entre la vegetación y las enredaderas.

—¡Lo tengo! —resolló con una sonrisa.

—Muy bien —dijo sonriéndole a Pima—. Nos vendría bien tenerla en la brigada ligera cuando se reanude el trabajo, ¿no crees?

Pima no sonrió.

—También estaría muy solicitada en los prostíbulos —murmuró dándose la vuelta.

Lucky Girl frunció el ceño.

—¿Qué le pasa?

—Nada —respondió él—. Siempre se pone de mal humor cuando tiene hambre.

Dejó escapar un gemido al coger la jarra de agua que había traído la chica. El hombro le ardía de dolor. Estuvo a punto de dejar caer el agua.

Pima levantó la vista.

—¿Qué tienes?

—La espalda —dijo él apretando los dientes—. Me duele como si me hubiera mordido una serpiente.

—Eso quiere decir que se te ha infectado la herida —concluyó ella. Se acercó corriendo.

—No —replicó él mientras negaba con la cabeza—. La limpiamos bien.

—Déjame ver. —Pima contuvo el aliento al retirar el vendaje.

Lucky Girl echó un vistazo y soltó un gemido.

—Pero ¿qué te has hecho?

Nailer estiró el cuello todo lo que pudo, pero no consiguió ver nada.

—¿Tiene mala pinta?

—Está muy infectada —le informó Lucky Girl—. Tienes pus por todas partes. —Se acercó muy seria—. Déjame echar un vistazo. Tengo formación en primeros auxilios. De la escuela.

—Ricachones... —musitó él, aunque la chica no respondió. Le palpó y presionó la herida con los dedos. Nailer sintió una punzada de dolor abrasador que lo hizo estremecerse.

—Necesitas antibióticos —afirmó—. Huele fatal.

Pima sacudió la cabeza.

—Aquí no tenemos de eso.

—¿Qué hacéis cuando estáis enfermos?

Nailer esbozó una leve sonrisa.

—Dejar que las Parcas decidan.

—Estáis locos —declaró antes de volver a mirarle la herida—. En el Bruja del Viento habrá algo para esto —añadió—. Hay un botiquín enorme. Debería haber algún tipo de penicilina.

Nailer se apartó de ella.

—Comamos primero.

—¿Estás loco? —Lucky Girl lo miró a él y luego a Pima—. Esto no es algo que puedas dejar para después. Hay que tratarlo ahora.

—Ahora o después, ¿qué importa? —dijo él encogiéndose de hombros.

—Importa, y mucho. De lo contrario, seguirá empeorando —le explicó. La expresión de su rostro se endureció—. Y acabará matándote. Parece una superbacteria. Debemos actuar rápido, o no sobrevivirás.

Sin previo aviso, Lucky Girl introdujo el pulgar en el centro de la herida. Nailer dejó escapar un grito y se apartó de ella como pudo. Se agarró el hombro, jadeando. El dolor era tan intenso que creyó que iba a desmayarse.

Cuando logró sobreponerse, le gritó:

—¿A qué ha venido eso?

—Espabila, Nailer. —Lucky Girl hizo una mueca—. ¿Cómo vas a cobrar la recompensa por haberme salvado si estás muerto? Hay que ir al barco a curarte, mueve el culo.

—¡Espabila! —Pima soltó una carcajada y le dio una palmadita en el hombro a la chica—. La ricachona empieza a hablar como nosotros —dijo entre risas. Luego miró seriamente a Nailer—. Pero tiene razón. Tu madre habría dado lo que fuera por poder comprar un poco de penicilina. ¿Quieres acabar como ella? Sudando y llorando sin parar. Con la piel ardiendo y el cuello hinchado por culpa de la infección. Con los ojos rojos y llenos de pus.

Nailer se estremeció solo de pensarlo.

—Vale, si queréis jugar a los médicos, adelante. —Cogió una naranja antes de empezar a bajar por la ladera—. Pero no pienso acabar como ella. Ni hablar.

Pese a sus palabras, le resultó preocupante ver lo mucho que le estaba costando bajar hasta el agua. Era como si tuviera el brazo, el hombro y la espalda en llamas. Lucky Girl y Pima lo guiaron colina abajo, sin prisa, tendiéndole la mano cuando lo necesitaba para ayudarlo a mantener el equilibrio, como si fuera una anciana indefensa.

No pudo evitar pensar en las palabras de Lucky Girl mientras descendían. De nada le valía obtener una recompensa si estaba muerto. Se obligó a reprimir el miedo que lo atenazaba, aunque siguió presente en lo más profundo de su mente.

Había visto cómo las heridas de otras personas empeoraban de repente y empezaban a podrirse y gangrenarse; había visto muñones infestados de gusanos tras una amputación. A pesar de su valentía, el temor lo atormentaba. Su madre se había encomendado a Kali María Piedad y había fallecido ahogada en un mar de moscas y dolores febriles. El lado supersticioso de Nailer se preguntaba si, tras aquel golpe de suerte, el Dios de la Chatarra estaría equilibrando la balanza con una enfermedad que lo mataría antes de que pudiera siquiera disfrutar de su recompensa. Sadna tenía razón. Debería haber hecho más ofrendas en honor al Dios de la

Chatarra y a las Parcas tras escapar del depósito de petróleo. Pero, en vez de eso, había desdeñado hacerlo.

Poco después llegaron al océano. El clíper se había desplazado durante la noche hasta quedar prácticamente en posición vertical, por lo que les resultó más difícil volver a subir a bordo. Pima tuvo que cargar con Nailer. Lo arrastró como un animal muerto, gruñendo y con los músculos contraídos por el esfuerzo, y lo dejó tendido en la cubierta de fibra de carbono mientras ella y Lucky Girl bajaban a los niveles inferiores.

Cuando por fin regresaron, ambas hicieron un gesto negativo con la cabeza.

—No queda nada —le informó la muchacha—. Debe de haberlo arrastrado la corriente —añadió mientras examinaba los restos del barco—. No veo nada en el agua. —Volvió a sacudir la cabeza—. Se ha perdido todo.

Nailer se encogió de hombros, intentando mostrarse indiferente.

—Ya tomaré lo que haga falta cuando llegue tu gente.

Mientras lo decía, se preguntó cuánto tiempo le quedaría. Había empezado a temblar y, aunque estaba sentado bajo el sol, sentía frío.

—Con los satélites y eso no deberían tardar mucho, ¿no?

—Sí, claro —respondió Lucky Girl, aunque no parecía muy segura.

Pima hizo un gesto con la cabeza hacia las joyas de la muchacha.

—Con ese oro podríamos comprarle la medicina a Lucky Strike sin ningún problema.

Lucky Girl apartó los ojos de Nailer.

—¿El Lucky Strike ese vende medicamentos?

—Sí, claro —respondió Pima—. Tiene una especie de trato con los jefazos. Le traen cosas en el tren.

—No. —Nailer negó con la cabeza—. Nadie puede enterarse de la existencia de este botín. Se lo llevarán todo. —Se estremeció—. Tenemos que mantener un perfil bajo hasta que aparezca la gente de Lucky Girl. Entonces podremos hacer lo que queramos. Si dejamos que se enteren ahora, vendrán en masa a llevarse nuestro botín.

—No es vuestro —replicó la joven con fiereza—. Es la Bruja del Viento, y es mi barco.

Pima meneó la cabeza.

—Ahora no es más que una montaña de chatarra. Y tú sigues viva porque Nailer es mejor persona que la mayoría de nuestra gente. Digamos que hace unos días tuvo una especie de experiencia religiosa ahí fuera. Y ahora tiene la mirada febril, sin duda.

—No tengo la mirada febril —dijo sacudiendo la cabeza.

Pima le miró de reojo.

—¿No crees que estás pagando el precio de tanta suerte?

—¿Qué es la mirada febril? —preguntó Lucky Girl.

Pima se la quedó mirando.

—¿No has oído hablar de la mirada febril?

—No, nunca —dijo negando con la cabeza.

—¿Cuando los moribundos vislumbran el futuro? ¿El último vistazo antes de que las Parcas se los lleven?

—Te digo que no tengo la mirada febril —repitió él. Estaba agotado. Se sentó con pesadez en la cubierta inclinada y bañada por el sol—. Si la limpio, tal vez mejore.

—No seas idiota —le espetó Pima—. Solo mejorará con la medicina.

Nailer apoyó la cabeza en los brazos.

—¿Cuánto tiempo? ¿Hasta que llegue tu gente?

—El rastreador GPS los traerá hasta aquí —dijo Lucky Girl encogiéndose de hombros—. No deberían tardar mucho.

—¿Tan importante eres?

—Bastante —respondió avergonzada.

—¿Quién es tu gente? —indagó él—. Te has mostrado muy evasiva con eso.

La joven vaciló.

—Somos un equipo —le recordó Pima.

—Me apellido Chaudhury. Nita Chaudhury.

Pima y Nailer se encogieron de hombros.

—Nunca lo había oído.

—Llevo el apellido de mi madre, hasta que herede —explicó. Tras unos segundos, añadió—: Mi padre se apellida Patel.

—Aguardó su reacción, expectante.

Se hizo el silencio. De repente, Pima preguntó:

—¿Patel? ¿De Patel Global Transit?

Pima y Nailer intercambiaron una mirada llena de incredulidad.

—¿Eres una de las jefazas? —preguntó Nailer.

Pima estaba hecha una furia.

—¿Eres una asquerosa compradora de sangre? —Se abalanzó sobre Nita y empezó a zarandearla.

—¡No!

—Patel Global viene aquí a comprar todo tipo de materiales y restos —dijo Pima—. Vemos vuestro logotipo todo el tiempo. El vuestro, y el de General Electric, FluidDesign y Kuok LG. Todo el mundo se mata a trabajar para mantener la cuota y que los compradores de sangre no vayan a comprar suministros a lugares como Bangladesh o Irlanda. Lawson & Carlson ni siquiera proveen máscaras con filtros porque dicen que hay que mantener los costes al mínimo.

—Lo desconozco. —Nita parecía avergonzada—. Sé que adquirir suministros de proveedores de materiales reciclados es una prioridad corporativa... —titubeó—. Supongo que el desmantelamiento de embarcaciones es una posible vía comercial para adquirir materias primas. —Apartó la mirada—. Nunca he prestado mucha atención a esa faceta de la empresa.

—Maldita ricachona —espetó Pima con dureza—. Tienes suerte de que no supiéramos quién eras cuando te encontramos tirada debajo de los muebles de tu habitación.

—Déjala en paz, Pima. —Se sentía cada vez peor, fatigado y mareado—. Tenemos problemas mayores —dijo señalando al horizonte—. Mirad.

Pima y Nita se giraron. Los tres contemplaron el extremo más alejado de la llanura de arena, donde se perdían los últimos vestigios de la marea. Un grupo de personas se dirigía hacia ellos procedente de las instalaciones de desmantelamiento. Eran ocho o diez en total y avanzaban todos juntos.

—¿Será tu tripulación que ha venido a buscarte? —preguntó Pima—. ¿Quizá tus amigos compradores de sangre?

Nita ignoró la pulla y estiró el cuello para intentar ver mejor.

—No estoy segura. —Entró a toda prisa en el barco y volvió con un catalejo, que apuntó hacia las figuras distantes que caminaban hacia ellos—. Están llenos de cicatrices y tatuajes. ¿Vuestra gente?

Pima cogió el catalejo y echó un vistazo.

—¿Y bien? —insistió Nita—. ¿Es una de vuestras brigadas?

Pima negó con la cabeza.

—Es peor que eso —declaró mientras le pasaba el instrumento a Nailer.

—¿Cómo que peor? —preguntó Nita.

Nailer sostuvo el catalejo con la mano buena y oteó el horizonte. Fue deslizándose sobre la arena brillante y los charcos de agua salada hasta dar con las figuras que cruzaban la llanura a grandes zancadas. Fue enfocando las caras hasta encontrar al líder.

—Mierda —maldijo en voz baja.

—¿Qué pasa? —volvió a preguntar Nita—. ¿Quién es?

Pima dejó escapar un suspiro.

—Su padre.

12

Richard López avanzaba a toda velocidad por la llanura de arena que la marea había dejado al descubierto al retroceder. Iba acompañado de un grupo muy numeroso, integrado por sus secuaces más despiadados, los mismos que se encargaban de intimidar y mantener a la gente a raya cuando les parecía y se dedicaban a no hacer nada el resto del tiempo. Lucían joyas que habían encontrado en los pecios, collares de acero y trozos de cobre enrollado en los bíceps. Tenían la piel cubierta de tatuajes serpenteantes. Hombres y mujeres que alguna vez formaron parte de las brigadas pesadas y que decidieron abandonar los astilleros para refugiarse en la vida clandestina de la playa, con sus prostíbulos, sus antros de apuestas y sus fumaderos de opio.

Mientras los observaba, Nailer tuvo que reprimir el miedo que sintió al ver el semblante risueño de su padre por el catalejo. Reconoció a algunos de sus acompañantes. Una mujer fornida y con cara de mala leche a la que todos llamaban Ojos Azules, a quien Nailer temía incluso más que a su padre. Se sobresaltó al ver a otro de los presentes, un tipo casi dos palmos más alto que el resto y muy musculado: Tool, el híbrido al que Nailer había visto por última vez entre los matones de Lucky Strike. También reconoció a Steel Liu, el rompecráneos de la banda de la Pitón Roja. Todos eran aves de mal agüero, lo miraras por donde lo miraras.

Los dragones que cubrían los hombros de su padre serpenteaban conforme avanzaba. Caminaba a grandes zancadas al frente de los demás, con una sonrisa que dejaba entrever sus dientes torcidos y amarillentos. Al observarlo a través del catalejo, se veía tan grande que parecía que estuviese allí al lado.

Nailer se estremeció, aunque esta vez no fue por culpa de la infección que se propagaba lentamente por su espalda.

—Tenemos que escondernos.

—¿Crees que saben que estamos aquí? —le preguntó Pima.

—Esperemos que no. —Nailer intentó ponerse en pie, pero empezaban a fallarle las fuerzas. Le hizo un gesto a Pima para que lo ayudara.

—¿Qué problema hay con su padre? —preguntó Nita.

Nailer hizo una mueca mientras Pima lo levantaba. Resultaba complicado enumerar todo lo que era Richard López. Describir a su padre era como intentar describir una de esas tormentas que arrasaban ciudades enteras. Algo que creías entender hasta que se abalanzaba sobre ti y resultaba ser mucho peor de lo que recordabas.

—Es mala persona —murmuró.

Pima se colocó bajo su brazo para estabilizarlo y lo ayudó a bajar por la pendiente de la cubierta.

—Vi cómo mataba a un hombre en el *ring* —confesó Pima—. Lo golpeó hasta matarlo. Siguió pegándole incluso después de que todos lo hubieran declarado vencedor. Lo dejó bañado en sangre y con la cabeza abierta.

Nailer se mantuvo imperturbable, como si sus rasgos faciales estuvieran tallados en madera. Volvió a mirar cómo su padre y sus secuaces atravesaban la extensión de arena hacia el estrecho de agua reluciente que los separaba. Se movían muy rápido. A estas horas, lo más probable es que ya estuvieran colocados.

—Si encuentran a Lucky Girl, está muerta —afirmó Pima—. Tu padre no dejará que nadie se interponga entre él y su botín.

Nailer miró a Nita.

—Ahora sería un buen momento para que apareciera tu gente.

La muchacha negó con la cabeza.

—Creo que es demasiado pronto —dijo, sin molestarse siquiera en otear el horizonte—. ¿Qué más podemos hacer?

Pima y Nailer se miraron.

—Será mejor que nos alejemos de aquí —propuso Pima—. Dejemos que registren el barco. Hay un montón de chatarra y objetos de valor. Si tenemos suerte, los mantendrá ocupados un buen rato. Nosotros podemos volver a la playa más tarde. Esta noche o cuando sea.

Nailer contempló las figuras diminutas.

—No dejará de buscarme, incluso si regresamos.

—Eso no lo sabes. Va tan colocado que lo más probable es que ni se acuerde de que tiene un hijo.

Nailer recordó la vez en que su padre, drogado y furioso, le había pegado una paliza a un hombre del doble de su tamaño. Recordó la velocidad con la que lo había golpeado, la botella rota y el charco de sangre que había dejado en el suelo. Dejó escapar un suspiro.

—Sí, salgamos de aquí.

—¿Estáis seguros de que podremos escondernos? —preguntó Nita.

—Más nos vale —respondió Nailer apretando los dientes mientras se descolgaba con torpeza por la borda con la ayuda de ambas—. Porque si nos pillan... —Sacudió la cabeza.

—Pero ¿no sois familia?

—Eso no significa nada si va colocado de cristal —aseveró Pima—. Hasta Nailer le tiene miedo cuando está drogado.

—¿Cristal? ¿Eso es una droga?

Nailer y Pima intercambiaron una mirada.

—Metanfetamina cristalina. ¿No sabes lo que es?

Nita parecía desconcertada.

—¿Anfetas? —preguntó Pima.

—¿Lecho de sangre? —probó Nailer—. ¿Hielo? ¿Llorasangre? ¿Purgasangres?

La joven contuvo la respiración.

—¿Chupasangres?

Los dos se encogieron de hombros.

—Puede ser.

La chica los miró horrorizada.

—Eso es lo que usan las ratas de asalto. Los escuadrones de combate. Los híbridos. Solo lo usan los animales. —Se mordió la lengua—. Quiero decir...

—Animales, ¿eh? —Nailer intercambió una sonrisa cansada con Pima—. Bueno, no te falta razón. No somos más que una panda de animales que se parten el lomo mientras los jefazos os seguís forrando a nuestra costa.

Nita tuvo la decencia de parecer contrita. Nailer llegó a la orilla a trompicones y se quedó mirando el follaje de la isla. Se sentía mareado. Le tendió la mano a la niña rica.

—Ayúdame. No creo que pueda subir solo.

El camino de vuelta a la espesura de la isla fue una pesadilla repleta de dolor y sufrimiento. Cuando por fin alcanzaron el campamento improvisado, Nailer se acurrucó en el suelo, jadeante y aturdido. Sesenta metros más abajo, era posible distinguir el casco blanco del clíper entre la vegetación. Les llegó el eco de unos gritos jubilosos, vítores del grupo de hombres y mujeres que acababan de descubrir la embarcación siniestrada. Reían y chillaban de alegría. Nailer intentó incorporarse para ver qué pasaba, pero se sentía cada vez peor. Aunque el sol brillaba con fuerza sobre él, sentía escalofríos por todo el cuerpo.

—Necesito mantas —susurró. Las chicas lo taparon enseguida, pero no dejaba de tiritar, sobrecogido por el frío glacial que se había apoderado de su cuerpo. Había empezado a temblar de manera incontrolable a causa de la fiebre. El sudor se le metía en los ojos y los dientes le castañeteaban sin parar.

En la playa, su padre y sus compinches habían empezado a trepar por los restos del naufragio con la gracia salvaje de un grupo de monos atigrados.

—Estamos bien jodidos —murmuró Pima.

A Nailer le chasqueaban los dientes de tal forma que apenas podía hablar. Quería decirle a Pima que mantuviera vigilada la zona más alejada de la isla, que se asegurara de que no les tendían una emboscada. Quería decirle a la ricachona de Nita Chaudhury que agachara la cabeza, que los adultos de abajo no eran muy inteligentes, pero sí muy astutos, y que tarde o temprano se les ocurriría echar un vistazo a su alrededor. En algún momento se cansarían de reírse y de celebrar a gritos aquel descubrimiento y tomarían las medidas necesarias para cerciorarse de que nadie más pudiera reclamar el botín.

Deberían haberse largado antes de que subiera la marea. Había sido una estupidez pensar que nadie más vendría hasta aquí. El clíper era demasiado grande como para no llamar la atención de alguien. Los chatarreros de poca monta como ellos no disponían de mucho tiempo para sacar el máximo provecho antes de que llegaran los auténticos leones y les arrebataran la mejor parte de la presa. Y ahora estaban allí, escondidos, atrapados en su refugio, viendo cómo los leones se adueñaban de los restos del barco mientras reían y abrían las botellas de licor que habían encontrado en la cocina. Empezaron a desperdigar platos de plata por la cubierta y a arrojar objetos de porcelana contra las rocas entre gritos de placer; la misma porcelana que Pima y él habían deducido podía ser incluso más valiosa que la plata junto a la que se encontraba. Claro que, si no era posible fundirla, valía menos de lo que valía un metro de cobre en una playa donde se desguazaban barcos, así que a lo mejor hacían bien en destruirlo todo, a lo mejor debían prenderle fuego al maldito barco y teñir el cielo de negro...

Nailer se estremeció. Estaba perdiendo la razón. Tenía que dejar de moverse. Estaba agotado. Necesitaba tumbarse y descansar.

—Tenemos que llevarte a los astilleros —susurró Pima.

Nailer negó con la cabeza.

—No. Atraparán a Lucky Girl.

—Me da igual. Si no quiere que la encuentren, que se esconda. Necesitas medicina cuanto antes.

Aunque el castañeteo de los dientes apenas le permitía articular las palabras, clavó los ojos en ella, intentando hacerla entrar en razón.

—Ahora es parte de la brigada, ¿no? Está marcada con tu sangre y con la mía.

Pima apartó la mirada. Nailer sabía perfectamente lo que estaba pensando. Había brigadas de toda la vida, forjadas a base de años de trabajar juntos desmantelando barcos y de repartir las ganancias, de compartir los riesgos de los robos, de aplicar aloe en las marcas del cinturón de Richard López tras una mala noche, de luchar por entrar en la brigada ligera y de sudar la gota gorda para cumplir con la cuota...

Y luego estaban las brigadas de un día.

—Pima —dijo agarrándose a ella—. Si de verdad crees que tengo la mirada febril, más vale que me creas cuando te digo que tenemos que mantenerla a salvo, aunque sea una compradora de sangre. La necesitamos.

Pima no respondió.

Nita se puso de cuclillas junto a él y lo observó con preocupación.

—Necesita ver a un médico.

—No me digas lo que necesita —le espetó Pima—. Lo sé muy bien. —Acechó al grupo de maleantes entre los helechos—. No podemos cruzar la llanura con él sin que nos vean, y cuando lo hagan querrán saber qué hemos encontrado. —Negó con la cabeza—. Estamos atrapados.

—Podría bajar yo —propuso Nita—. Eso los distraería.

Nailer sacudió la cabeza con violencia mientras Pima estudiaba a la joven en silencio. Volvió a mirar al grupo de maleantes con una mueca de desagrado.

—Si de verdad supieras lo que propones, te dejaría intentarlo. —Volvió a negar con la cabeza—. Ni hablar —declaró mirando de reojo a Nailer—. Además, eres parte de la brigada. —Por cómo lo dijo, casi pareció que lo decía en serio.

—Vaya, vaya —los interrumpió una voz familiar—. ¿Qué tenemos aquí?

El rostro sonriente y tostado por el sol del padre de Nailer apareció entre las enredaderas de kudzu.

—Ya me parecía a mí que algo se movía por... —Abrió los ojos de par en par, sorprendido—. ¿Nailer? —Empezó a mover los ojos de un lado a otro, escudriñándolos a todos—. ¿Qué estáis haciendo aquí? ¿Intentáis robarnos el botín?

Sus ojos se posaron en Lucky Girl.

—¿Y quién es esta cosita tan bonita? —La examinó de arriba abajo con los ojos como platos, totalmente fascinado. Sonrió de nuevo—. Una criatura tan delicada como tú solo puede haber salido del barco de algún ricachón. —Miró a Nailer sin dejar de sonreír—. No sabía que te codearas con gente rica. —Sus enormes ojos azules recorrieron el cuerpo de la chica con descaro—. Muy guapa.

—Es parte de la brigada —dijo Nailer entre escalofríos.

—¡No me digas! —La hoja de un cuchillo brilló en la mano de Richard. —Bajemos entonces. Todos juntos. A ver qué sorpresas nos tiene preparadas la brigada ligera —dijo. Se volvió y gritó—: ¡Aquí arriba!

Unos segundos después, Ojos Azules, Tool, el híbrido, y un par más los flanquearon y los sacaron del campamento. Descendieron con torpeza entre la maleza y los helechos mientras los amigotes del padre de Nailer se dedicaban a hacer comentarios groseros. Pima y Nita tuvieron que aguantar silbidos, palmadas y pellizcos. Cada vez que Pima intentaba defenderse, estallaban en carcajadas.

Cuando por fin llegaron a la playa y subieron a bordo del clíper, los hombres y las mujeres los rodearon.

—¿Tenéis algo para nosotros? —les preguntó el híbrido. Levantó a Nita del suelo como si no pesara nada y acercó el rostro de la joven a sus toscas facciones cánidas. Sus ojos amarillentos estudiaron con detenimiento el *piercing* que llevaba en la nariz—. Es un diamante —anunció. Todos se echaron a reír. Tocó la gema con un dedo enorme—. ¿Prefieres dármelo o que te lo arranque de tu cara bonita?

Los ojos de Nita se abrieron de par en par. Levantó las manos y se quitó la joya.

—¡Coño! —exclamó Richard—. Fijaos en todo ese oro.

Él y Ojos Azules le quitaron los anillos de los dedos mientras el híbrido la sujetaba. Nita empezó a gritar, pero el padre de Nailer le puso el cuchillo en la garganta, obligándola a quedarse quieta mientras Ojos Azules le arrancaba el resto del oro y le dejaba marcas sangrientas en los dedos. El grupo de maleantes dejó escapar un silbido ante tal cantidad de metal precioso. Si uno solo de aquellos anillos valía más de lo que ganaban en un año, el valor de todos ellos era casi incalculable. El grupo de adultos acababa de hacerse rico, y no cabía en sí de gozo.

Nailer se agazapó en la cubierta, tiritando mientras observaba con impotencia cómo le arrebataban a Nita todo lo que tenía. Aunque el sol brillaba con intensidad sobre ellos, se moría de frío. Y ahora, encima, había empezado a sentir una sed irrefrenable. Lo poco que quedaba de la lluvia y del agua que se había acumulado tras el temporal ya se había evaporado y, aunque todavía quedara algo de agua fresca en las entrañas del clíper, ni siquiera tenía fuerzas para ponerse en pie e ir a buscarla. Además, era muy poco probable que su padre y sus secuaces dejaran que Pima o Nita fueran a buscarla. Todos los adultos se habían apiñado en un lado del barco y habían juntado el botín para intentar determinar su valor e idear un plan con el que poder sacar una buena tajada.

—Habrá que darle un porcentaje a Lucky Strike —anunció Richard finalmente—. Perderemos la mitad, pero así por lo menos no habrá que derramar sangre. Además, puede ayudarnos a mover la mercancía en el tren.

El resto del grupo asintió. Ojos Azules miró de reojo a Nailer, Pima y Nita.

—¿Qué hacemos con la ricachona?

—¿Con nuestra chiquitina? —Richard se volvió hacia Nita—. ¿Vas a darnos problemas por el botín, tesoro mío?

—No —respondió ella—. Es todo vuestro.

El padre de Nailer soltó una carcajada.

—Ahora dices eso, pero luego puede que cambies de opinión. —El cuchillo brilló en su mano. Se acercó y se puso de cuclillas junto a ella, con la enorme hoja apoyada en los nudillos, listo para abrirla en canal como quien destripa un pescado. A él le daba lo mismo rajarla y desperdigar sus intestinos por la cubierta si con ello garantizaba su subsistencia. Ni siquiera era una cuestión personal.

—No voy a deteneros —susurró Nita, con los ojos desorbitados por el miedo.

—No —respondió, negando con la cabeza—. Ahí no te equivocas. Más que nada porque tus tripas van a acabar alimentando a los tiburones, así que da igual lo que digas. Puede que en tu mansión de niña rica a la gente le importe lo que te pase —dijo encogiéndose de hombros—, pero aquí no. Aquí no eres nada.

Aun en su delirio, Nailer podía ver la creciente predisposición de su padre a la violencia. Reconocía las señales que solían preceder a sus agresiones, cuando se abalanzaba sobre él, rápido como una cobra, y le daba una colleja en la nuca o tiraba de él para enterrarle el puño en el estómago.

El cuchillo que a menudo usaba para destripar pescado resplandeció bajo los rayos del sol. De pronto, Richard agarró a Nita y la acercó a él. Nailer intentó hablar, decir algo que pudiera salvarla, pero fue incapaz de articular palabra. Los escalofríos se habían apoderado de su cuerpo.

De repente, Pima arremetió contra él con el cuchillo en la mano.

Nailer quiso gritar, avisarla, pero su padre se le adelantó. Apartó a Pima de un golpe. La chica cayó con violencia sobre la cubierta mientras su cuchillo se deslizaba por la superficie de fibra de carbono y desaparecía por la borda. Aunque Pima era más corpulenta que la mayoría de sus compañeros de la brigada ligera, no era rival para Richard, no cuando estaba con el subidón. Forcejeó con ella un momento, la agarró por el cuello y empezó a asfixiarla. Sus secuaces se acercaron corriendo y dando gritos. Tool fue el primero en llegar. La levantó del suelo de un tirón y le inmovilizó los brazos detrás de la espalda mientras ella se revolvía y luchaba en vano por zafarse.

Una línea formada por pequeñas gotas de sangre brillaba en el cuello de Richard como un collar de rubíes.

—Joder, me has cortado —dijo con una sonrisa. Se pasó los dedos por la herida y se quedó mirando la mano manchada de sangre. Nailer no podía creer que Pima hubiera conseguido acercarse tanto. Había sido muy rápida. Su padre escudriñó la mancha rojiza y luego se la enseñó—. Te ha faltado poco. —Se rio—. Deberías luchar en el *ring*, encanto.

Pima pugnaba contra las manos que la sujetaban. Richard se acercó a ella.

—Casi lo consigues. —Le apretó la cara con los dedos ensangrentados—. Un poco más y no lo cuento —añadió mientras sostenía el cuchillo frente a los ojos de la chica—. Ahora me toca a mí, ¿no?

—Rájala —susurró uno de sus secuaces.

—Ábrela en canal —lo instó Ojos Azules—. Podemos usar su sangre como ofrenda.

Pima se estremeció entre los brazos de Tool, pero no se inmutó cuando Richard le acarició la mejilla con la hoja del cuchillo. En ese momento, Nailer supo que se había resignado a su destino. Sabía que estaba muerta. Había aceptado el designio de las Parcas, podía verlo en su rostro.

—Papá —carraspeó—. Es hija de Sadna. Te salvó la vida durante la tormenta.

Su padre vaciló, con el cuchillo aún apoyado en el rostro de la chica.

—Ha intentado matarme.

Nailer lo intentó de nuevo.

—Salda tu deuda con Sadna. Una vida a cambio de otra. Vuelve a equilibrar la balanza.

Richard frunció el ceño.

—Te encanta ir de listillo por la vida, ¿verdad? Siempre diciéndole a tu padre lo que tiene que hacer, siempre creyéndote mejor que los demás —dijo con desprecio mientras dejaba que el cuchillo se deslizara entre los pechos de Pima hasta llegar a su estómago. Miró de reojo a Nailer—. ¿Ahora también vas a decirme lo que tengo que hacer? ¿Insinúas que no puedo rajarla y esparcir sus entrañas por el suelo? ¿Que no puedo rajarla si me apetece?

Nailer sacudió la cabeza con vehemencia.

—Si quieres rajarla, estás en tu derecho. Ha de-derramado s-sa-sangre. —Los dientes le castañeaban sin parar. El simple hecho de mantener la consciencia era toda una batalla. Pima y Nita tenían los ojos clavados en él. Continuó hablando—. S-si quieres su s-s-sangre, es tu-tuya. Estás e-en tu d-d-derecho. —Se sentía peor, cada vez estaba más mareado. Respiró hondo, intentando recordar lo que quería decir. Tuvo que hacer un esfuerzo por articular bien cada una de sus palabras—. La madre de Pima me ayudó a sacarte cuando arreció la tormenta. Nadie más lo habría hecho. Nadie más lo habría conseguido. —Se encogió de hombros con impotencia—. Estamos en deuda con Sadna.

—Joder, chico. —Richard ladeó la cabeza—. No sé por qué sigue dándome la impresión de que intentas decirme lo que tengo que hacer.

—Tal vez la chica merezca una lección en lugar de la muerte. —La voz de Tool resonó entre ellos—. Compartamos el don de la sabiduría con los jóvenes.

Nailer alzó la vista y se quedó mirando al híbrido, sorprendido. Aprovechó su oportunidad.

—Solo estoy diciendo que tenemos una deuda de sangre con su madre, y todo el mundo lo sabe. Si la gente piensa que no pagamos nuestras deudas, nos traerá mala suerte.

—¿Mala suerte? —repitió Richard con el ceño fruncido—. ¿Crees que me importa?

—Saldar una deuda de sangre no es un acto de debilidad —refunfuñó Tool.

Richard apartó los ojos de Nailer para mirar al híbrido.

—Bueno, lo que me faltaba Ahora resulta que todo el mundo quiere salvar a la niña. —Esbozó una sonrisa de suficiencia, empuñó el arma y lo dirigió a las tripas de Pima. La chica dejó escapar un grito, pero Richard se detuvo antes de derramar sangre. Sonrió mientras despegaba la punta del arma de su vientre—. Parece que hoy te vas de rositas, pipiola.

Tomó una de las manos de Pima entre las suyas y la miró a los ojos.

—Con esto equilibramos la balanza, por tu madre —dijo—. Pero como vuelvas a amenazarme con un cuchillo, te sacaré las tripas y te estrangularé con ellas. ¿Entendido?

Pima asintió lentamente, sin parpadear, mirándolo directamente a los ojos.

—Entendido.

—Bien. —Richard sonrió y le abrió la mano.

Pima ahogó un grito cuando vio que le agarraba el meñique. Un segundo después, se oyó el chasquido de los huesos al partirse. El sonido hizo que Nailer se estremeciera. La chica dejó escapar un alarido de dolor que acabó reducido a un suave gimoteo. Richard pasó al dedo anular. Pima comenzó a jadear. El hombre sonrió de nuevo mientras bajaba la cabeza para ponerse a su altura.

—Has aprendido la lección, ¿verdad?

Aunque la muchacha asintió con frenesí, no le soltó el dedo. Un momento después, otro chasquido de huesos seguido de otro alarido.

—¿Estás segura? —le preguntó.

Logró asentir pese a que había empezado a temblar de manera ostensible.

El padre de Nailer volvió a sonreír, dejando al descubierto los dientes amarillentos.

—Me alegra saber que no la olvidarás. —Echó un vistazo a los dedos rotos antes de volver a mirarla a los ojos. Bajando la voz, añadió—: He sido bueno contigo. Podría haberte cortado todos los dedos y nadie me lo habría reprochado, ni siquiera con una deuda de sangre de por medio. —Sus ojos eran como dos témpanos de hielo—. No olvides que podría haberte cobrado un precio mucho más alto —le advirtió antes de dar un paso atrás y hacerle un gesto con la cabeza al híbrido—. Suéltala, Tool.

Pima se desplomó sobre la cubierta, gimoteando mientras se sujetaba la mano. Nailer tuvo que reprimir el deseo de ir hasta ella y consolarla. Lo único que quería era hacerse un ovillo sobre la cubierta y cerrar los ojos, pero no podía; todavía no había terminado.

—¿V-vas a rajar a la r-ricachona? —No dejaba de temblar.

—¿También tienes algo que decir al respecto? —le preguntó su padre mientras miraba de reojo a la joven maniatada.

—Es s-superrica —tartamudeó Nailer—. Debe de ser importante si hay gente buscándola. —Una nueva oleada de escalofríos lo invadió—. P-puede que v-valga mucho. M-más incluso q-que el clíper.

Richard escudriñó a la chica, pensativo.

—¿Crees que ofrezcan alguna recompensa por ti? —le preguntó.

Nita asintió.

—Mi padre me estará buscando. Pagará lo que haga falta para mantenerme a salvo.

—Ah, ¿sí? ¿Mucho?

—Este clíper era para mi uso personal. ¿Tú qué crees?

—Lo que creo es que eres una engreída. —Esbozó una sonrisa salvaje, complacido—. Pero acabas de salvar las tripas, monada —dijo enseñándole el cuchillo—. Ahora bien, como tu padre se ponga de tacaño, te abriremos en canal y te veremos morir mientras chillas como una cerda. —Se volvió hacia su equipo—. Muy bien, chicos y chicas. Hora de bajar el botín. No quiero tener que compartirlo todo con Lucky Strike. Sacad del barco todo lo que sea liviano y tenga algo de valor. —Se giró y echó un vistazo al mar—. Y daos prisa, que la marea y el Dios de la Chatarra no esperan por nadie —exclamó entre risas.

Nailer se dejó caer sobre la cubierta. El sol brillaba con intensidad en el cielo, pero él se moría de frío. Su padre se acercó y se agachó a su lado. Cuando le tocó el hombro, Nailer aulló de dolor. Richard negó con la cabeza.

—Joder, Lucky Boy, parece que vas a necesitar medicinas —comentó mientras recorría la bahía con la mirada hasta los astilleros—. En cuanto descarguemos esta parte del botín, iremos a hacer un trato con Lucky Strike. Debe de tener penicilina. Tal vez incluso un cóctel supresor.

—Lo v-voy a n-n-necesitar p-pronto —susurró Nailer.

Su padre asintió.

—Lo sé, hijo. Lo sé. La cuestión es que, en cuanto aparezcamos, tendremos que explicar cómo pensamos pagar por esos medicamentos y, cuando lo hagamos, todo el mundo se preguntará de dónde ha sacado tu viejo tanto oro y tanta plata —le explicó. Uno de los anillos de Nita resplandeció en su mano—. Fíjate en esto —dijo sosteniéndolo bajo la luz—. Diamantes. Puede que rubíes. No cabe duda de que es una ricachona. —Se metió el anillo en el bolsillo—. Pero no podemos vender nada hasta que consigamos protección. De lo contrario, intentarán arrebatárnoslo todo.

Miró a Nailer con semblante serio.

—Ha sido un hallazgo afortunado, chico. Debemos ser inteligentes o nos quedaremos con las manos vacías.

—Ya —respondió Nailer, aunque casi había perdido el hilo de la conversación. Estaba cansado. Helado y agotado. Una nueva oleada de escalofríos se apoderó de él. Richard pidió a gritos a sus hombres que trajeran mantas.

—Volveré —le prometió—. En cuanto el botín esté a salvo, compraremos todas las medicinas que hagan falta —le aseguró mientras le acariciaba la mejilla. Los ojos azul claro de su padre brillaban con la misma intensidad enajenada con la que creía que debían de estar haciéndolo los suyos en aquel momento.

—No voy a dejarte morir, hijo. No te preocupes. Conseguiremos ayuda. Eres sangre de mi sangre, cuidaré bien de ti —aseveró.

Luego se marchó, dejando que la fiebre se adueñara de Nailer.

13

—Así que ese es tu padre.

Cuando abrió los ojos, Nailer encontró a Nita arrodillada a su lado. Estaba tumbado en tierra firme, sosegado por el rumor distante de las olas. Una manta áspera le cubría el cuerpo. Era de noche. Una pequeña hoguera crepitaba a su lado. Trató de incorporarse, pero al hacerlo sintió una punzada de dolor en el hombro que lo obligó a recostarse de nuevo. Se percató de que llevaba un vendaje distinto al que Sadna le había hecho en lo que ahora le parecía otra vida.

—¿Dónde está Pima?

—La tienen buscando comida —respondió ella encogiéndose de hombros.

—¿Quiénes?

Señaló con la cabeza a un par de sombras que estaban sentadas a poca distancia de ellos. Fumaban cigarrillos mientras se pasaban una botella de alcohol entre ellas. Llevaban el rostro adornado con los *piercings* de su banda, con la nariz y las cejas perforadas de lado a lado con unos aros que destellaban en la oscuridad. Una de las siluetas pertenecía a Moby, un hombre pálido como un fantasma, nervudo y anguloso de tanto colocarse. La otra, una enorme mole de sombras y músculo, pertenecía al híbrido al que llamaban Tool. Ambos sonrieron al ver que Nailer se movía.

—Vaya, parece que al final no se nos muere —dijo Moby mientras agitaba la botella de licor en su dirección a modo de brindis—. Ya nos había dicho tu padre que eras una rata dura de pelar, pero no pensaba que fueras a salir de esta.

—¿Cuánto tiempo he estado inconsciente?

Nita lo examinó.

—No estoy segura de que ahora estés totalmente consciente.

—Lo estoy.

—Tres días, entonces. Al menos de momento.

Nailer intentó hacer memoria, evocar algún recuerdo de los últimos tres días. Halló sueños, pesadillas, pero nada firme; intervalos de frío y de calor junto con algunas imágenes trémulas de su padre mirándolo fijamente a los ojos...

—Han estado apostando si vivirías o no —le confesó Nita mientras miraba a los dos hombres.

—Ah, ¿sí? —Nailer hizo una mueca e intentó sentarse—. ¿Cuánto se han jugado?

—Cincuenta chinos rojos.

Nailer la miró, sorprendido. Era mucho dinero. Más de lo que solían ganar en un mes los trabajadores de las brigadas pesadas. El saqueo del clíper de Nita debía de haber sido todo un éxito.

—¿Quién ha apostado a que viviría?

—El delgado. El híbrido estaba seguro de que no sobrevivirías. —Lo ayudó a incorporarse. Parecía que ya no tenía fiebre. Nita señaló un frasco de pastillas con algún medicamento de ricachones, a juzgar por el tipo de letra que se distinguía en uno de los lados—. Hemos estado triturándolas y mezclándolas con agua. Otro hombre... —hizo una pausa, intentando recordar su nombre—, Lucky Strike, envió a un médico.

—¿Sí?

—Debes seguir tomándotelas, cuatro al día durante otros diez días.

Nailer ojeó las pastillas sin demasiado entusiasmo. Tres días inconsciente.

—¿Tu gente no ha aparecido todavía? —le preguntó, aunque la respuesta parecía evidente.

Nita miró de reojo a los hombres, de repente inquieta, y luego se encogió de hombros.

—Todavía no. No creo que tarden mucho más.

—Más nos vale.

La muchacha le lanzó una mirada asesina antes de apartarse de él. Cuando lo hizo, Nailer se percató del grillete que ligaba su tobillo a uno de los grandes cipreses. La chica siguió la dirección de su mirada.

—No quieren correr riesgos.

Él asintió. Un minuto después apareció Pima, acompañada de un tercer adulto. Ojos Azules. Esta mujer tenía los brazos y las piernas cubiertos de cicatrices, trozos de acero incrustados en la cara y collares de chatarra enrollados alrededor de la garganta. La línea alargada de tejido cicatrizal que le recorría el costado evidenciaba el sacrificio devocional que había dedicado a los Recolectores y al Culto a la Vida. Empujó a Pima para que siguiera caminando.

Moby las miró de soslayo.

—Oye, cuidado con ella, que tiene mi cena.

Ojos Azules hizo oídos sordos y centró su atención en Nailer.

—¿Está vivo?

—¿Tú qué crees? —respondió Moby—. Claro que está vivo. A menos que sea un zombi, un muerto viviente. ¡Bu! —exclamó, riéndose de su propio chiste.

Pima repartió unas latas entre los adultos: arroz con alubias rojas y salchicha picada especiada. Nailer se quedó en trance observando cómo distribuía la comida. Era una buena comilona. No recordaba la última vez que había visto tanta carne pasar de mano en mano con semejante despreocupación. Para cuando los alimentos llegaron a Moby y Tool, Nailer ya estaba salivando. Moby empezó a comer bajo la mirada atenta de Ojos Azules.

—¿Le has dicho a López que su hijo está vivo? —le preguntó.

Moby sacudió la cabeza conforme se llevaba un nuevo bocado de arroz y alubias a la boca con la mano.

—Entonces, ¿para qué coño te paga? —le espetó Ojos Azules.

—Se acaba de despertar —protestó Moby—. Solo lleva un par de minutos de vuelta en el mundo de los vivos, como mucho. —Le dio un codazo a Tool—. Díselo, anda. Dile que la ratita acaba de despertarse.

Tool se encogió de hombros y cogió un puñado de arroz y trozos de carne.

—Por una vez, dice la verdad —refunfuñó—. Como ha dicho, la ratita acaba de despertarse. —Sonrió, dejando al descubierto unos afilados dientes caninos—. Se ha despertado justo a tiempo para cenar —dijo antes de meterse el puñado de comida en la boca.

Ojos Azules hizo una mueca. Se acercó a Moby, le quitó la lata y se la dio a Nailer.

—Búscate tu propia cena. El hijo del jefe come primero. Ve a decirle que el chico está despierto.

Moby frunció el ceño, pero no protestó. Simplemente se levantó y se alejó. Pima se agachó junto a Nailer.

—¿Cómo te sientes? —le preguntó en voz baja.

El chico se obligó a sonreír a pesar de que empezaba a notarse fatigado.

—No me he muerto todavía.

—Entonces debe de ser un buen día.

—Sí. —Empezó a comer.

Pima hizo un gesto con la cabeza hacia Nita.

—Tenemos que hablar. La gente de Lucky Girl aún no ha aparecido. —Su voz se convirtió en un susurro apenas audible—. Tu padre está empezando a ponerse nervioso.

Nailer miró de reojo a los guardias.

—¿Nervioso en qué sentido?

—La tiene fichada. Puede que esté pensando en entregársela a Ojos Azules y al Culto a la Vida. No deja de hablar de cuánto cobre podría sacar por unos ojos tan bonitos como los suyos.

—¿Crees que ella sabe lo que pretende?

—No es tonta. Incluso una ricachona como ella debe de sospechar algo.

De pronto, Ojos Azules se puso de cuclillas junto a ellos, interrumpiendo su conversación.

—¿Estáis de cháchara?

Nailer sacudió la cabeza.

—Solo me está preguntando cómo estoy.

—Ya veo —dijo la mujer con una sonrisa frívola—. Bueno, será mejor que cierres el pico y te acabes la cena.

Tool enseñó los dientes desde el tocón en el que estaba sentado.

—Buen consejo —gruñó.

Pima asintió y se alejó sin rechistar. Su actitud lo dijo todo: estaba asustada. Nailer le miró la mano y vio que tenía los dedos rotos entablillados con varios trozos de madera que debía de haber encontrado en la playa. Se preguntó si el recelo de Pima se debía a la lesión de los dedos o a algo que hubiera podido ocurrir en los últimos tres días.

Nita acabó de comer y, sin dirigirse a nadie en particular, comentó:

—Cada vez se me da mejor comer con las manos.

El chico la miró.

—¿Con qué otra cosa ibas a comer si no?

—¿Con un cuchillo, un tenedor o una cuchara? —La joven estuvo a punto de esbozar una sonrisa, pero se contuvo. Negó con la cabeza—. Da igual.

—¿Qué? —insistió Nailer—. ¿Te estás burlando de nosotros, Lucky Girl?

A Nailer le alegró ver que el semblante de Nita adoptaba un cariz cauteloso, casi temeroso. La miró con el ceño fruncido.

—No nos mires por encima del hombro por no compartir tus costumbres de ricachona. Si te hubiéramos cortado los dedos, ahora tus malditos cubiertos no te servirían de nada, ¿no?

—Lo siento.

—Sí, claro, después de haberlo dicho.

—Déjalo ya, Nailer —intervino Pima—. Ha dicho que lo siente.

Tool clavó los impasibles ojos amarillentos en Nita.

—Quizá no lo siente tanto como debería, ¿no, chico? —Se inclinó hacia delante—. ¿Quieres que le enseñe modales a la niña rica?

De repente, Nita parecía muy asustada. Nailer negó con la cabeza.

—No, no te preocupes. Ya lo ha entendido.

Tool asintió.

—Al final todo el mundo lo acaba haciendo.

El tono frívolo y el desapego que denotaba la voz del híbrido hizo que Nailer se estremeciera. Aunque era la primera vez que estaba tan cerca de aquella extraña criatura, lo cierto era que se oían muchas historias acerca de él. Por ahí circulaban rumores sobre cómo se había hecho la compleja maraña de cicatrices que le adornaban la cara y el torso; sobre cómo vadeaba los pantanos en busca de caimanes y pitones. La gente decía que no le tenía miedo a nada, que había sido diseñado para no sentir dolor ni miedo. Era el único ser al que Nailer había oído referirse a su padre con respeto y prudencia, y no con el autoritarismo abusivo del que solía hacer alarde. El híbrido inspiraba miedo a todo el que lo miraba y, en aquel momento, al ver la forma en que observaba a Nita, creyó entender por qué.

—Da igual —insistió—. No importa.

Tool se encogió de hombros y siguió comiendo. Todos se quedaron sentados en silencio. Más allá del halo de luz de la hoguera no había nada salvo insectos y el rumor de los animales, la negrura agreste de las selvas y los pantanos y el calor sofocante de las áreas interiores. A juzgar por el sonido lejano de las olas, Nailer supuso que debían de encontrarse, como mínimo, a un kilómetro y medio de distancia de la costa. Volvió a tumbarse en el suelo y contempló el vaivén de las llamas. La cena le había sabido a gloria, pero volvía estar cansado. Dejó vagar la mente mientras se preguntaba qué estaría tramando su padre, por qué Pima parecía tan consternada o qué se ocultaba tras los ojos suntuosos de Lucky Girl. Poco después, lo venció el sueño.

—¡La madre que te trajo, chaval! Me han dicho que estabas despierto.

Nailer abrió los ojos. Su padre estaba agachado a su lado, sonriendo, con sus tatuajes de dragones y un destello en los ojos que solo podía significar que iba puesto hasta las cejas de anfetaminas.

—Sabía que saldrías de esta —le confesó Richard—. Eres duro como tu viejo. Más duro que un bocadillo de clavos, ¿eh? Como tu nombre. *Nail*, clavo... ¿Lo pillas? Igualito que tu viejo. —Soltó una carcajada y le dio un puñetazo en el hombro, sin percatarse de la mueca de dolor de su hijo—. Tienes mejor cara que hace unos días. —Su piel se veía pálida y sudorosa a la luz del fuego mientras sonreía de manera exagerada y salvaje—. No estaba seguro de si acabarías siendo pasto de gusanos.

Nailer se obligó a esbozar una sonrisa, intentando ponderar el humor de su padre, consciente de que se encontraba bajo los efectos del cristal.

—Aún no me tocaba, supongo.

—Claro que no, eres un superviviente —declaró ántes de mirar a Nita—. No como la niña rica. Habría palmado hace rato si no le hubiera salvado el culo. —Le sonrió y añadió—: Casi estoy deseando que tu padre no aparezca, tesoro.

Nailer se sentó y cruzó las piernas.

—¿Su gente no ha aparecido?

—Todavía no.

Richard le dio un trago a la botella de güisqui que llevaba en la mano antes de ofrecérsela al chico. Al verlo, Pima alzó la voz desde el otro lado del círculo.

—El médico ha dicho que no debe beber.

El hombre la observó con el ceño fruncido.

—¿Intentas decirme lo que tengo que hacer?

—No es cosa mía. Lo ha dicho el médico de Lucky Strike —titubeó ella.

Nailer deseó poder decirle que se estuviera callada, pero ya era demasiado tarde. El humor de su padre había cambiado; donde antes no había más que cielos despejados, ahora estaba a punto de desatarse una tormenta.

—¿Crees que eres la única que oyó lo que dijo el medicucho ese? —le preguntó Richard—. Fui yo quien lo trajo hasta aquí. Fui yo quien le pagó y le pidió que curara a mi muchacho —farfulló. Se acercó a la chica con la botella de güisqui balanceándose entre sus dedos—. ¿Y ahora intentas decirme lo que él dijo? —Se inclinó hacia ella—. ¿Quieres repetírmelo, por si no te he oído bien?

Pima tuvo la sensatez de guardar silencio y agachar la cabeza. Richard la observó con detenimiento.

—Así me gusta. Chica lista. Ya me parecía a mí que querías cerrar el pico. Estos jóvenes de hoy en día no tienen sentido común —concluyó.

Sonrió a sus esbirros. Ojos Azules y Moby le devolvieron la sonrisa; Tool se limitó a estudiar a Pima con sus ojos perrunos.

—¿Quieres que le dé una lección? —gruñó—. ¿Un pequeño recordatorio?

—¿Tú que dices, encanto? —le preguntó Richard—. ¿Necesitas que nuestro amigo Tool te dé una pequeña lección? ¿Comprobar si es mejor maestro que yo?

—No, señor —respondió Pima mientras negaba con la cabeza.

—¡Pero, mira —exclamó él con una sonrisa—, qué educada se nos ha vuelto de repente!

Nailer intentó cambiar de tema.

—¿Cómo es que la ricachona sigue aquí? ¿Dónde está su gente?

Richard volvió a centrar su atención en él.

—Pues ojalá lo supiéramos, ¿no? La chica asegura que la están buscando. Asegura que a alguien le importa lo que le pase. Pero nadie ha venido a buscarla. Ni barcos, ni gente a bordo del tren para echar un vistazo por la costa. No ha aparecido un solo ricachón haciendo preguntas. —Se relamió los labios sin apartar la mirada de Nita—. Empiezo a pensar que a nadie le importa una mierda lo que le pase a nuestro tesorito. A lo mejor no vale ni lo que pesan sus riñones. Sería una auténtica tragedia que al final nos viéramos obligados a abrirla en canal para conseguir unas cuantas piezas de repuesto, ¿verdad?

—¿Deberíamos intentar contactar con su gente? —preguntó Nailer—. ¿Encontrar la manera de decirles dónde está?

—Ojalá supiéramos dónde están. En alguna parte de Houston, por lo que dice. La Asociación Uppadaya, un clan de transportistas o algo así. Lucky Strike tiene gente tratando de localizarlos.

Nailer se sobresaltó.

—¿Uppadaya? —Se interrumpió al ver que Pima le hacía una señal de advertencia. La miró de soslayo, desconcertado. ¿Por qué había mentido Nita sobre su apellido? Si de verdad estaba ligada a Patel Global, habría sido posible contactar con su gente, incluso aquí, en la playa—. ¿Qué piensas hacer? —le preguntó finalmente a su padre.

—No sé qué decirte. Por un lado, pienso que debe de valer mucho dinero, sobre todo viendo esa cara de ricachona que tiene; pero, por otro, creo que puede traernos problemas. A lo mejor estos Uppadaya son personas influyentes con contactos en las altas esferas, de esas que van por ahí con sus matones reventándole la cabeza a la gente trabajadora como nosotros. —Richard hizo una pausa, pensativo—. Y eso me empuja a pensar que es demasiado peligrosa, que lo mejor que podemos hacer es rajarla y echársela a los cerdos. Ya tenemos el clíper. Además, a estas alturas, sabe demasiado de nosotros. Demasiado —repitió bajando la voz.

—Bueno, pero tiene que valer algo, ¿no?

Su padre se encogió de hombros.

—Visto lo visto, puede que valga su peso en oro, y puede que eso sea peor aún que si no valiera nada —aseveró antes de levantar la vista—. Eres un chico listo, Nailer, pero deberías hacerle caso a tu padre. Ya tengo una edad, así que créeme cuando te digo que las niñas ricas como ella siempre traen problemas a la gente como nosotros. Nosotros no significamos nada para ellos, pero los suyos lo significan todo. Quizá paguen un rescate por ella y luego vuelvan armados para echarnos de aquí como si fuéramos un nido de serpientes en vez de darnos las gracias.

—Nosotros no... —protestó Nita.

—Cierra el pico, ricachona —le dijo Richard con voz indiferente. Se volvió y la miró con frialdad—. Tal vez valgas algo, tal vez no. Lo único que sé es que estoy hasta la coronilla de oírte. —Sacó el cuchillo—. Como no mantengas la boca cerrada, voy a tener que rajarte esos labios tan bonitos que tienes. Así podrás sonreír incluso cuando estés triste. —Clavó los ojos en ella—. ¿Crees que a tu gente le gustará que vuelvas sin labios?

La chica enmudeció. El hombre asintió, satisfecho, y se sentó junto a su hijo. Bajó la cabeza y la inclinó hacia él hasta casi rozarlo. Olía a güisqui mezclado con sudor y tenía los ojos inyectados en sangre.

—Ha sido idea tuya, chico. —Richard volvió a mirar a Nita—. Pero cuanto más lo pienso, menos me convence. Hemos conseguido un buen botín con el barco. Todo será distinto a partir de ahora. Somos ricos de narices; ya me he puesto de acuerdo con Lucky Strike. Lo único que queda de ese clíper ahora es el esqueleto. Ya hay varias cuadrillas desmantelándolo, así que en un par de días será como si nunca hubiera existido. —Sonrió—. Estos barquitos se desarman enseguida, nada que ver con lo que cuesta desguazar uno de esos viejos petroleros. —Miró de reojo a Lucky Girl—. Pero esta chica no nos traerá nada bueno. Puede que llame la atención de los peces gordos, o que nos convierta en un blanco fácil. Puede incluso que empuje a la gente a hacerse preguntas sobre el botín: de dónde viene, a quién pertenece y quién se lucra con él.

—Nadie les diría nada a los ricachones.

—No te engañes —musitó Richard—. La gente vendería hasta a su madre por emular a Lucky Strike.

—Dale tiempo —susurró Nailer—. Dale un poco de tiempo y seremos aún más ricos.

Solo podía pensar en lo mucho que deseaba alejarse de su padre, de sus ojos nerviosos y de su sonrisa turbada, del rostro de aquel hombre consumido por las drogas.

Los ojos de Richard volvieron a posarse en la chica.

—Si no fuera tan bonita, ya la habría rajado. Llama demasiado la atención —dijo sacudiendo la cabeza—. No me gusta.

—Tal vez podamos arreglárnoslas para que su gente pague por ella sin saber quién se la está vendiendo —sugirió Nailer—. Nadie sabe que está aquí, ¿no?

—Solo mi banda —respondió su padre con una sonrisa. Se quedó mirando a Ojos Azules, Moby y Tool—. Aunque igual ya somos demasiados. Es difícil mantener las cosas en secreto cuando hay dinero de por medio. —Miró de reojo a Nita—. Mantengámosla vigilada un día más, a ver qué pasa —añadió antes de ponerse en pie. Nailer hizo ademán de levantarse, pero Richard lo obligó a sentarse de nuevo—. Tú quédate aquí. Descansa. Sadna ha estado preguntando por Pima y por ti. Por ahora me he hecho el loco, ¿sabes? No quiero que nadie más sepa qué está pasando. Así evitamos problemas.

—¿Sadna nos está buscando? —preguntó Nailer, tratando de ocultar la esperanza que empezaba a florecer en su interior.

—Le han llegado rumores de que podríamos haber encontrado a Pima —dijo encogiéndose de hombros—. Pero está sin blanca. Nadie soltará la lengua sin unos cuantos billetes de por medio. —Se volvió y les hizo un gesto con la cabeza a Tool, Ojos Azules y Moby—. Que no se muevan de aquí.

Los tres asintieron a la vez. Ojos Azules esbozó una sonrisa, Moby le dio un trago a la botella y Tool se mantuvo impasible. Richard desapareció entre las enredaderas y el murmullo nocturno de la jungla, como un esqueleto paliducho engullido por la oscuridad.

Cuando se fue, Moby sonrió y le dio otro trago a la botella.

—Se te acaba el tiempo, encanto —dijo—. Como tu gente no dé señales de vida pronto, igual me quedo contigo. Seguro que serías una buena mascota.

—Cállate ya —rugió Tool.

Moby le lanzó una mirada asesina, pero cerró el pico. Tool miró de reojo a Ojos Azules.

—¿Haces la primera guardia?

Ojos Azules asintió. Tool le dio un pequeño empujón a Moby para indicarle que se alejara un poco y ambos se acostaron en los arbustos cercanos. Unos minutos después, un ronquido señaló el punto donde dormía Tool y ahogó la voz quejumbrosa de Moby, apenas audible entre los helechos. Una nube de mosquitos revoloteaba a su alrededor. Nita se afanaba en aplastarlos mientras todos los demás se limitaban a ignorarlos.

Ojos Azules se acercó a Pima y le colocó una esposa unida a una cadena en la muñeca. Luego se volvió hacia Nailer.

—¿Vas a darme problemas?

—¿Qué? —respondió él con fingida incredulidad—. ¿Con qué cara vas a decirle a mi padre que me esposaste? Fui yo quien encontró el botín.

Ojos Azules vaciló. Era evidente que se sentía tentada de encadenarlo, pero parecía indecisa, incapaz de decidir si era un prisionero o un aliado. Nailer clavó los ojos en ella, desafiante. Sabía perfectamente lo que ella debía de estar viendo en aquel momento: un chico esquelético recién salido de un proceso febril que contaba con la protección del chiflado de Richard López. No merecía la pena.

Pasados unos segundos, como era de esperar, la mujer desistió de la idea. Se sentó en una roca, cogió un machete y empezó a afilarlo. Pima y Lucky Girl observaron a Nailer en silencio, aunque sus ojos lo decían todo. La intensidad de las llamas se había atenuado. No le habían gustado las indirectas de su padre. Estaba a punto de tomar una decisión y, a estas alturas, cualquier cosa podía hacerlo cambiar de opinión.

Nailer se tumbó en el suelo junto a Pima.

—¿Cómo tienes los dedos?

—Bastante bien. —Sonrió y le enseñó la mano—. Contenta de que no decidiera darme cinco lecciones.

—¿Te duele mucho?

—No tanto como todo el dinero que hemos perdido. —Aunque hablaba con valentía, Nailer sabía que tenía que dolerle mucho. Daba la impresión de que las tablillas estaban torcidas. Pima siguió la dirección de su mirada.

—Podemos probar a partirlos de nuevo, a lo mejor así se enderezan.

—Ya. —Desvió la vista hacia Lucky Girl—. ¿Cómo lo llevas? ¿Te han partido algo?

—¡Cerrad el pico! —gritó Moby desde los arbustos—. Intento dormir.

Nailer bajó la voz.

—¿Crees que tu gente vendrá pronto?

Lucky Girl titubeó. Parecía asustada. Sus ojos pasaron de él a Pima y luego a Ojos Azules, que se encontraba algo más alejada.

—Sí. Estarán de camino.

Pima la miró.

—Ah, ¿sí? ¿Eso crees, doña Patel? —dijo, pronunciando su apellido con desdén—. ¿De verdad hay alguien en camino o has intentado darnos gato por liebre? Ahora mismo podría haber alguien que te conoce en la playa, algún comprador de tu clan, si es que de verdad eres una Patel, pero no has dicho ni pío. ¿Por qué?

El temor volvió a asomar a los ojos de Nita. Se apartó el pelo azabache de la cara y miró a Pima fijamente, con aire desafiante.

—Y si no viene nadie, ¿qué? —susurró con fiereza—. ¿Qué harás entonces?

Su voz había adquirido matices de la crudeza de las inflexiones de Pima y Nailer, que se habría reído si no fuera porque la chica parecía tan asustada. Estaba mintiendo. Había lidiado con suficientes mentirosos a lo largo de su vida como para saber cuándo tenía uno delante. La gente le contaba patrañas todo el tiempo. Le mentían sobre cuánto habían trabajado, sobre cuánta cuota habían conseguido, sobre si sentían miedo, sobre si tenían comida de sobra o se morían de hambre. Y Lucky Girl estaba mintiendo.

—No van a venir —afirmó con rotundidad—. Nadie te está buscando. No creo ni que seas una Patel.

Lucky Girl lo miró con temor antes de centrarse de nuevo en Ojos Azules, que continuaba afilando el machete de manera obsesiva. Pima se tiró de los pendientes con aire pensativo y ladeó la cabeza.

—¿Es eso cierto? ¿Es verdad que no vales nada?

Nailer se sorprendió al ver que Lucky Girl estaba al borde de las lágrimas. Sloth no había llorado, ni siquiera cuando la echaron a patadas y la hicieron recorrer la playa con los tatuajes de brigada llenos de cuchilladas, y esta niña mimada estaba a punto de echarse a llorar porque la habían pillado mintiendo.

—¿Dónde está tu gente? —le preguntó él.

Nita vaciló.

—Al norte. Por encima de las Ciudades Sumergidas. Y sí soy una Patel. Pero no sabrán dónde buscarme. —Hizo una pausa—. En teoría, no debería estar aquí. Nos deshicimos de las balizas GPS hace semanas, mientras intentábamos escapar.

—¿De quién?

Dudó un momento.

—De mi propia gente —confesó por fin.

Nailer y Pima intercambiaron una mirada de desconcierto.

—Mi padre tiene enemigos dentro de nuestra propia empresa —explicó la joven en voz baja. Cuando nos pilló la tormenta, venían persiguiéndonos. Dondequiera que íbamos, siempre estaban un paso por delante. Si me atrapan, me usarán como moneda de cambio.

—Entonces, ¿nadie va a venir a buscarte?

—Nadie a quien quieras conocer —dijo meneando la cabeza—. Cuando naufragamos, otros dos barcos nos pisaban los talones, pero la tormenta los obligó a dar media vuelta.

—¿Fue por eso por lo que os metisteis de lleno en una arrasaciudades? ¿Estabais huyendo?

—Era eso o rendirnos. —Volvió a sacudir la cabeza—. No teníamos elección.

—Entonces es verdad, nadie va a venir a buscarte. —Nailer no pudo evitar repetirlo mientras se esforzaba por asimilar este nuevo hecho—. Nos has estado tomando el pelo todo este tiempo.

—No quería que me cortarais los dedos.

Pima dejó escapar un silbido.

—Deberías haberte entregado a tus perseguidores. El padre de Nailer es peor que cualquier cosa que hubieran podido hacerte.

Lucky Girl negó con la cabeza.

—No. Vuestra gente... tiene excusa. Los que me perseguían... —Volvió a sacudir la cabeza—. Ellos son peores.

—¿Estás diciendo que destrozaste un barco entero e intentaste ahogarte para que no te atraparan? —preguntó Nailer—. ¿Que mataste a toda tu tripulación para seguir en libertad?

Nita lo miró.

—Ellos... —Meneó la cabeza una vez más—. La gente de Pyce los habría matado a todos igualmente. No se habrían arriesgado a dejar testigos.

Pima sonrió.

—Joder, al final resulta que los ricachones y las ratas de la herrumbre son igualitos. Todo el mundo está preparado para mancharse un poco las manos de sangre.

—Así es. —Nita asintió con severidad—. Tal para cual.

Nailer sopesó la situación. Sin alguien dispuesto a pagar el rescate de Nita, no valía nada. Sin amigos o aliados poderosos en la playa, no era más que un trozo de carne. Nadie se inmutaría si moría a manos de los Recolectores y sus bisturíes. Ojos Azules podría entregarla a su secta y nadie se plantearía siquiera protegerla.

Pima la miró de arriba abajo.

—La vida aquí es dura, especialmente para una niña rica como tú. No sobrevivirás a menos que consigas que alguien te proteja; el problema es que cuidar de alguien como tú no sale rentable.

—Puedo trabajar. Puedo...

—No puedes hacer nada a menos que nosotros lo digamos —replicó Pima con crudeza—. De todos modos, nadie se va a preocupar por una niña rica como tú. No formas parte de ninguna brigada. No tienes familia. Tampoco tienes a tus matones, ni dinero para hacerte respetar. Tu situación es incluso peor que la de Sloth. Al menos ella conocía las reglas y sabía de qué iba el juego.

—¿De verdad no tienes a nadie? —preguntó Nailer—. ¿Alguien que pueda ayudarte?

—Tenemos barcos... —Nita vaciló—. Nuestro clan tiene varios barcos y algunos de los capitanes siguen siendo leales a mi padre. Suelen venir a Orleans por las operaciones comerciales del Misisipi. Si lograra llegar allí, os recompensaría...

—No vuelvas a hablar de recompensas, Lucky Girl —la interrumpió Pima—. Deja de hacer promesas vacías.

—Exacto. —Nailer miró de soslayo a Ojos Azules, que había empezado a afilar otro machete—. ¿Qué te parece si nos dejamos de mentiras? —Señaló la cicatriz que Nita tenía en la palma de la mano—. Hicimos un juramento de sangre, pero sigues empeñada en engañarnos.

Nita le lanzó una mirada asesina.

—Si hubieses pensado que no valía nada, me habrías rajado el cuello.

El chico sonrió.

—Supongo que nunca lo sabremos. La cuestión es que ahora estás aquí con nosotros y resulta no vales un duro. —Se quedó en silencio.

—De aquí a Orleans hay un buen trecho —comentó Pima mientras lo observaba—. Lleno de caimanes, panteras y pitones. Muchas formas interesantes de estirar la pata.

Nailer se quedó pensando.

—No tenemos por qué ir a pie.

—No podemos ir por mar. Tu viejo se daría cuenta de que falta un esquife e iría a por ti enseguida.

—¿Quién ha dicho nada de un esquife?

Pima lo miró fijamente.

—Ni de coña —dijo negando con la cabeza—. Ni hablar. ¿Te acuerdas de Reni? ¿Has olvidado cómo acabó? No quedó nada de él, solo unos cuantos trozos de carne.

—Estaba borracho. Nosotros no lo estaremos.

Pima volvió a sacudir la cabeza.

—Es una locura. Te acaban de curar el hombro ¿y ya estás pensando en fastidiártelo otra vez?

—¿De qué estáis hablando? —preguntó Nita.

Nailer no le respondió directamente. Era posible. Complicado, pero posible.

—¿Se te da bien correr, Lucky Girl? —La miró de arriba abajo—. Tienes la piel suave, sin duda, pero ¿hay buenos músculos debajo? ¿Eres rápida?

—Es demasiado endeble —comentó Pima.

Nita miró a Nailer con fiereza.

—Puedo correr. Quedé primera en los cien metros lisos de Saint Andrew.

Nailer sonrió a Pima.

—Ya ves. En ese caso, si Saint Andrew dice que puede correr, debe de ser bastante rápida.

Pima meneó la cabeza y ofreció una pequeña oración a las Parcas.

—La gente rica compite contra otra gente rica en pistas absurdas. No corren por sus vidas. No sabrían cómo hacerlo.

—Bueno, ella dice que puede. —Nailer se encogió de hombros—. Dejemos que las Parcas decidan.

Pima echó un vistazo a la chica.

—Espero que seas tan rápida como dices, porque solo tendrás una oportunidad.

Nita no se inmutó.

—Las oportunidades se me acabaron hace tiempo. Ahora todo está en manos de las Parcas.

—Ya, bueno, bienvenida al club, Lucky Girl. —Pima sonrió y negó con la cabeza—. Bienvenida al maldito club.

14

Corriendo o sin correr, necesitaban escapar de sus captores. Trazaron un plan entre susurros y se sentaron a esperar. A Nailer le costó una barbaridad no quedarse dormido. Aunque había pasado tres días inconsciente, le suponía un gran esfuerzo mantener los ojos abiertos. La brisa que acariciaba los árboles y la calidez de la noche lo adormecían. Echó la cabeza hacia atrás, asegurándose a sí mismo que podría seguir montando guardia. En lugar de eso, se durmió, se despertó y volvió a dormirse.

Al cabo de un rato, Ojos Azules, totalmente alerta y despierta, le cedió su puesto a Tool, que se limitó a sentarse y a observarlos. Cada vez que Nailer echaba un vistazo, con los párpados entrecerrados, se encontraba con los ojos caninos y amarillentos de Tool, custodiándolos con la paciencia de una estatua. Pasadas unas horas, Moby relevó a Tool. El hombre calvo y delgaducho se recostó plácidamente contra un tocón y empezó a beber. Dado que estaba medio tumbado, no tardó demasiado en emborracharse y sumirse en un profundo sueño, encomendándose a los grilletes y al letargo de los tres adolescentes para sentirse seguro.

Todo ese tiempo, Nailer se mantuvo despierto, a la espera. Se alegraba de que no lo hubieran esposado. Aunque no formara parte de aquel grupo de adultos, era hijo de Richard y, por tanto, gozaba de ciertos privilegios. El vínculo que lo unía a su padre y el recuerdo del inválido febril que había sido hasta hacía unas horas le daban cierto margen de maniobra. Sus captores no lo veían como una amenaza, para ellos no era más que un chico flacucho de la brigada ligera que se recuperaba de una enfermedad. Todo ello jugaba a su favor.

El problema era que Ojos Azules tenía las llaves de las esposas y los grilletes de las chicas, y esa mujer le daba auténtico pavor. Nadie que estuviese involucrado con el Culto a la Vida era de fiar. Los novicios siempre estaban al acecho de nuevos reclutas, siempre sedientos de sacrificios.

En cuanto oyó los ronquidos de Moby, Nailer empezó a acercarse hacia donde había visto acostarse a Ojos Azules. Se movió despacio, con el sigilo de un niño que ha aprendido a robar desde una edad temprana y que sabe que su supervivencia estriba en guardar silencio y pasar inadvertido.

Empuñó el cuchillo que solía usar en los conductos. Tenía los dedos sudorosos y la mano resbaladiza por el miedo; era consciente de que cachear a Ojos Azules y dar con las llaves sin despertarla sería tarea imposible. El arma parecía inútil y diminuta en la palma de su mano, como un juguete. Que fuera inevitable no significaba que le gustara. Tampoco es que se sintiera culpable, para nada. Ojos Azules había hecho cosas peores en el pasado y continuaría haciéndolas en el futuro. La había visto torturar a gente que no cumplía con las cuotas o que se retrasaba en los pagos de algún préstamo. La había visto cortarle la mano a un hombre por robarle a Lucky Strike y contemplar con sus impasibles ojos azules cómo se desangraba. ¿Y quién sabía a cuántas ratas de la playa habría drogado y adoctrinado en los misterios de su iglesia? Era una mujer cruel y letal y, como tal, Nailer no tenía la menor duda de que, si su padre se lo pedía, los mataría a él, a Pima y a Lucky Girl y luego dormiría a pierna suelta.

No se sentía culpable.

Y, sin embargo, a medida que se acercaba, el corazón le latía con fuerza en el pecho y la sangre le palpitaba en los tímpanos como si fueran un tambor de playa. Era la clase de asesinato que su padre ejecutaría con presteza y eficacia. Richard López entendía perfectamente el principio de matar o morir, los métodos equitativos que determinaban que era mejor estar vivo que muerto, y no habría dudado un segundo en aprovecharse de un oponente dormido.

«Rápido y veloz —pensó—. Un corte en la garganta y listo».

Hacía un par de años, su padre lo había obligado a matar una cabra para enseñarle a usar el cuchillo, para mostrarle cómo la hoja atravesaba la carne y desgarraba los tendones. Recordaba a su padre agachado junto a él, con el puño cubriendo el suyo. La cabra estaba tumbada de lado y con las patas atadas. Los costados del animal subían y bajaban como un fuelle, resoplando por los orificios nasales mientras tomaba su último aliento. Richard había guiado la mano de Nailer hasta apoyar el cuchillo contra la yugular.

—Aprieta fuerte —le había dicho.

Y él le había obedecido.

Nailer apartó los helechos. Ojos Azules estaba tumbada delante de él, respirando apaciblemente. Dormida, sus rasgos eran suaves, inalterados por la violencia latente que parecía acecharla siempre que estaba despierta. Tenía la boca abierta. Estaba tendida sobre el estómago, con los brazos doblados y recogidos bajo el cuerpo para cobijarse del relativo frescor de la noche. Nailer rezó a las Parcas. No tenía el cuello tan expuesto como esperaba. El ataque debía ser rápido; la muerte, inmediata.

Se acercó con sigilo y se preparó. Alistó el cuchillo y se inclinó hacia ella mientras contenía la respiración.

Los ojos de la mujer se abrieron.

Presa del pánico, Nailer hizo ademán de hundirle el cuchillo en la garganta, pero Ojos Azules se movió demasiado deprisa. Rodó hacia un lado y se puso de pie de un salto mientras blandía el machete. No dijo nada. No chilló, ni imploró, ni gritó de rabia. De repente, su sombra se desdibujó. Nailer dio un salto hacia atrás justo cuando el machete le pasaba silbando junto a la cara. La mujer volvió a arremeter contra él. Nailer levantó el cuchillo, pero, en lugar de atacarlo de nuevo con el arma, Ojos Azules lo barrió con una pierna. En cuanto el chico cayó al suelo, se abalanzó sobre él con tal violencia que lo dejó sin aliento. Le arrebató el cuchillo de un manotazo que le dejó los dedos escocidos y entumecidos.

Nailer estaba tirado en el suelo, jadeando, inmovilizado bajo el peso de la mujer. Ojos Azules le puso el machete en el cuello.

—Pobre imbécil —murmuró.

A Nailer se le cortó la respiración. Estaba temblando de miedo. Ojos Azules sonrió y levantó el machete. Le acarició el ojo derecho con la hoja.

—Crecí rodeada de hombres que intentaban sorprenderme en mitad de la noche. —La hoja se movió y le rozó el ojo izquierdo—. Un mocoso como tú no tiene la menor oportunidad. —Sonrió y volvió a acercarle el machete al ojo derecho—. Elige —dijo.

Nailer estaba demasiado asustado para comprender a qué se refería.

—¿Q-qué?

Ojos Azules le tocó ambos párpados con la hoja.

—Que elijas —repitió ella—. ¿El derecho o el izquierdo?

—Mi padre...

—López se cobraría los dos. —Sonrió de nuevo—. Y yo haré lo mismo si no eliges. —La hoja volvió a acariciarle los globos oculares—. ¿El derecho o el izquierdo?

—El izquierdo —respondió él, armándose de valor.

—El derecho entonces —declaró ella con una sonrisa.

Giró el machete y empezó a acercárselo al ojo.

Un torbellino de sombras embistió a Ojos Azules. El machete se clavó junto a la cabeza de Nailer y le hizo un pequeño corte en la mejilla. Un segundo después dejó de sentir el peso de la mujer, que rodaba por el suelo enzarzada en una pugna con otra figura. Empezaron a llegar gritos de todas las direcciones. Se oyó el estrépito del acero al chocar contra el acero, unido a los gritos, los quejidos y los gruñidos de muchas personas peleando. Había gente por todas partes.

Ojos Azules y su oponente seguían rodando por el suelo en una maraña de piernas y brazos, sumidos en una furiosa refriega. A la luz de la luna, Nailer logró distinguir a su salvadora: la madre de Pima, que forcejeaba con Ojos Azules intentando arrebatarle el machete. Sadna le propinó un puñetazo en la cara a su rival. Se oyó un crujido de huesos. La mujer se revolvió y se zafó de Sadna. Rodó hacia atrás y se puso en pie con el arma en ristre. Las dos mujeres empezaron a dar vueltas en círculo.

—Déjalo ya, Ojos Azules —le pidió la madre de Pima—. Esto no va contigo.

La mujer negó con la cabeza.

—Ese mocoso me debe una, Sadna. Pensaba rajarme. No puedo dejarlo pasar —declaró.

Acto seguido, se lanzó hacia delante, amagando con asestar un golpe por arriba antes de dar un tajo por abajo. Sadna saltó hacia atrás, por encima de un tronco cubierto de musgo, luchando por no perder el equilibrio. Ojos Azules se arrojó contra ella en busca de algún hueco. Hizo girar la hoja. Sadna intentó repeler el ataque con las manos y, casi de inmediato, empezó a sangrar donde el machete la había cortado. Dejó escapar un grito, pero no flaqueó y esquivó la siguiente embestida de su oponente.

La mujer arremetió de nuevo contra ella, poniéndola a prueba.

—Corre, Sadna —dijo—. Corre. —La sangre le corría por la nariz, donde la madre de Pima se la había aplastado, pero no parecía importarle. Cuando sonrió, tenía los dientes ensangrentados.

Nailer empezó a buscar su cuchillo a toda prisa. Por todos lados había cuerpos gruñendo y luchando entre sí, una amalgama de formas que debía de ser la brigada pesada de Sadna. Siguió tanteando entre la hierba en busca del destello de su hoja.

Sadna se puso a cubierto detrás de un árbol, usándolo como escudo. Ojos Azules empezó a perseguirla en círculos, luego se detuvo y sonrió.

—No pienso jugar al escondite —murmuró—. ¿Quieres al mocoso con vida o no? —Dio media vuelta y se abalanzó sobre Nailer. Aunque el chico pudo escabullirse, fue suficiente para hacer salir a Sadna de detrás del árbol. Ojos Azules volvió sobre sus pasos y acometió a su adversaria con un destello de acero.

—¡No! —exclamó Nailer.

El mundo pareció ralentizarse mientras el machete de Ojos Azules se cernía sobre la garganta de Sadna. Nailer observó la escena horrorizado, esperando ver un torrente de sangre manando del cuello de la mujer. Pero, de repente, ya no estaba allí. Se agachó y rodó por el suelo, chocando con las piernas de su oponente y llevándosela por delante. Empezaron a dar vueltas de nuevo, enzarzadas en una vorágine de brazos, piernas, y la hoja del machete. Nailer siguió buscando el cuchillo a tientas hasta que lo vio tirado entre las hojas. Lo recogió en el momento en que Ojos Azules se sentaba a horcajadas encima de Sadna y le colocaba el arma contra el cuello. La mujer se aferró con fuerza al machete, intentando evitar que el filo le rajara la garganta mientras jadeaba. Ojos Azules ejerció más presión.

Nailer se acercó a la mujer sin hacer ruido, empuñando el cuchillo con los dedos sudorosos. Sadna abrió los ojos de par en par cuando lo vio aparecer por detrás, alertando de la amenaza a Ojos Azules, que empezó a girarse.

Nailer se arrojó sobre su espalda y le hundió el cuchillo en la garganta. Notó cómo la sangre caliente empezaba a correrle por la mano. Ojos Azules dejó escapar un grito cuando la hoja le desgarró la musculatura fibrosa del cuello. «Igual que matar a una cabra», fue la primera tontería que le pasó por la cabeza.

Pero no murió. En lugar de eso, se irguió y empezó a revolverse mientras Nailer seguía aferrado a su espalda. El chico intentó sacar el cuchillo para volver a apuñalarla, pero la hoja estaba atascada. Ojos Azules agitó los brazos para intentar agarrarlo y luego se inclinó con brusquedad hacia delante hasta dejarlo boca abajo. Intentó agarrarse con todas sus fuerzas, desesperado, pero la mujer se lo quitó de encima asestándole varios golpes con la empuñadura del machete. Sintió un dolor cegador en la cabeza. Un instante después, se estrelló contra el suelo.

Ojos Azules estaba de pie junto a él, con una mano apretada contra la herida abierta y el cuchillo aún clavado en el cuello. Blandió el machete contra Nailer. Aunque el movimiento fue algo torpe, la hoja silbó al cortar el aire. Lo seguía con la mirada, diabólica y brillante, decidida a arrastrarlo con ella fuera como fuera la vida después de la muerte que prometía su culto. Maldijo por lo bajo con los labios empapados de sangre y volvió a abalanzarse contra el chico.

Nailer la esquivó, intentando no arrinconarse contra un árbol ni tropezarse. ¿Por qué no se moría? ¿Por qué no se moría de una vez? Un miedo supersticioso se apoderó de él. ¿Y si en realidad era un espíritu, una criatura zombi a la que no era posible matar? ¿Y si el Culto a la Vida le había hecho algo y la había vuelto inmortal?

Ojos Azules dio otro tajo, pero al arremeter contra él trastabilló y se cayó de bruces al suelo. Aun así, estiró los brazos, intentando atraparlo mientras él la contemplaba totalmente paralizado por el miedo. Le tocó los pies con la mano y se aferró a uno de sus tobillos. La luz de la luna teñía de negro el charco de sangre que empezaba a extenderse a su alrededor. Nailer sacudió la pierna y se apartó de los dedos crispados de la mujer mientras ella lo miraba fijamente. Sus labios se movieron en lo que pareció ser una promesa de muerte, pero no lograron pronunciar palabra.

Sadna lo alejó de ella.

—Vamos. Déjala ir.

Estaba bañado en la sangre de Ojos Azules. La mujer moribunda lo siguió con la mirada, hambrienta, mientras retorcía los dedos.

Nailer se estremeció.

—¿Por qué no se muere?

Sadna miró de reojo a la figura temblorosa.

—No le queda mucho. —Le palpó el cuerpo—. ¿Estás bien?

El chico asintió débilmente. No podía apartar la vista de Ojos Azules.

—¿Por qué no se muere? —repitió en voz baja.

Sadna apretó los labios.

—Hay quienes tienen más afán de vivir. Hay veces en las que el golpe no es certero y tardan más en desangrarse. Hay otras en las que, sencillamente, las personas no se van cuándo y cómo nos gustaría. —Echó un vistazo a la mujer—. Ya está muerta. Déjala ir.

—No lo está.

Sadna le giró la cara para que la mirara a los ojos oscuros.

—Sí, lo está. Y tú sigues aquí. Y me alegra mucho que estuvieras ahí cuando te necesitaba. Has hecho bien.

Nailer asintió. Estaba temblando por la adrenalina. En cuanto las liberaron, Pima y Lucky Girl fueron corriendo hasta donde Sadna y Nailer estaban de cuclillas.

—Joder —dijo Pima—. Eres igual de rápido que tu padre. Hasta con el brazo hecho polvo.

El chico la miró mientras un escalofrío de miedo le recorría el cuerpo. No era la primera vez que mataba a un ser vivo. Gallinas, aquella cabra... Pero esto era distinto. Vomitó. Pima y Lucky Girl retrocedieron e intercambiaron una mirada.

—¿Qué le pasa? —preguntó Pima.

La mujer negó con la cabeza.

—La muerte conlleva un precio. Se lleva algo de ti siempre que apelas a ella. Tú arrebatas una vida y esa vida te arranca un trozo del alma. Siempre hay un intercambio.

—Entonces no me extraña que su padre sea un demonio.

Pima guardó silencio al ver que su madre la fulminaba con la mirada. Había miembros de la brigada pesada de Sadna por todas partes. Aún intentaban reponerse del ataque. Al parecer, Richard había apostado más centinelas de los que Nailer había imaginado, guardias de perímetro de cuya presencia ni siquiera se había percatado. Se sintió doblemente agradecido y afortunado de que Sadna y su brigada hubieran acudido a su rescate. Pima, Lucky Girl y él nunca habrían logrado escapar por su cuenta.

De pronto, el rostro perruno de Tool apareció entre las sombras.

—¡Cuidado! —gritó Nailer.

Sadna se giró enseguida, pero se relajó en cuanto vio al híbrido. Se volvió hacia Nailer y le dio unas palmaditas en el brazo.

—Tranquilo. Fue él quien nos dijo dónde encontraros. Hace mucho que nos conocemos, ¿verdad, Tool?

El híbrido se acercó y se quedó mirando el cuerpo sin vida de Ojos Azules con indiferencia. Guardó silencio un buen rato antes de desviar los ojos caninos hacia Nailer.

—Una buena muerte —apuntó—. Igual de rápido que tu padre.

—Yo no soy mi padre.

—No tan habilidoso —respondió encogiéndose de hombros—. Pero el potencial está ahí. —Señaló con la cabeza el charco oscuro que se había formado alrededor de Ojos Azules y sonrió, dejando entrever los dientes afilados—. La sangre no miente. Tienes gran potencial.

La simple idea de llegar a parecerse a su padre lo hizo estremecerse.

—No soy como él —insistió.

La sonrisa de Tool se esfumó.

—No te aflijas por Ojos Azules —retumbó la voz del híbrido—. Es natural para los humanos destrozarse entre sí. Alégrate de pertenecer a una estirpe de asesinos tan prolífica.

—Déjalo en paz —dijo Pima.

—¿Dónde está Lucky Girl? —preguntó Nailer.

—¿La chica rica? Ha bajado a la playa —señaló Sadna—. Su gente ha venido a buscarla. Hace más o menos una hora apareció un clíper al completo. —Miró a Tool—. Richard estaba intentando reunirse con ellos para llegar a un acuerdo.

—¿Su gente está aquí? —Nailer miró a Pima, confundido—. Nos dijo que nadie sabía dónde estaba... —Dejó la frase a medias, preguntándose si habría vuelto a mentirle.

Nita irrumpió en el claro.

—¡Son ellos!

—¿Tu gente? —preguntó él con escepticismo.

La joven sacudió la cabeza, jadeando.

—Los que me perseguían. Los hombres de Pyce. Y también varios híbridos.

Sadna la estudió.

—Los hombres de la playa... ¿son tus enemigos?

Nita apenas podía respirar.

—Quieren atraparme y usarme para chantajear a mi padre.

—Bueno, pues saben dónde estás —la informó Sadna—. Richard se lo anunció a bombo y platillo en cuanto desembarcaron.

El pánico se apoderó del rostro de Lucky Girl.

—No puedo dejar que me capturen. Tengo que esconderme.

Sadna y Tool cruzaron miradas.

—Si te adentras en la selva...

Tool negó con la cabeza.

—López la rastreará y le dará caza. Además, ¿cómo pensáis abastecerla de comida? ¿Quién la defenderá si la atrapa? Lo mejor será que huya.

—Pensábamos ir en el tren de recuperación a Orleans —intervino Nailer—. Dice que allí conoce gente que estaría dispuesta a protegerla.

Sadna frunció el ceño.

—No podréis acceder a los patios de carga. Nadie entra allí sin el conocimiento de Lucky Strike y, ahora mismo, él y Richard parecen estar muy unidos.

—Podemos subirnos al tren fuera, cuando esté en movimiento.

—Es peligroso.

—No tanto como quedarnos esperando a ver qué clase de trato hace mi padre con esos tipos.

Tool parecía pensativo.

—Es viable. Si son rápidos.

—Ella dice que es rápida —apuntó Nailer.

—Si no lo es, podría morir.

—No es peor que la alternativa.

—¿Y tú, Nailer? ¿Estás dispuesto a correr ese riesgo?

El chico empezó a responder, pero se detuvo. ¿Lo estaba? ¿De verdad quería atarse a aquella chica? Sacudió la cabeza, molesto consigo mismo. Lo cierto era que ya se había ganado la aversión de su padre. Por mucho que hubiera podido desearlo, no había posibilidad de solucionar las cosas. Richard López jamás pasaría por alto la injuria que suponía el asesinato de uno de los miembros de su brigada.

—Aquí no estoy seguro —dijo finalmente—. Ya no. Vendrá a por mí con todo lo que tiene. No puede permitirse quedar en ridículo frente a los demás. Demasiada gente se mofaría de él.

Sadna negó con la cabeza.

—Yo no puedo acompañarte. No puedo abandonar a mi brigada. Estarás solo.

—Entre Pima y yo...

—No. —Pima sacudió la cabeza—. Yo no voy.

—¿No vienes?

—No quiero dejar a mi madre.

—Habíamos hablado de irnos, de marcharnos lejos de aquí —dijo esforzándose por ocultar la desesperación que lo embargaba. Por algún motivo, había asumido que, como miembros de la misma brigada, estaban juntos en aquello.

—Tú fuiste quien hablo de eso. Yo no.

Nailer la miró fijamente. Las piezas empezaron a encajar en su sitio: Pima tenía familia, algo a lo que aferrarse, algo consistente. Claro que no correría ese riesgo. Debería haberlo sabido. Se obligó a asentir.

—De todos modos, podemos tomar el tren y llegar a Orleans en dos días. No puede ser tan difícil.

Pima levantó la mano y le mostró los dedos entablillados.

—¿Tú crees? Reni contaba con ambas manos cuando intentó saltar y aun así acabó hecho picadillo.

Sadna desvió la mirada hacia la playa.

—Podemos negociar una tregua con tu padre, Nailer. Puedo protegerte.

—Si de verdad crees eso es que no conoces a mi padre —dijo sacudiendo la cabeza—. De todos modos, eso no es lo que quiero. Lo que quiero es irme y Lucky Girl dice que me sacará de aquí si la ayudo.

—¿Y la crees? —le preguntó mirando de reojo a la chica.

—Estoy diciendo la verdad... —empezó a decir Nita acaloradamente.

Sadna la hizo callar con un gesto.

—¿De veras? —Miró al chico—. ¿Estás seguro de que es digna de semejante sacrificio?

—Nadie lo es —aseveró Tool.

—Mi padre puede pagarle —intervino Nita—. Puede recompensar...

—¡Deja de hablar! —le espetó Pima antes de volverse hacia su amigo—. Nailer es quien debe decidir. Es él quien va a sacarte de aquí, quien va a correr el riesgo. —Agarró al chico y lo llevó a un lado. Bajando la voz, le dijo—: ¿Estás seguro de esto? —Miró de reojo a Nita—. Es muy astuta. Cada vez que nos dice algo, acaba siendo una verdad a medias.

—Creo en ella.

—Pues no lo hagas. La gente rica no piensa como nosotros. Seguro que oculta algo. ¿No te estás arriesgando demasiado?

—No hay nada que arriesgar, porque aquí no tengo nada. Si me quedo, no habrá forma de mantenerme alejado de mi padre. —Se encogió de hombros y retiró la mano de la de Pima—. Mi padre nunca olvidará esto. Da igual lo que diga la gente, nunca lo olvidará —declaró. Miró a Nita y levantó la voz para dirigirse a todo el grupo—. Nos vamos. La acompañaré.

Un repentino frenesí de actividad los sobresaltó a todos. Pima trepó a una roca y echó un vistazo entre el follaje.

—Ven aquí, Lucky Girl —dijo.

Nita se encaramó a la roca y se unió a Pima, seguida de cerca por Nailer. A lo lejos, anclado en las aguas oscuras, había un barco de color claro iluminado por unas luces que hacían que pareciera de día. Unos brillantes focos led barrían la superficie del mar, delineando las siluetas de unas barcas que remaban hacia la orilla.

Nita negó con la cabeza.

—Vienen a por mí.

—Seguro que ellos también ofrecen una recompensa por ella —le dijo Sadna al chico.

—Mamá. —Pima meneó la cabeza.

—Somos un equipo —declaró Nailer obstinadamente—. No voy a venderla.

La madre de Pima lo observó con detenimiento.

—Si huyes, Richard López te perseguirá toda la vida. Nunca podrás volver aquí —aseveró bajando la vista—. Aún puedes hacer las paces. Llega a un acuerdo con esa gente, véndeles a la chica y Richard olvidará lo ocurrido. Aunque no lo creas, el dinero le hará olvidar muchas cosas. Moby, Ojos Azules y los demás no son nada frente a la suma de dinero de la que estamos hablando.

Nita los observaba aterrada. Si la vendía, él y su padre serían ricos, sin duda. Podría comprar el perdón de su padre.

«Afortunado e inteligente. Tengo que ser afortunado e inteligente».

Lo inteligente era entregar a Nita y comprar un perdón que nunca obtendría con súplicas. Pero la sola idea de entregarla a sus enemigos le revolvía el estómago. Lo inteligente era echarse atrás, dejar ir a la chica y lucrarse en el proceso. Aquella guerra no tenía nada que ver con él. Miró a Pima, que se limitó a encogerse de hombros.

—Ya te he dicho lo que pienso.

—Maldita sea —musitó—. No podemos entregarla sin más. Sería como entregarle a Pima a mi padre.

—Pero mucho más seguro para ti —sugirió Tool.

Nailer sacudió la cabeza con terquedad.

—No. La llevaré a Orleans. Sé cómo saltar a los trenes.

—Esto no es como cuando estás en la brigada ligera y no cumples con la cuota —enfatizó Tool—. No tendrás una segunda oportunidad. A partir de ahora, si cometes un error, morirás.

—¿Alguna vez has saltado a uno de los trenes en marcha? —le preguntó Sadna.

—Reni me explicó cómo hacerlo.

—Antes de morir aplastado bajo las ruedas de uno.

—Al final todos morimos —comentó Tool—. La cuestión está en elegir cómo.

—Está decidido —declaró Nailer, y miró a Nita—. Nos vamos.

Hubo algo en el tono de su voz que hizo que sonara definitivo. Nadie intentó oponerse. Simplemente aceptaron su elección y asintieron. De repente, no pudo evitar sentir que había tomado la decisión equivocada. En ese momento se dio cuenta de que una parte de él quería que lo disuadieran, que hallaran la forma de convencerlo de que no huyera.

—Entonces será mejor que os pongáis en marcha —rugió Tool—. Richard no tardará en venir a vender a la chica.

—Buena suerte —dijo Sadna mientras rebuscaba en un bolsillo y le tendía a Nailer un puñado de chinos rojos—. Corre con todas tus fuerzas y no mires atrás.

El chico agarró el dinero, sorprendido al ver la cantidad. De pronto, se sintió muy solo.

—Gracias.

Pima fue corriendo al campamento y volvió con una pequeña mochila que había sido de Ojos Azules. Se la entregó a Nailer.

—Tu botín.

Al agarrar la mochila, notó que había agua dentro. Miró a Nita.

—¿Lista?

Nita asintió con vehemencia.

—Salgamos de aquí.

—Sí —dijo él haciendo un gesto hacia la espesura de la selva—. Las vías están en esa dirección.

Cuando se disponían a salir del claro, Tool los llamó.

—Esperad. —Nailer y Nita se dieron la vuelta. Tool los estudió con sus letales ojos amarillentos—. Creo que os acompañaré.

Nailer sintió un escalofrío de miedo.

—No nos pasará nada —dijo al tiempo que Sadna sonreía de oreja a oreja y decía:

—Gracias.

Tool esbozó una pequeña sonrisa al percibir la vacilación del chico.

—No te apresures tanto a rehusar una mano amiga, muchacho.

A Nailer se le ocurrieron una decena de posibles réplicas, pero todas ellas radicaban en la desconfianza que despertaban en él los motivos del híbrido. Aquella criatura le daba miedo. No confiaba en él, aun cuando la madre de Pima sí lo hacía. Le preocupaba que alguien tan cercano a su padre y a Lucky Strike fuera con ellos.

—¿Por qué ahora? —le preguntó Nita con desconfianza—. ¿Qué quieres?

Tool miró de reojo a Sadna e hizo un gesto con la cabeza hacia la playa.

—Los propietarios de ese barco tienen a varios híbridos en nómina. Mi presencia suscitará preguntas y supondrá un inconveniente para todos.

—Podemos arreglárnoslas solos —insistió Nailer.

—Seguro que sí —respondió Tool—. Pero también podéis beneficiaros de mi sabiduría. —Enseñó brevemente los dientes afilados.

—Agradeced que esté dispuesto a ayudaros —recalcó Sadna. Se volvió hacia Tool y estrechó una de sus enormes manos entre las suyas—. Ahora estoy en deuda contigo.

—No es nada —dijo Tool con una sonrisa, dejando entrever los dientes afilados una vez más—. Matar en un sitio es lo mismo que matar en otro.

15

La tierra empezó a temblar conforme el tren se acercaba a ellos. Estaban agazapados entre los helechos. La locomotora rugió en su dirección y pasó de largo como un rayo. Nailer tragó saliva al ver pasar los vagones. El viento le azotaba la cara y arrancaba las hojas de los árboles y los helechos a su alrededor. El vehículo parecía tirar de él hacia delante, donde las enormes ruedas, que debían de llegarle a la altura del pecho, giraban a toda velocidad. Era como si lo instaran a arrojarse bajo su efímero peso, como si lo invitaran a morir desangrado y despedazado mientras el tren seguía su camino. Nailer se dio cuenta, con creciente temor, de que una cosa era especular ociosamente sobre la posibilidad de subir a un convoy en marcha y otra muy distinta ver pasar aquellos vagones de mercancías como una exhalación.

Aquello fue suficiente para hacer que se replanteara sus opciones. Para sopesar la posibilidad de robar un esquife, de navegar por la costa o de atravesar la selva a pie y seguir la ruta de los pantanos..., pero no contaban con las provisiones necesarias para emprender una travesía así. Además, si viajaban por mar, el clíper anclado en la bahía podría seguirlos sin mayor dificultad. No había otra opción. Debían huir y debían hacerlo ya.

Los vagones se sucedían a una velocidad vertiginosa. De lejos le habían parecido mucho más lentos, pero ahora, de cerca, se movían tan rápido que daba miedo. ¿Era posible que estuviera acelerando? Las veces que había visto a Reni saltando a algún vagón, siempre había tenido la impresión de que iban más despacio, le había parecido más sencillo. No obstante, Nailer sabía que, según lo agresivo que fuera el maquinista, el tren podía alcanzar velocidades que imposibilitaban saltar a bordo. Eso era lo que había condenado a Reni: calcular mal la velocidad a la que se podía subir saltando. Aunque también era verdad que lo había hecho estando borracho y había cometido la estupidez de dejarse llevar por todas las veces que había saltado con éxito.

Nailer, Nita y Tool salieron de entre las enredaderas y treparon por el balasto elevado hasta las vías. El viento los sacudió con violencia conforme el tren pasaba rugiendo delante de ellos. El estruendo de los vagones era tan ensordecedor como cualquier tormenta arrasaciudades. Nailer miró de reojo a sus acompañantes. Nita tenía los ojos muy abiertos por el miedo, mientras que Tool observaba la escena con impasibilidad, casi con desdén. Para el híbrido aquello sería coser y cantar. Inesperadamente, Nailer se encontró deseando que Tool fuera lo bastante grande para auparlos y cargar con ellos mientras saltaba a bordo.

«¡Déjate de tonterías! Date prisa y salta».

Se les acababa el tiempo. La cola del tren no debía de estar muy lejos. Tenía que decidirse. De repente, fue como estar de nuevo en el depósito de petróleo, sabedor de que la única forma de sobrevivir pasaba por lanzarse de cabeza y confiar en que todo saliera bien. Pero, en aquella ocasión, también había sabido que no tenía más opciones. Ahora, sin embargo, no dejaba de intentar hallar otra salida. «Venga», se dijo a sí mismo, pero sus pies siguieron clavados en el suelo.

Reni saltaba a los vagones en marcha todo el tiempo. De hecho, solía alardear de ello. Sintiendo cómo el corazón le latía desbocado en el pecho, se esforzó por recordar todo lo que le había contado Reni. Tocó a Nita en el hombro y le gritó al oído:

—Echa a correr delante del vagón, deja que te alcance, agárrate a la escalera y, pase lo que pase, no te sueltes. —Señaló las ruedas—. Si te caes, morirás aplastada, así que no te sueltes, aunque te duela —repitió—. ¡No te sueltes! —Hizo una pausa—. Y sube las piernas lo más rápido que puedas.

La muchacha asintió una vez más. Nailer respiró hondo, intentando armarse de valor.

De pronto, Nita echó a correr.

Asombrado, se quedó mirando cómo avanzaba paralela al tren. Al lado de las ruedas en movimiento y las escaleras que ascendían por los lados, la chica parecía ridículamente pequeña. Una de las escalerillas pasó de largo junto a ella. Luego otra. Ni siquiera las estaba mirando; se limitaba a esprintar a la vera del tren con el pelo recogido en una coleta.

Dejó pasar una, dos, tres escalerillas. A la cuarta, saltó. En cuanto se aferró a las barras salió despedida hacia delante. La brusquedad del movimiento hizo que sus piernas quedaran suspendidas en el aire. Un instante después, sus pies descendieron y volvieron a salir volando hacia arriba en cuanto tocaron tierra. Era como una muñeca de trapo a la que arrastran por el suelo. Las ruedas iban a engullirla. Nailer esperó, convencido de que acabaría descuartizada, pero Nita consiguió doblar las piernas y de pronto se halló a bordo, trepando por uno de los costados del vagón. Enganchó un brazo en la escalerilla y echó la vista atrás. Empezaba a alejarse, impelida por la velocidad de la locomotora.

—La cola del tren se acerca —observó Tool.

Nailer asintió, tomó otra bocanada de aire y echó a correr.

Casi de inmediato, comprendió por qué Nita no había mirado atrás. El terreno que discurría junto a la vía era irregular, aunque de lejos parecía liso. Los raíles desde los que Reni acostumbraba a saltar a bordo eran más llanos que este. Debía mantener la vista al frente si no quería caerse.

A tan poca distancia, la velocidad y el estruendo del tren eran vertiginosos. Los vagones se sucedían como un borrón. No podía dejar de imaginarse tropezando, cayendo bajo las ruedas y muriendo despedazado. Aunque estaba corriendo lo más rápido que podía sobre aquel terreno irregular, las escalerillas pasaban de largo como un rayo.

¿Cómo diablos lo había hecho Nita? ¿Cómo había...? Echó un vistazo hacia atrás, deseando poder ver los vagones conforme se aproximaban. El movimiento y el ruido eran mareantes. Trastabilló y a punto estuvo de caer en la vorágine del convoy. Tras recuperar el equilibrio, se obligó a mirar al frente y aceleró el paso. Empezó a contar el tiempo que tardaban en pasar las escalerillas. «Uno, dos...». Luego tres segundos más hasta que veía pasar el centro del vagón, y de nuevo uno y dos. Se encomendó al Ganesha de Pearly y a las Parcas. «Uno, dos. Pausa. Uno, dos, tres. Uno, dos...».

Cuando la primera escalerilla pasó a toda velocidad a su lado, estiró el brazo para intentar agarrarse a la segunda. Una de las barras le golpeó la mano y lo volteó antes de repelerlo, haciendo que se le enredaran las piernas. Cayó rodando por la grava y la maleza hasta detenerse. Los vagones siguieron pasando a toda velocidad mientras él yacía en el suelo, magullado y aturdido. Tenía las rodillas raspadas y las manos entumecidas llenas de sangre y sentía un dolor cegador en el hombro.

Tool pasó a su lado como una exhalación, colgado tranquilamente de una de las escalerillas. El híbrido se quedó mirando a Nailer mientras se alejaba, con los ojos amarillentos clavados en él, impasibles ante su fracaso.

Se puso de pie. Nita ya casi se había perdido de vista. Echó a correr. La cola del tren estaba cada vez más cerca. Las laceraciones que había sufrido en la pierna al caerse lo obligaron a avanzar renqueando. Además, sentía como si hubiera vuelto a desgarrarse la musculatura del hombro. Cojeando no podía ir demasiado rápido. Las escalerillas seguían pasando de largo a toda velocidad. Volvió a cronometrarlas y echó un vistazo hacia atrás. El último vagón se acercaba.

«Es ahora o nunca».

Nailer aceleró el paso y saltó en el momento en que pasaba otra escalerilla. En lugar de intentar agarrarse a uno de los peldaños, se aferró con las dos manos al lateral de la escalera. Sintió un estallido de dolor en los hombros cuando la inercia del tren tiró de sus brazos hacia delante y lo arrastró consigo. Los pies le rebotaron contra las piedras, lo que hizo que sintiera fuertes punzadas de dolor, hasta que logró hacerse un ovillo y colgarse de la parte inferior de la escalerilla.

El suelo se desdibujó ante sus ojos. El viento le azotaba la ropa a la vez que lo ahogaba con su calor y su fuerza. Tanteó a su alrededor en busca de un nuevo asidero y, al dar con un peldaño, se apartó dolorosamente del lecho de rocas que había debajo. Encontró otro asidero y se impulsó hacia arriba mientras el viento lo zarandeaba y veía pasar el borrón esmeralda de los árboles de la selva. Los brazos le temblaban; sentía un hormigueo por todo el cuerpo a causa de la adrenalina. Notó que le flaqueaban las piernas. Aun así, siguió trepando, subiendo peldaño a peldaño hasta llegar a la parte superior del vagón, desde donde pudo apreciar la longitud del tren.

Tenía los pies raspados y magullados, sangraba por la rodilla y sus manos estaban en carne viva, pero se encontraba sano y salvo. Nita y Tool lo observaban desde lejos; la joven lo saludó con una mano. Nailer le devolvió el saludo con gesto cansado antes de enganchar un brazo en la escalerilla y dejar que su cuerpo se sacudiera al compás del tren. Sabía que en algún momento tendría que recorrer los vagones y cubrir la distancia que lo separaba de ellos, pero, por ahora, lo único que quería era descansar y dar las gracias porque, por primera vez en días, mientras se aferraba a un tren en movimiento, se sentía ridículamente a salvo. Echó la vista atrás y escudriñó el área de la que habían salido. La densidad de la selva había empezado a engullir los raíles dobles de las vías del tren. Cada minuto que pasaba a bordo del tren lo alejaba un poco más de su pasado.

No pudo evitar sonreír. Le dolía todo el cuerpo, pero estaba vivo y su padre quedaba lejos. Fuera lo que fuese lo que le deparara el futuro, tenía que ser mejor de lo que acababa de dejar atrás. Por primea vez en su vida, estaba a salvo de Richard López.

Aquella sensación de seguridad le hizo recordar a Pima y a su madre, que aún seguían allí, haciendo frente a más días de trabajo en las brigadas y a las posibles represalias de su padre. Le preocupaba. En el fragor de la huida, no se había parado a pensar en las consecuencias que sus acciones podrían tener para ellas. Había estado tan desesperado por escapar que no había tenido en cuenta nada más. Ahora, sin embargo, las tenía muy presentes, como un par de demonios espirituales que pesaban sobre su conciencia.

Sin apartar los ojos del lugar del que habían salido, usó la mano que tenía libre para tocarse la frente y pedirles a las Parcas que cuidaran de ellas; que las ayudaran a detener a Richard, a hacerle creer la historia de que Tool lo había traicionado por la recompensa y que ellas dos no habían tenido nada que ver con la huida de Lucky Girl. Nailer rezó por la gente a la que había abandonado. Volvió a mirar hacia delante y dejó que el viento lo sacudiera. Abrió la boca y saboreó el calor, la velocidad y los olores de la selva.

Algunos destellos de océano azul y radiante empezaban a asomar entre los árboles; el tren se acercaba a la costa. Divisó el clíper anclado a lo lejos. Sus velas relucían a la luz del sol mientras una gaviota descansaba en el mar espejado. Sonrió al verlo, al pensar en todos los ricachones que debían de estar peinando la jungla en aquellos momentos, buscándolos, sin sospechar que los habían engañado y que su presa había sido más astuta que ellos.

La imagen del barco y del océano volvió a perderse entre la maraña esmeralda de árboles y enredaderas borrosas. Nailer se giró y echó un vistazo a la longitud del tren, mirando al frente, hacia donde pronto asomarían las torres de la ciudad sumergida de Orleans.

16

El problema de las huidas ingeniosas era que adolecían de una preparación adecuada. En su apuro por escapar, apenas habían reunido suministros, y, puesto que viajaban en los huecos que había entre los vagones, resultaba imposible conseguir comida. Al cabo de unas horas, Nailer se moría de hambre. Recordó con nostalgia lo que había cenado la noche anterior.

Normalmente, habría asumido que, dado que estarían sentados sin moverse la mayor parte del trayecto, apenas necesitarían comer. Después de todo, no tenía nada que ver con el trabajo en la brigada ligera. Sin embargo, la falta de comida durante el proceso febril lo había debilitado de tal forma que sentía que tenía el ombligo pegado a la espalda. No podía hacer nada al respecto, así que apretó los dientes mientras sentía cómo su estómago vacío rugía, y prometió darse un festín cuando llegaran a la ciudad sumergida.

Además de las escaleras de acceso a los techos, el tren disponía de pequeñas plataformas de servicio entre los vagones, unos tablones de acero que apenas superaban el medio metro de ancho, idóneos para trabajar de pie sobre ellos, pero terribles para pasar varias horas de travesía sentado encima. Al principio, Tool recorrió la longitud del tren en busca de algún espacio abierto entre los vagones, pero fue incapaz de forzar ninguno los compartimentos cerrados, por lo que decidieron acurrucarse en los huecos que quedaban entre los vagones mientras el suelo se desdibujaba a sus pies y el viento los azotaba desde todas las direcciones. Era un infierno, pero preferible a los techos caldeados del tren, donde no había nada que los protegiera del calor abrasador del sol.

Puesto que dormir pegados a las ruedas era prácticamente imposible, optaron por meterse entre las escalerillas y descansar encaramados sobre el terreno borroso mientras se turnaban para echar pequeñas cabezadas que a menudo se veían interrumpidas por algún acelerón o frenazo repentino. Todas las maniobras de frenada y aceleración del convoy se traducían en sacudidas y parones violentos que amenazaban con despeñarlos. Después de haber estado a punto de caerse por el hueco entre los vagones, Nailer y Nita decidieron viajar con los brazos enganchados a las escalerillas. En otra ocasión, cuando el tren redujo la velocidad de improviso, Tool casi los aplastó contra la estructura de metal al precipitarse sobre ellos con todo el peso de su cuerpo. Nailer notó un zumbido en la cabeza durante horas tras el golpe.

Sin embargo, todas esas incomodidades no eran nada comparadas con la falta de agua. Las pocas botellas que llevaban en la mochila se gastaron enseguida, y ya al segundo día todos estaban sedientos y agotados por el calor y la humedad. No había nada que hacer salvo contemplar el paisaje y confiar en que el tren llegara pronto a su destino. En varias ocasiones, al pasar por delante de lagos inmensos, se plantearon saltar en marcha y zambullirse en el agua, pero Tool desechó el plan, argumentando que no podrían volver a subir a bordo de un tren mientras fuera a esa velocidad y que, a menos que estuvieran dispuestos a pasar varios días caminando, iban a tener que aguantarse.

A Nailer le disgustó la idea, pese a que no quería tener que volver a saltar a un tren en marcha en su vida y a que sabía que la enorme criatura tenía razón. Así pues, se dedicaron a contemplar el paisaje y a conversar para matar el tiempo.

—¿Quiénes son los que te persiguen? —le preguntó Nailer a Nita—. ¿Por qué eres tan importante para ellos?

—Su nombre es Nathaniel Pyce. Tío mío a raíz de un matrimonio de conveniencia. —Vaciló un momento antes de añadir—: Él y su gente me quieren para chantajear a mi padre.

Nailer frunció el ceño, confundido. Al ver su expresión, Nita supo que no lo entendía.

—Mi padre descubrió algunos de sus chanchullos. Pyce estaba haciendo un uso indebido de los recursos de la empresa familiar. Y ahora quiere utilizarme para impedir que mi padre dé problemas. Soy su mejor arma para presionarlo.

—¿Presionarlo?

—Pyce quiere que mi padre dé luz verde a algo con lo que no está de acuerdo. Si Pyce me tiene en su poder, mi padre tendrá que ceder a sus pretensiones. Si logra lo que se propone, podría ganar miles de millones, y no hablo de dólares, sino de chinos rojos. Miles de millones. —Sus ojos oscuros se clavaron en él—. Eso es más dinero del que generarían vuestras instalaciones de desguace durante toda su vida útil. Suficiente para construir mil clíperes.

—¿Y tu padre está en contra de eso?

—Todo tiene que ver con el desarrollo y el refinado de arenas bituminosas, una actividad que permite obtener combustible, un sustituto del crudo. Su valor de mercado se ha disparado debido a los límites de la producción de carbono. Pyce ha estado refinando arenas bituminosas en nuestras instalaciones del norte y usando clíperes de Patel Global en secreto para transportar el combustible por la ruta polar hasta China.

—A mí me parece un buen golpe de suerte —comentó Nailer—. Como caer en un depósito de petróleo cuando ya tienes un comprador concertado. ¿No crees que tu padre debería aceptar su parte y dejar que Pyce siga a lo suyo?

Nita lo miró atónita. Abrió la boca. La cerró y volvió a abrirla antes de cerrarla de nuevo, claramente desconcertada.

—Es combustible del mercado negro —le aclaró Tool—. Está prohibido por convenio, si no de hecho. Solo existe una actividad económica más lucrativa que esa, y no es otra que el tráfico de híbridos. Aunque eso, por supuesto, sí es legal. No como esto, ¿verdad, Lucky Girl?

La chica asintió a regañadientes.

—Pyce elude el pago de impuestos sobre el carbono aprovechando las disputas territoriales del Ártico y luego, al llegar a China, puede vender el cargamento sin impedimentos y sin dejar rastro. Es una actividad arriesgada, además de ilegal. Mi padre quiso expulsarlo de la familia en cuanto lo descubrió, pero Pyce movió ficha primero.

—Miles de millones de chinos rojos —musitó Nailer—. ¿Tanto vale? —Nita asintió—. Si es así, tu padre no está bien de la cabeza. Debería haber hecho ese negocio él mismo.

La muchacha lo miró con disgusto.

—¿No crees que ya hay suficientes ciudades sumergidas? ¿Suficientes personas que mueren a causa de la sequía? La empresa de mi familia es una empresa limpia. Que un mercado exista no significa que tengamos que servirlo.

Nailer se rio.

—¿Insinúas que los compradores de sangre tenéis la conciencia tranquila? ¿Acaso pensáis que producir un poco de combustible es diferente a comprar nuestra sangre y la chatarra de los pecios para reciclarla?

—¡Lo es!

—Al final todo es dinero. Y resulta que vales mucho más de lo que pensaba. —La miró con aire especulativo—. Hiciste bien en no contarme todo esto antes de que dejara a mi padre en la estacada. —Sacudió la cabeza—. Podría haber dejado que te vendiera, después de todo. Parece que tu tío Pyce habría pagado una fortuna.

Nita sonrió con timidez.

—¿Estás hablando en serio?

Nailer no estaba seguro de cómo se sentía.

—Es un montón de dinero —dijo—. La única razón por la que crees que tienes principios es porque a ti el dinero no te hace falta como a la gente normal —declaró, obligándose a reprimir un sentimiento de desesperanza por una decisión tomada y de la que ya no podía retractarse.

«¿Quieres ser como Sloth? —se preguntó a sí mismo—. ¿Hacer lo que sea con tal de conseguir más dinero?».

Aunque Sloth había sido una traidora y una necia, Nailer no podía evitar pensar que las Parcas le habían puesto en bandeja el mayor golpe de suerte del mundo y él lo había dejado pasar.

—Si de verdad eres tan valiosa, ¿cómo acabaste en medio de la tormenta?

—Mi padre me envió al sur para intentar mantenerme alejada y a salvo en caso de que estallara la violencia. Nadie debería haber sabido dónde estaba —dijo con la mirada perdida—. No sabíamos que venían a por nosotros. No sospechamos... —se corrigió—: El capitán Arensman dijo que teníamos que huir. Él lo sabía. No sé cómo. Puede que fuera uno de ellos y que cambiara de opinión. O que creyera en las Parcas —negó con la cabeza—. No lo sé, y ahora nunca lo sabré. Pero no le hice caso, sino que me puse a darle largas. Al final, nuestra gente murió porque no creí que corriéramos peligro —confesó. Su rostro se endureció—. Logramos salir del puerto por los pelos y ya entonces nos pisaban los talones.

»Cuando estalló la tormenta, no tuvimos elección. Podíamos intentar huir del temporal o rendirnos. El capitán Arensman dejó la decisión en mis manos.

—¿No podías intentar llegar a un acuerdo con él? —preguntó Nailer.

—No con Pyce. Ese hombre no negocia cuando sabe que ha ganado. Por eso le pedí a Arensman que se internara en la tormenta, lo que no sé es por qué accedió. Para entonces el mar ya estaba bastante revuelto. —Hizo un movimiento con las manos—. Las olas caían sobre las cubiertas, caminar era prácticamente imposible y no teníamos el viento a favor, solo una vorágine torrencial que nos vapuleaba en todas direcciones mientras nos hacía pedazos. Estaba convencida de que moriría, pero entregarnos a Pyce habría sido lo mismo —aseveró encogiéndose de hombros.

»De modo que nos metimos de lleno en la tormenta. Las olas no dejaron de embestirnos, las velas se partieron, perdimos los mástiles y el agua empezó a colarse por las ventanas. —Dejó escapar un suspiro trepidante—. Pero al final la gente de Pyce dio media vuelta.

—Lo arriesgaste todo —apuntó Tool.

—No soy más que una pieza de ajedrez. Un peón —declaró—. Pueden sacrificarme, pero no capturarme. Si lo hicieran, se acabaría la partida. —Se quedó mirando la vegetación—.

Mis únicas opciones son escapar o morir, porque, si me capturan, tendrán a mi padre en sus manos y lo obligarán a hacer cosas terribles.

—Solo si tu padre está dispuesto a sacrificarse por ti —señaló Tool—. Tal vez sepa lo que le conviene.

—No lo entenderías.

—Lo que entiendo es que sacrificaste a todos los miembros de tu tripulación a una tormenta.

Nita lo miró fijamente y luego apartó la mirada.

—Si hubiera habido otra alternativa, la habría tomado.

—Entonces sí cuentas con gente que te es leal.

—No como tú —le espetó con una virulencia sorprendente.

Tool parpadeó una vez, muy despacio, con los ojos amarillos brillantes.

—¿Preferirías que fuera un perro leal y obediente? ¿Que hubiera seguido siéndole fiel al padre de Nailer? —Pestañeó de nuevo—. ¿Desearías que fuera una bestia sumisa como las que tenéis en vuestros clíperes? —Esbozó una leve sonrisa, dejando entrever los dientes afilados—. Richard López estaba seguro de que los Recolectores le ofrecerían un precio excelente por tu sangre pura, tus ojos claros y tu corazón fuerte. ¿Desearías que me hubiera mantenido fiel a eso?

Nita le lanzó una mirada asesina a Tool, pero tenía los nudillos pálidos de tanto apretar los puños.

—No intentes asustarme.

El híbrido enseñó los dientes brillantes y afilados.

—Si deseara asustar a una criatura rica, mimada y sobreprotegida, no tendría que esforzarme demasiado.

—Dejadlo ya, los dos —medió Nailer. Apoyó una mano en el hombro de Tool—. Nos alegra que hayas venido con nosotros. Te debemos una.

—No lo he hecho para que me debáis nada —respondió Tool—. Lo he hecho por Sadna. —Miró a Nita—. Esa mujer vale diez veces más que toda la fortuna de tu padre. Mil veces más que tú, independientemente de lo que piensen tus enemigos.

—No me hables de valía —replicó la chica—. Mi padre comanda flotas enteras.

—Los ricos lo medís todo con el rasero de vuestra fortuna —dijo inclinándose hacia ella—. En una ocasión, Sadna arriesgó su vida y la del resto de su brigada para ayudarme a escapar de un incendio de petróleo. No tenía necesidad de volver a por mí, ni de ayudarme a levantar una viga de hierro que yo nunca podría haber levantado solo. Otros la instaron a que no lo hiciera. Era una temeridad. Y yo, después de todo, no era más que un híbrido. —Tool observó a Nita detenidamente—. No pongo en duda que tu padre esté al mando de numerosas flotas y de miles de híbridos, pero ¿arriesgaría el cuello por salvar a uno solo de ellos?

La muchacha lo miró con el ceño fruncido, pero no dijo nada. Se hizo el silencio. Pasados unos minutos, se acomodaron como buenamente pudieron y se dispusieron a dormir entre los crujidos y las sacudidas del convoy.

La gran ciudad sumergida de Nueva Orleans no se reveló toda de una vez, sino por partes: paredes medio derruidas de chozas desgarradas por banianos y cipreses; muros de hormigón y ladrillo erosionados por socavones; agrupaciones de viejos edificios abandonados cubiertos de enredaderas de kudzu, ensombrecidos por las copas de árboles pantanosos.

Impelido por los pilotes de las vías, el tren fue ganando altura hasta elevarse por encima de las marismas. Pasaron sobre charcas verdosas repletas de algas y nenúfares, salpicadas por los destellos blanquecinos de las garcetas y envueltas por el zumbido de un sinfín de moscas y mosquitos. Todo el sistema de raíles elevados estaba reforzado contra las tormentas arrasaciudades que asolaban la costa con asombrosa regularidad, y esa era la única prueba fehaciente de que algunas personas habían logrado adaptarse a la vida en las tierras pantanosas de la jungla y las habitaban en la actualidad.

Sobrevolaban a toda velocidad las estructuras musgosas y en ruinas de una ciudad muerta. Un mundo anegado de optimismo, arrasado por la obra paciente de una naturaleza cambiante. Nailer se preguntó quiénes habrían habitado aquellos edificios derruidos y adónde habrían ido. Eran edificaciones inmensas, más grandes que cualquier estructura que hubiera visto en las instalaciones de desguace. Los inmuebles de mejor calidad, construidos con cristal y hormigón, habían sucumbido igual que los de peor calidad, que parecían haberse derretido sobre sí mismos, dejando al descubierto maderos podridos y tablones combados, deformados y hundidos.

—¿Es esto? —preguntó Nailer—. ¿Esto es Orleans?

Nita sacudió la cabeza.

—Estas eran poblaciones periféricas. Suburbios secundarios. Están por todas partes. Estos núcleos suburbanos se extienden varios kilómetros a la redonda. De cuanto todo el mundo tenía coches.

—¿Todo el mundo? —Nailer sopesó aquella teoría. Parecía improbable. ¿Cómo podía haber tanta gente con tanto dinero? Era una noción tan absurda como que todo el mundo tuviera un clíper—. ¿Cómo podían moverse en coche? No hay carreteras.

—Están ahí —señaló la chica—. Mira.

Y, en efecto, al escudriñar la selva con atención, le fue posible distinguir los bulevares que habían discurrido por ella antes de que los árboles perforaran e invadieran sus medianas. Ahora, las carreteras eran más bien senderos lisos cubiertos de helechos y musgo. Para hacerse una idea, había que imaginar que aquellos árboles que brotaban en el centro no existían, pero allí estaban.

—¿De dónde sacaban la gasolina? —preguntó.

—De todas partes. —Nita se rio—. Del otro lado del mundo, del fondo del mar... —Hizo un gesto hacia las ruinas sumergidas y hacia la pequeña franja de océano que se distinguía entre ellas—. También solían hacer perforaciones ahí fuera, en el golfo. Destrozaron las islas. Es por eso por lo que las tormentas arrasaciudades son tan devastadoras. Antes había pequeñas islas que actuaban como una barrera natural, pero las destruyeron para hacer prospecciones de gas.

—Ah, ¿sí? —la desafió él—. ¿Cómo lo sabes?

Nita volvió a reírse.

—Si fueras a la escuela, tú también lo sabrías. Las arrasaciudades de Orleans son famosas. Habría que ser tonto para no saberlo. —Se detuvo en seco—. Quiero decir...

Nailer deseó poder abofetearle la cara de engreída.

Tool dejó escapar una risita, un ruido sordo cargado de diversión.

A veces Nita parecía buena persona. Otras no era más que una ricachona engreída. Presumida, rica y endeble. Era en momentos como esos en los que Nailer pensaba que la joven podría haber aprendido un par de cosas en la playa de Bright Sands; que la propia Sloth, con toda su avaricia y su predisposición a traicionarlo, había sido mejor que esta chica rica y petulante que seguía siendo bonita incluso después de haber convivido con todos ellos, como si fuera inmune a la suciedad, el dolor y las penurias que padecían los demás.

—Lo siento —dijo ella. Nailer se limitó a encogerse de hombros al oír sus disculpas. Estaba claro lo que pensaba de él.

Viajaron en silencio. Pasado un rato, una aldea surgió entre la selva, un claro esculpido entre árboles y sombras, una pequeña comunidad pesquera enclavada entre las ciénagas, sembrada de chozas destartaladas como las que construía la gente de Nailer, con cerdos y verduras en los patios. Para él, era como estar en casa. Se preguntó qué vería Nita.

La selva empezó a abrirse por fin, dando paso a una amplia llanura donde los árboles eran más bajos y la altura del tren les permitía contemplar el paisaje. Incluso desde lejos, la ciudad era enorme. Una serie de agujas perforaban el cielo.

—Orleans II —señaló Tool.

17

Nailer estiró el cuello para asomarse por encima de las copas de los árboles y contemplar la metrópolis destrozada.

—Ahí debe de haber un buen botín —dijo.

Nita sacudió la cabeza.

—Tendrías que derribar las torres. Necesitarías un montón de explosivos. No merece la pena.

—Depende de cuánto cobre y hierro puedas sacar —apuntó él—. Asigna una brigada ligera al edificio, a ver qué pasa.

—Tendrías que trabajar en medio de un lago.

—¿Y? Si los ricachones os fuisteis con lo puesto, valdría la pena. —Le molestaba que la muchacha actuara como si lo supiera todo. Se quedó mirando las torres—. Aunque todo lo valioso se lo habrán llevado ya. Demasiado preciado para dejarlo ahí tirado.

—Aun así... —Tool señaló con la cabeza los numerosos edificios cubiertos de vegetación—, todavía quedan muchos restos aprovechables si alguien decidiera recuperarlos.

La joven discrepó de nuevo.

—Para eso tendrías que enfrentarte a los lugareños por los derechos de explotación. Pelear por cada centímetro. Si no fuera por los tratados y las milicias comerciales, incluso el área de trasbordo estaría disputada. —Hizo una mueca—. No se puede negociar con gente así. Son unos salvajes.

—¿Salvajes como Nailer? —se burló Tool, observándola con un brillo divertido en los ojos amarillos. Ella se sonrojó y apartó la mirada mientras se colocaba el cabello oscuro detrás de la oreja y fingía contemplar el horizonte en movimiento.

Al margen de lo que Nita pensara de las oportunidades de explotación, lo cierto era que había muchísimo material abandonado disperso ante ellos y, si Nailer había entendido bien, aquello solo era Orleans II. También estaba la Nueva Orleans original, además de Misisipi Metropolitana. La ciudad, conocida como MisMet, había sido concebida originalmente como Nueva Orleans III, antes de que los partidarios más fervientes de la ciudad sumergida se rindieran ante la estrepitosa mala suerte de la que solían gozar los lugares bautizados como Orleans.

Algunos ingenieros habían asegurado que era posible edificar torres resistentes a los huracanes sobre la bahía de Pontchartrain, pero los mercaderes y los comerciantes ya estaban hartos de la desembocadura del río y de las tormentas, por lo que dejaron la ciudad sumergida con sus muelles, sus plataformas de carga en alta mar y sus suburbios, y se llevaron su dinero, sus hogares y sus familias a territorios situados a mayor altura sobre el nivel del mar.

Al estar asentada a gran distancia río arriba y en una cota más elevada, MisMet estaba mejor preparada contra ciclones y huracanes que sus antecesoras. Era una ciudad que había sido concebida desde cero para evitar los errores a los que su optimismo desmedido había abocado a sus análogas en el pasado; un santuario para ricachones que, por lo que Nailer había oído, estaba pavimentado con oro y cuyos muros relucientes, guardias y alambradas mantenían alejado al resto de la chusma.

En otro tiempo, Nueva Orleans había significado muchas cosas: había simbolizado el jazz, el criollo y la pasión por la vida; había emblematizado Mardi Gras, las fiestas y el abandono; había encarnado el lujo, la decadencia y la prodigalidad. Ahora solo significaba una cosa.

Pérdida.

Vieron pasar más reliquias muertas entre la jungla, una cantidad asombrosa de riqueza y materiales abandonados a su suerte para que se pudrieran y pasaran a engrosar la maraña verduzca de los árboles y los pantanos.

—¿Por qué se dieron por vencidos? —preguntó Nailer.

—A veces la gente aprende —respondió Tool.

Por cómo lo dijo, Nailer dedujo que quería dar a entender que la mayoría de la gente no lo hacía. El desastre de las ciudades gemelas muertas era una prueba fehaciente de cuánto había tardado la gente de la Edad del Aceleramiento en aceptar la variabilidad de sus circunstancias.

El tren describió una curva en dirección a las imponentes torres. Más allá de las agujas de Orleans II se divisaba la silueta desvencijada de un antiguo estadio, que marcaba el comienzo de la ciudad vieja, la capital propiamente dicha de los territorios sumergidos.

—Idiotas —murmuró el chico. Tool se inclinó hacia él para intentar oír lo que decía por encima del viento y Nailer le gritó al oído—: ¡Eran unos idiotas!

El híbrido se encogió de hombros.

—Nadie previó que pudiera haber huracanes de categoría seis. En aquel entonces, las tormentas arrasaciudades no existían. El clima cambió, el tiempo cambió... No pudieron anticiparlo.

A Nailer le asombró aquella noción. Le parecía increíble que nadie hubiera sido capaz de comprender que acabarían siendo el blanco de huracanes mensuales que ascenderían por el corredor del Misisipi y arrasarían con todo lo que no tuviera la sagacidad de atrincherarse, flotar o refugiarse bajo tierra.

El convoy volaba sobre sus pilones mientras se curvaba hacia el núcleo del centro comercial, surcando a toda velocidad las aguas salobres impregnadas de vertidos de aceites residuales, restos de chatarra y el hedor de los productos químicos. Pasaron como un rayo junto a plataformas flotantes y cargadoras de trasbordo, donde unas grúas fletaban contenedores enormes a bordo de clíperes al tiempo que otras estibaban artículos de lujo traídos de otras partes del mundo en embarcaciones de velas rechonchas y de menor envergadura, utilizadas para cursar las aguas poco profundas del río Misisipi.

Dejaron atrás desguaces y patios de reciclaje en los que las espaldas cubiertas de sudor de los hombres y las mujeres que trabajaban en ellos relucían como espejos mientras apilaban la chatarra comprada en carros de mano y la trasladaban a unas plataformas de pesaje para su venta. En ese momento, el tren empezó a reducir la velocidad. Se desvió hacia una nueva serie de vías por las que descendió hasta un terreno baldío, ocupado por un patio de maniobras y chozas marginales, antes de virar de nuevo. Las ruedas chirriaron sobre el acero y los vagones se estremecieron en cuanto empezó a frenar. Las ondas generadas por la desaceleración se propagaron por los vagones hasta la cola del vehículo.

Tool les dio una palmadita en el hombro.

—Nos bajamos ya. Pronto llegaremos al patio de maniobras y la gente empezará a preguntarse a qué hemos venido y si tenemos derecho a estar aquí.

Aunque el convoy avanzaba con relativa lentitud, todos terminaron cayéndose y rodando por el suelo al apearse. Nailer se levantó, limpiándose el polvo de los ojos, e inspeccionó el área. En muchos aspectos, guardaba similitud con las instalaciones de desguace que tanto conocía: chatarra y basura, hollín y porquería grasienta, y casuchas destartaladas repletas de gente que los miraba con los ojos hundidos.

Nita echó un vistazo a su alrededor. Al verla, Nailer se dio cuenta de que no estaba impresionada, pero, en ese momento, incluso él se alegraba de que Tool los hubiera acompañado, de contar con alguien que pudiera protegerlos mientras atravesaban aquella zona atestada de chozas. Algunos hombres con tatuajes y *piercings* de afiliación desconocida retozaban a la sombra, observando cómo los tres intrusos cruzaban su territorio. Nailer notó cómo se le erizaba el vello de la nuca. Se llevó la mano al cuchillo, preguntándose si habría un baño de sangre. Sentía cómo los evaluaban. Eran como su padre: ociosos, muy probablemente adictos a alguna droga, peligrosos. Olía a té y azúcar. A café hirviendo. A ollas de alubias rojas y arroz sucio. Le rugió el estómago. También percibió el hedor dulzón de los plátanos al podrirse. Un niño orinaba contra una pared frente a ellos, contemplándolos con ojos solemnes mientras pasaban de largo.

Por fin salieron a una calle principal. Estaba llena de basura y de chatarreros, hombres y mujeres que vendían herramientas, planchas de metal y rollos de alambre. Una bicicleta con un carrito lleno de restos metálicos pasó traqueteando frente a ellos. «Hojalata», pensó Nailer, preguntándose si el conductor la habría comprado o si se disponía a venderla y adónde podía dirigirse.

—Ahora ¿adónde? —preguntó el chico.

Nita frunció el ceño.

—Tenemos que llegar a los muelles. Necesito ver si alguno de los barcos de mi padre está allí.

—¿Y si está? —preguntó Tool.

—Entonces tengo que averiguar los nombres de los capitanes. Hay varios en quienes sé que aún puedo confiar.

—¿Estás segura de eso?

Nita vaciló.

—Tiene que haber algunos.

—Los clíperes deberían estar en esa dirección —señaló el híbrido.

La joven les hizo un gesto para que la siguieran. Nailer miró de reojo a Tool, pero el híbrido parecía indiferente a la repentina autoridad impuesta por la muchacha.

Se abrieron paso como pudieron por la calzada. El olor a mar, putrefacción y humanidad condensada era penetrante, mucho más que en las instalaciones de desguace. Y la ciudad era enorme. Caminaron y caminaron, pero las calles, las chozas y los depósitos de chatarra no se acababan. Los hombres y las mujeres pasaban a su lado montados en palanquines y bicicletas. Incluso un coche que quemaba aceite atravesó las vías destrozadas entre los chirridos y quejidos de su motor. Al cabo de un rato, la sofocante barriada abierta dio paso a bulevares más frescos bordeados de árboles y grandes casas, con chabolas en los márgenes de las que entraba y salía gente continuamente. En todas ellas había letreros que Nita iba leyendo en voz alta para Nailer: COMERCIAL MEYER; SUMINISTROS FLUVIALES ORLEANS; YEE & TAYLOR, ESPECIAS; TRANSPORTE MARÍTIMO DEEP BLUE, S. L.

Entonces, de pronto, la calle se deslizaba hacia el agua hasta quedar sumergida. Había barcos y taxis acuáticos amarrados, hombres sentados con sus esquifes de remos y sus diminutas velas hechas de retales dispuestos a transportar a cualquiera que necesitara llegar a la Orleans del otro lado.

—Esto es un callejón sin salida —dijo Nailer.

—No. —Nita sacudió la cabeza—. Conozco este lugar. Estamos cerca. Tenemos que cruzar Orleans para llegar a las plataformas de aguas profundas. Vamos a necesitar un taxi acuático.

—Parecen caros.

—¿No te dio dinero la madre de Pima? —le preguntó ella—. Seguro que es más que suficiente.

Nailer dudó un momento antes de sacar el fajo de billetes rojos.

—Es mejor ahorrarlo —apuntó Tool—. Luego tendréis hambre.

El muchacho se quedó mirando el agua salobre.

—Lo que tengo ahora es sed.

Nita frunció el ceño.

—Entonces, ¿cómo proponéis que lleguemos hasta los clíperes?

—Podríamos ir caminando —respondió el chico. Algunas personas vadeaban el agua, que parecía llegarles hasta la cintura. Avanzaban lentamente por el líquido turbio, verduzco y aceitoso.

La joven contempló el agua con desagrado.

—No se puede andar por ahí. Es demasiado hondo.

—Gastad el dinero en agua —insistió el híbrido—. Los trabajadores deben de saber cómo llegar a las plataformas de carga. Los pobres nos guiarán hasta allí.

Nita accedió a regañadientes. Le compraron un poco de agua parduzca a un vendedor, un hombre con los dientes podridos y amarillentos y una amplia sonrisa, que juraba que su agua no contenía sal y estaba bien hervida, y que, tras hacer su venta, les indicó el camino alegremente. De hecho, hasta se ofreció a llevarlos en su barca de remos, pero exigía una tarifa demasiado alta, por lo que decidieron ceñirse al plan inicial y tomar el camino más largo, recorriendo calles anegadas y pútridas y cruzando por las plataformas flotantes. El fuerte hedor a pescado y petróleo que llegaba a ellos en oleadas hacía que a Nailer se le humedecieran los ojos y evocara en él recuerdos de las instalaciones de desguace.

Pasado un tiempo, alcanzaron la orilla. Una serie de boyas se internaban en las aguas tranquilas hasta perderse en la distancia.

Nita contempló el agua con desagrado.

—Deberíamos haber tomado la barca.

—¿Tienes miedo? —le preguntó risueño.

Ella lo fulminó con la mirada.

—No —respondió fijándose de nuevo en el agua—. Pero no está limpia. Los productos químicos son venenosos —explicó mientras la olfateaba—. Es imposible saber lo que puede haber ahí.

—Ya, bueno. Puede que te mate mañana, pero no hoy —dijo mientras se adentraba en la mugre y el cieno del agua, cubierta por una fina película de petróleo brillante—. Está mejor que en los astilleros. Esto no es nada en comparación. Y aquí sigo, vivito y coleando. —Le sonrió de nuevo. Disfrutaba molestándola—. Venga, vamos, a ver si hay algún clíper esperándote.

Nita apretó los labios, pero lo siguió. Nailer tuvo ganas de reírse. Con lo lista que era, resultaba extraño que fuera tan remilgada. La observó mientras se metía en el agua, disfrutando del hecho de que, por una vez, aquella ricachona tuviera que arrastrarse por el fango como una persona normal. Apenas Lucky Girl estuvo dentro, Tool fue tras ella, creando ondas entre los nenúfares y los sedimentos de petróleo con su enorme figura. Los tres empezaron a caminar lentamente. El nivel del agua fue aumentando hasta llegarles al pecho.

Delante de ellos, alguien había atado unas boyas de plástico que delimitaban un camino para quienes cruzaban a pie. Una de ellas era naranja, otra blanca. Al pasar al lado de una de ellas, Nailer pudo distinguir la imagen difuminada de una manzana estampada en la superficie junto a unas letras. Otra tenía un automóvil antiguo grabado en la parte frontal. La senda de contenedores desechados los condujo hasta donde se perdían de vista los últimos vestigios de los cimientos de las viviendas y gran parte de los escombros, y aun así el camino continuaba.

Avanzaron por el agua con cautela, siguiendo una corriente de cuerpos afanosos que vadeaban, nadaban y chapoteaban hacia los muelles lejanos. Hubo un momento en el que Nita perdió su punto de apoyo y se hundió. Tool la agarró, la levantó y la devolvió al meticuloso sendero que seguían los demás.

La joven se apartó los largos mechones de pelo mojado de la cara mientras contemplaba los barcos lejanos y sus muelles.

—¿Por qué no usan barcas y ya está?

—¿Para esta gente? —El híbrido miró a alrededor, a sus compañeros vadeadores—. No les merece la pena.

—Aun así, podrían construir una pasarela. No costaría mucho.

—Gastar dinero en los pobres es como arrojarlo a una hoguera. Se limitarían a consumirlo sin más, sin dar siquiera las gracias —respondió Tool.

—Pero, si se facilitara el acceso a la gente, probablemente se ahorraría dinero.

—El agua no parece detenerlos. —Un hecho que evidenciaba el flujo constante de gente que los precedía. Unos pocos llevaban bolsas de plástico recicladas que utilizaban para transportar alguna pertenencia que deseaban mantener seca, pero, por lo demás, a la mayoría no parecía importarle tener que nadar en las aguas parduzcas plagadas de algas verdes.

Nita siguió adelante, resuelta a que no se le notara cuánto le repugnaban sus circunstancias; al menos esa fue la impresión que le dio a Nailer.

Cada vez que Tool hablaba, sus palabras eran como un látigo que la fustigaba. Nailer no sabía por qué, pero le gustaba verla abochornada. Una parte de él intuía que la muchacha lo veía como una especie de animal, una criatura útil como un perro, pero no como una persona. Aunque, a decir verdad, él tampoco estaba convencido de que ella fuera una persona como tal. Los ricachones eran diferentes.

Provenían de un lugar diferente, vivían vidas diferentes, destrozaban clíperes enteros para asegurar la supervivencia de una sola chica.

—¿Por qué estás aquí, Tool? —preguntó la joven de repente—. En teoría, no deberías poder alejarte sin más de tu señor.

Él la miró de soslayo.

—Voy donde me place.

—Pero eres un híbrido.

—Sí, un medio hombre. —La miró—. Y, sin embargo, soy el doble de grande que tú, Lucky Girl.

—¿De qué estáis hablando? —preguntó Nailer.

Nita lo miró de reojo.

—Se supone que debe tener un señor. Hacen un juramento. Mi familia los importa de Nipón, una vez que han sido entrenados. Pero no sin un señor.

El híbrido clavó los ojos en ella. Amarillos, caninos, los ojos de un depredador que examina a una criatura a la que podría destruir en un momento si quisiera.

—Yo no tengo señor.

—Eso es imposible —replicó ella.

—¿Por qué? —preguntó Nailer.

—Tenemos fama de ser extremadamente leales —explicó Tool—. Parece que a Lucky Girl le ha disgustado descubrir que no todos disfrutamos de la esclavitud.

—No es posible —insistió ella—. Os adiestran para...

Los enormes hombros del híbrido se encogieron.

—Conmigo se equivocaron —dijo con una leve sonrisa antes de asentir para sí, disfrutando de algún chiste privado—. Fui más listo de lo que les habría gustado.

—Ah, ¿sí? —lo cuestionó ella.

Los ojos amarillos la estudiaron de nuevo.

—Lo bastante listo para saber que puedo elegir a quién servir y a quién traicionar, que es más de lo que se puede decir del resto de mis... congéneres.

A Nailer nunca se le había ocurrido preguntarse el porqué de que Tool estuviera entre los desguazadores. Simplemente había estado allí, como los refugiados que a veces llegaban en barca. El clan Spinoza, los McCalley, los Lal..., todos habían ido a trabajar, y Tool no era una excepción. Estaban allí por el trabajo.

Pero a Lucky Girl no le faltaba razón. Los híbridos solían trabajar como guardaespaldas, para matar, para la guerra. Al menos esas eran las historias que él había oído. Los había visto escoltando a banqueros de Lawson & Carlson o flanqueando a los compradores de sangre cuando acudían a inspeccionar los astilleros. Pero siempre en compañía de otros. Ricachones. Gente que podía permitirse comprar criaturas creadas a partir de un cóctel genético de ADN de humanos, tigres y perros. Y eran caros. Los óvulos humanos, en los que se iniciaba su desarrollo, siempre estaban en demanda y alcanzaban un precio muy alto. De hecho, el Culto a la Vida se sustentaba en gran parte gracias a los óvulos de sus devotas, que los Recolectores siempre estaban dispuestos a comprar.

—Entonces, ¿dónde está tu señor? —le preguntó ella—. Se supone que debes morir con él. Eso es lo que siempre dicen los nuestros. Que morirán con nosotros y por nosotros.

—Algunos somos extraordinariamente leales —observó Tool.

—Pero tus genes...

—Si los genes dictaran nuestro destino, Nailer debería haberte vendido a tus enemigos y haberse gastado la recompensa en anfetaminas y güisqui Black Ling.

—No me refería a eso.

—¿No? Pero tú eres descendiente de los Patel y, como tal, todos sois inteligentes y civilizados, ¿verdad? Y Nailer, por supuesto, es descendiente de un perfecto asesino, así que ya sabemos lo que eso dice de él.

—No, no he querido decir eso, en absoluto.

—Entonces no presupongas lo que mi especie puede o no puede hacer. —El híbrido la taladró con la mirada—. Somos más rápidos, más fuertes y, pese a lo que puedas pensar, más inteligentes que nuestros señores. ¿A la chica rica le preocupa cruzarse con una criatura como yo, correteando libre por ahí?

Nita se estremeció.

—Nosotros tratamos bien a los de tu especie. Mi familia...

—No te molestes. En cualquier caso, mi especie seguirá estando a vuestro servicio —declaró. Apartó la mirada de ella y siguió vadeando. Nita enmudeció. Nailer siguió adelante, pensando en el extraño conflicto que acababa de producirse entre ambos.

—¿Tool? —lo llamó Nailer—. ¿De verdad te adiestraron? ¿Te hicieron obedecer a un señor?

—Lo intentaron, hace mucho tiempo.

—¿Quién?

El híbrido se encogió de hombros.

—Ya están muertos. Poco importa. —Señaló con la cabeza a los muelles cada vez más cercanos—. ¿Reconoces alguno de los clípers?

Nita echó un vistazo a las embarcaciones atracadas en los muelles flotantes a lo lejos.

—No a esta distancia.

Se acercaron un poco más, arrastrándose por el agua. Aunque el frescor del río mitigaba los efectos del calor tropical, Nailer se estaba cansando de vadear. Era un proceso lento.

La profundidad fue aumentando conforme se acercaron a los muelles flotantes, donde finalmente pudieron salir del agua. Lucky Girl empezó a escurrir el líquido salobre de su ropa con desagrado, pero Nailer se deleitó al sentir la brisa sobre la piel mojada. Varios clípers navegaban en la distancia. Desde su posición, era como si el mundo entero se extendiera ante ellos. También había clípers y cargueros anclados en sus dársenas. Los cascos azules de Inglaterra, la enseña roja de China del Norte. Había memorizado muchas de las banderas de los viejos pecios en los que trabajaban los desguazadores, muchos de los cascos pintados con distintivos de naciones y mercantes. La masa de embarcaciones reunidas allí era un atlas del mundo.

Había una pequeña lancha patrullera moviéndose entre los enormes veleros, quemando biodiésel y emitiendo gases mientras trasladaba a los capitanes hasta los navíos que aguardaban ser conducidos a sus lugares de atraque.

Los muelles eran un hervidero de actividad a su alrededor. Los ricachones bajaban de sus barcos y se subían a lanchas de menor tamaño para continuar la travesía río arriba o trasladarse hasta las líneas ferroviarias del interior. Una pareja de híbridos que custodiaba el yate de algún ricachón se quedó mirando a Tool al verlo pasar, desafiándolo con la mirada mientras emitían un gruñido gutural en señal de reconocimiento. Había culis por todas partes: negros, sonrosados, morenos, rubios, pelirrojos, de pelo azabache, altos y bajos, todos con tatuajes laborales y distintivos de afiliación. Se deslomaban bajando la mercancía hasta embarcaciones poco profundas para su traslado. Otras balsas de poco calado salían de los restos sumergidos de la ciudad y navegaban lentamente hacia los buques de mayor tamaño.

—Podríamos habernos colado entre el cargamento —musitó Nailer señalando con la cabeza los contenedores ferroviarios que se bamboleaban hacia los clíperes.

Algunas de las barcazas de carga eran veleros antiguos y destartalados, pero otras eran más grandes e imponentes, construidas para quemar carbón y para aprovechar el viento a partes iguales. Unas gigantescas velas rígidas con forma de aleta sobresalían a lo largo de su eslora, aprovechando la brisa para ayudar a propulsar los pesados navíos y sus cargamentos de níquel, cobre, hierro y acero desguazado.

El nivel de actividad era embriagador, más intenso incluso que el de las hordas de desguazadores de la playa de Bright Sands. Nita estiró el cuello para echar un vistazo por encima de la multitud y señaló algo con el dedo.

—Esos barcos de ahí —dijo.

Más adelante había una hilera de clíperes anclados. Una goleta, un catamarán de carga y un yate, todos ellos atracados junto a un puente en un muelle separado. Eran preciosos, los objetos más veloces de alta mar, equipados con cañones de cohetes y pequeños sistemas de misiles contra piratas; navíos armados, rápidos y mortíferos que nada se parecían a los restos herrumbrosos que Nailer conocía y que solía desmantelar. Comparar estos clíperes con aquellos vestigios del viejo mundo era como entornar los ojos para contemplar la luz del día tras salir de una bodega oscura y oxidada.

Al acercarse a las embarcaciones, Nita echó un vistazo rápido y dijo:

—No son de los míos —dijo encorvándose, visiblemente decepcionada.

El propio Nailer sintió una punzada de decepción, pero la reprimió. Siendo realistas, las probabilidades de encontrar un barco amigo enseguida eran casi inexistentes. No obstante, el puerto fluvial estaba a rebosar de tráfico y no dejaban de llegar embarcaciones. Frente a ellos, uno de los clíperes comenzaba a desplegar sus velas, unas tiras de lona alargadas y ondeantes que silbaban al deslizarse a toda velocidad sobre el sistema de poleas. La brisa las agitó con fuerza mientras el navío soltaba amarras y se alejaba del muelle.

—Volveremos mañana —propuso el muchacho.

Lucky Girl asintió sin apartar la vista de los barcos, como si esperara que uno de ellos se convirtiera en otra cosa por arte de magia. Unos instantes después, volvió a asentir y, juntos, emprendieron el camino de vuelta a Orleans, atravesando los bajíos y los puentes del muelle mientras atardecía.

Esa noche, compraron brochetas de rata al vendedor de un puesto flotante y contemplaron el tráfico del río urbano. Vieron pasar pequeñas embarcaciones cargadas de comida, trabajadores y marineros de permiso en tierra. De algún lugar a lo lejos llegaba el sonido lúgubre de unos instrumentos de metal, un canto fúnebre que reverberaba sobre la superficie del río. Unos cuantos niños jugaban en el agua negruzca. Nailer se figuró que la presencia de los niños implicaba que el lugar donde se encontraban era tan seguro como cualquier otro. Los borrachos empedernidos y los adictos al cristal debían de estar en otra parte.

El rumor de los grillos y las cigarras impregnaba el aire oscuro. Los mosquitos se arremolinaban a su alrededor y los picaban. Los insectos eran mucho peores que en las playas. Allí, la brisa marina se llevaba a muchos de ellos, pero aquí, con el aire estancado de los pantanos, se agolpaban en torno a ellos y los asediaban convertidos en un torbellino infernal de insectos mordaces. Nailer y Nita se afanaban en aplastar a los chupasangres mientras Tool los observaba con expresión divertida. Nailer se preguntó si la piel del híbrido sería mucho más gruesa de lo habitual o si había algo en él que espantaba incluso a los mosquitos.

—¿Cuánto dinero te dio Sadna? —le preguntó Tool.

—Un par de billetes rojos y uno amarillo.

—¿Eso es todo? —preguntó Nita antes de morderse la lengua.

—Eso son dos semanas de trabajo en la tripulación pesada —respondió él—. ¿Qué, es eso lo que sueles gastarte en una tarde de compras?

Nita negó con la cabeza, pero no dijo nada.

—Mañana tendréis que trabajar si queréis seguir comiendo —comentó el híbrido.

—¿Dónde? —preguntó Nailer.

Tool lo miró fijamente con los ojos amarillos.

—No eres tonto. Piensa por ti mismo.

Nailer lo consideró un momento.

—En los muelles. Si trabajamos en los muelles, podremos ganar dinero y estar atentos por si llega la gente de Nita.

Tool gruñó y se dio la vuelta, así que lo tomó como un sí.

18

Conseguir trabajo no era complicado. Conseguir un trabajo que se pagara tan bien como desmantelar barcos era imposible. El único que tenía fácil acceso a un puesto mejor remunerado era Tool, que se dedicaba a escoltar mercancías valiosas durante su traslado al Misisipi y a los patios de maniobras. Sin un sistema de clanes, contactos sindicales o familiares, Nailer y Nita no tuvieron más remedio que hacer el trabajo sucio: llevar mensajes, transportar objetos pequeños y mendigar. Un hombre apostado en un callejón se ofreció a pagarles por su sangre, pero, además de tener las agujas y las manos asquerosas, sus ojos dejaban entrever que quería recolectar algo más que lo que corría por sus venas. Huyeron de él y sintieron un gran alivio al ver que no los seguía.

Pasó una semana, luego dos. Establecieron una rutina marcada por la pobreza mientras veían cómo los barcos llegaban y se marchaban uno detrás de otro, dejando la vía libre para que una nueva decepción llegara deslizándose sobre sus alas de lona blanca.

Nailer había anticipado que la aversión de Nita por los suburbios de Orleans no haría más que exacerbarse, pero no solo se había adaptado con rapidez, sino que prestaba una atención feroz a todo lo que Tool y Nailer le enseñaban. Se volcaba en el trabajo, contribuía con su parte y no se quejaba de lo que comía ni de dónde dormían. Seguía siendo una niña rica y, como tal, seguía haciendo cosas raras de ricachones, pero también demostraba un tesón para cargar con su propio peso que Nailer se sentía obligado a respetar.

Una mañana temprano, cuando ambos se encontraban hasta los codos de sangre mientras destripaban anguilas negras para un puesto de comida, reconoció lo que había estado pensando.

—Eres una tía legal, Lucky Girl.

Nita fileteó otra anguila y dejó caer los restos en el cubo que había entre ambos.

—Ah, ¿sí? —Lo escuchaba solo a medias mientras faenaba.

—Sí. Trabajas bien —admitió él mientras sacaba una anguila fresca de otro cubo y se la pasaba—. Si todavía estuviéramos en las instalaciones de desmantelamiento, te recomendaría para la brigada ligera.

La muchacha agarró la anguila y se detuvo, sorprendida. El animal se le enroscó en la muñeca, retorciéndose.

—A ver, sigues siendo una ricachona, pero, eso, si necesitaras un trabajo, te respaldaría —añadió él atropelladamente.

Nita esbozó una sonrisa tan radiante como el océano azul. Nailer sintió que se le contraía el pecho. Estaba loco. La chica rica empezaba a gustarle. Se giró, agarró otra anguila y la abrió de un tajo.

—Bueno, lo que quería decir es que haces un buen trabajo —dijo sin levantar la mirada, sintiendo cómo se ruborizaba.

—Gracias, Nailer —dijo ella con voz suave.

—Sí, claro. No es nada. Acabemos con estas anguilas para poder ir a los muelles. No quiero perderme los primeros avisos de trabajo.

Nita les había dado a Nailer y a Tool un montón de nombres para memorizar y los había escrito en el barro para que Nailer pudiera aprenderse el patrón de las letras. También les había descrito la bandera que portaba su empresa, para que pudieran identificar los barcos y, entre los tres, asegurarse de detectar cualquier posible candidato.

Al final, ninguna de sus instrucciones resultó ser importante.

Nailer estaba llevando un mensaje al bar Ladee de parte del primer oficial del Organdí, un elegante trimarán con velas rígidas fijas y un impresionante cañón Buckell en la cubierta de proa, cuando todo se fue a pique.

El mensaje estaba en un sobre sellado y lacrado, provisto, además, de una etiqueta dactilar, y Nailer llevaba un vale de pago contra entrega, que solo recibiría si el capitán accedía a abrirlo. Mientras corría por una de las pasarelas flotantes hacia las aguas más profundas, ya estaba pensando en el suplicio que supondría tener que hacer el trayecto de vuelta a Orleans con una mano por encima del agua. Si mojaba la carta, el capitán no le daría propina...

Richard López surgió de la nada como un fantasma.

Nailer se quedó helado. La cabeza pálida y descubierta de su padre oscilaba por encima de la multitud de trabajadores, como una aparición diabólica acentuada por los tatuajes de dragones rojos que le recorrían los brazos y se le enroscaban en el cuello. Sus ojos azules observaban con detenimiento todo lo que pasaba frente a ellos mientras recorrían los muelles. La mente de Nailer le gritaba que huyera, pero el terror se había apoderado de él en cuanto había divisado a su padre y no podía moverse.

Dos híbridos lo acompañaban. Se abrían paso entre la multitud con sus imponentes cuerpos, alzándose por encima de todos los demás. Sus rostros achatados de facciones perrunas miraban a la gente con desagrado mientras arrugaban la nariz en busca de algún rastro. Tenían la piel oscura y moteada y unos ojos amarillos que lo escudriñaban todo con avidez. Después de varias semanas en compañía de Tool, Nailer había olvidado lo aterrador que podía ser un híbrido, pero, en ese preciso momento, al ver cómo las enormes bestias se movían entre la multitud, su miedo regresó.

«Muévete-muévete-muévete-muévete... ¡MUÉVETE!».

Nailer se agachó, ocultándose entre el gentío, y se lanzó hacia el borde de la pasarela antes de dejarse caer por el costado, olvidada la carta que debía entregar al capitán en el bar Ladee. Se sumergió en las olas y empezó a nadar bajo el muelle flotante. Si inclinaba el cuello hacia atrás y asomaba la nariz por el pequeño resquicio que quedaba entre la superficie del agua y la parte inferior de los tablones, disponía del espacio justo para respirar.

Por encima de él, la madera crujía y retumbaba con el tráfico peatonal. El agua y la mugre le acariciaron las mejillas y la mandíbula mientras echaba un vistazo por los huecos de la plataforma. La gente siguió pasando. Nailer guardó silencio, a la espera de ver a su padre de nuevo.

¿Qué estaría haciendo allí? ¿Cómo había sabido dónde buscarlo?

El trío apareció en el campo visual de Nailer. Todos iban bien vestidos. Incluso su padre llevaba ropa nueva, sin manchas ni rotos. Un atuendo que nada tenía que ver con lo que solían vestir en la playa. Ostentoso. Los híbridos llevaban pistolas en fundas sobaqueras y látigos enrollados en los cinturones. Se detuvieron encima de Nailer y contemplaron a la multitud de culis que transportaban mercancías de un lado a otro.

Unas olas turbias zarandearon a Nailer; la estela de un barco que pasaba de largo. El repentino oleaje lo empujó contra los tablones, justo debajo de los zapatos de su padre. La madera le arañaba la cara. Contuvo la respiración al hundirse y cuando el vaivén de las olas lo hizo rebotar de nuevo contra la parte inferior de la plataforma, intentando no hacer ruido mientras las astillas le punzaban los labios y el agua se le metía por la nariz. Tuvo que luchar contra el impulso de escupir y toser. Si se delataba, estaba muerto. Sumergió la cabeza en el agua, se sonó la nariz y volvió a salir a la superficie, obligándose a guardar silencio. Respiró hondo.

Los tres cazadores seguían encima de él, supervisando las actividades de carga y descarga. Nailer se preguntó si simplemente habían adivinado que iría a Orleans o si, de algún modo, habían torturado a Pima o a Sadna para obtener una respuesta. Se obligó a apartar aquella pregunta de su mente; no podía hacer nada al respecto. Primero debía resolver el problema en el que estaba metido.

Los híbridos escrutaban a los trabajadores del muelle con una tranquilidad indiferente tan parecida a la de Tool que bien podrían haber sido hermanos. Ellos vigilaban a la gente y Nailer los vigilaba a ellos con las manos apoyadas en los tablones para evitar que el vaivén de las olas volviera a empujarlo contra la madera. Se había mantenido a la espera de que dijeran algo, pero, si lo habían hecho, el traqueteo de la pasarela y el chapoteo del agua le habían impedido oírlo. Rezó para que Lucky Girl tuviera la sensatez de permanecer alerta. Y Tool también. Que Nailer hubiera reconocido a su padre a tiempo para poder escabullirse había sido poco menos que un milagro. Se estremeció al darse cuenta de lo cerca que había estado.

Richard y los híbridos siguieron adelante sin apartar la vista del gentío. Debían de estar buscando a Lucky Girl. Nailer fue tras ellos, deslizándose en silencio por debajo de la pasarela. El trío se movía deprisa, tanto que el muchacho estuvo a punto de perderlos dos veces entre el tumulto de trabajadores y tripulantes que recorrían los muelles flotantes. Iba nadando tan rápido que casi se descubrió cuando su padre se apeó del muelle para subirse a un esquife. De pronto, el rostro de su padre quedó a la altura del embarcadero. Nailer se sumergió en el agua y se alejó pataleando en silencio, asegurándose de no salir a la superficie hasta encontrarse al amparo de las sombras.

Cuando emergió, oyó que su padre decía:

—... ver si alguno de los otros grupos ha tenido suerte, luego informad a los del barco.

Los híbridos asintieron, pero no pronunciaron palabra. Soltaron la vela del esquife y empezaron a distanciarse del muelle. Nailer los vio alejarse, preguntándose si alguna vez se libraría de su padre. Por mucho que huyera, por mucho que intentara esconderse, el hombre siempre estaba ahí. Empezó a nadar por debajo de la pasarela en dirección a las boyas. No sabía dónde estaba Tool, pero se suponía que Lucky Girl debía de estar limpiando cacerolas en un puesto de pescado a orillas del agua. Si su padre la veía, todo habría terminado. Y Tool... Tool tendría que cuidar de sí mismo.

Cuando llegó donde estaba Nita, la vio emocionada. Sacó la mano del agua turbia en la que estaba fregando los platos y señaló un barco que estaba en el puerto. Uno nuevo que acababa de llegar.

—¡Ese! El Intrépido. Es uno de los clíperes que estaba buscando.

Nailer miró la embarcación de reojo, aterido.

—No creo que podamos. Mi padre está aquí. Acompañado de un par de matones. Híbridos. Creo que tiene algo que ver con el ricachón de tu tío Pyce. —Tiró de ella para apartarla del puesto de comida—. Tenemos que mantener un perfil bajo. Desaparecer un tiempo. —Escudriñó la multitud en busca de su padre. No lo veía por ninguna parte, pero eso no significaba que no estuviera allí, o que no hubiera alguien más buscándolos. Era un hombre astuto. Solía arreglárselas para aparecer cuando menos se lo esperaba.

—¡No! —dijo apartando el brazo de la mano de Nailer—. Tengo que subir a bordo de ese barco. —Lo señaló con el dedo—. Ese es mi billete de salida. Lo único que tenemos que hacer es llegar hasta él.

—No estoy seguro de que esa sea la embarcación que buscas. Mi padre mencionó un barco hace un momento. Me parece demasiada coincidencia que tu clíper y mi padre hayan aparecido al mismo tiempo. —Le tiró del brazo—. Tenemos que escondernos. Por lo que le oí decir a mi padre, parece que hay más gente con él. Si no nos ponemos a cubierto, nos descubrirán.

—¿Y entonces? ¿Vas a dejar que el Intrépido se vaya sin más? —le preguntó con incredulidad.

El muchacho la miró fijamente.

—¿No me has oído? Mi padre está aquí con un par de híbridos. Los tres vestidos como ricachones. Y estaban hablando de un barco. —Señaló la nave con la cabeza—. Seguro que es ese.

—Dudo que hablara del Intrépido. La capitana es Sung Kim Kai. Es una de las mejores capitanas que tiene mi padre. Le es completamente leal.

—Puede que ya no. No sabes lo que ha podido ocurrir desde que huiste. Quizá haya otra persona al mando.

—No. No es posible.

—No seas tonta —dijo él—. Sabes que tengo razón. ¿Mi padre y el Intrépido apareciendo el mismo día? Es lo único que tiene sentido.

—El barco que me perseguía no era el Intrépido —respondió ella con terquedad—. Era el Estrella Polar. Confío en la capitana Sung.

Nailer vaciló.

—Podemos echar un vistazo —concedió—. Pero no vamos a exponernos y dejar que nos atrapen como a un par de langostas que saltan a la olla. Es demasiada casualidad que mi padre y tu clíper hayan aparecido a la vez. Lo más probable es que sea una trampa. —Volvió a tirar de ella—. Pero ahora mismo tenemos que perdernos de vista. Nada de esto tendrá la menor importancia si nos atrapan mientras cuchicheamos a plena luz del día. Volveré a salir cuando anochezca, a ver cómo está el panorama.

—¿Y si el barco zarpa antes? —insistió ella—. ¿Qué pasará entonces?

—¡Entonces se irá y ya está! —respondió él con acritud—. Mejor mantenernos a salvo que ponernos en riesgo por una corazonada. Quizá tú tengas prisa por que te atrapen, pero yo no. Sé muy bien lo que me hará mi padre si me pilla, así que no pienso correr el riesgo. Habrá otros barcos, pero no tendrás una segunda oportunidad si la fastidiamos ahora.

—Hay cosas peores que la esperanza, Nailer.

—Sí. Que mi padre me encuentre encabeza mi lista. ¿Y la tuya?

Aunque Nita lo fulminó con la mirada, supo que lo había entendido. Había perdido la emoción febril que la había invadido al principio.

—Vale —accedió—. Salgamos de aquí. —Llevó el cuenco de cerámica agrietada de vuelta al puesto de pescado y regresó un momento después.

»No me pagarán por el trabajo de hoy a menos que me quede hasta la cena.

—No importa. —Nailer apenas podía contener el miedo y la frustración que sentía—. Tenemos que escondernos.

Se apresuraron a bajar por la plataforma, se metieron en el agua salobre y vadearon hasta llegar a una de las antiguas mansiones que abundaban en la zona. La plata baja estaba anegada y la estructura parecía a punto de colapsar sobre sí misma, pero en los pisos superiores la mayoría de las habitaciones estaban ocupadas. Tool había convencido a la banda que dirigía las cosas allí para que los dejaran dormir en una de las habitaciones de arriba. La había elegido porque una de las ventanas superiores daba a las pasarelas del paseo marítimo y les permitía ver los barcos amarrados a lo lejos. Era un refugio decente y, bajo la protección de Tool, nadie los molestaba. Lucky Girl se alegraba tanto de no tener que dormir al aire libre que apenas se había quejado de las serpientes, las cucarachas y los nidos de palomas con los que compartían el pequeño espacio.

Subieron juntos por las escaleras quebradizas, sorteando los escalones rotos y mohosos que faltaban y esquivando los agujeros y las brechas del suelo hasta llegar a su habitación. En el interior no había nada más que una cama de muelles, oxidada y sin colchón, que yacía a un lado.

Nita se acercó a la ventana y se quedó mirando el clíper. Parecía uno de los chiquillos que solían acurrucarse frente al puesto de comida de Chen con la esperanza de que les tiraran algún hueso para poder roerlo. Hambrientos. Desesperados y sedientos de algo que no sabían si vendría.

—Si el clíper sigue ahí esta noche, iremos a echar un vistazo —dijo él—, cuando no haya tantos ojos puestos en nosotros. Podemos preguntar por ahí, averiguar si hay alguna forma de enviarle un mensaje a esa capitana tuya tan leal, asegurarnos de que existe de verdad... Y ya luego decidiremos qué hacer. Pero antes de eso tenemos que tantear el terreno, ¿vale? No te tiras a un estanque hasta comprobar que no hay una pitón en el agujero, y mucho menos te metes en un barco como ese sin una vía de escape por si se tuercen las cosas.

Nita asintió a regañadientes. Contemplaron cómo la penumbra se cernía poco a poco sobre las pasarelas. Los trabajadores regresaban paulatinamente a sus refugios mientras los puestos callejeros abrían para la cena. Se oía música *zydeco* y *blues* procedente de los bares. Los mosquitos pululaban por todas partes.

Nailer estudió a la multitud, agradecido de encontrarse al amparo de la oscuridad. Tenía el desagradable presentimiento de que su padre seguía ahí fuera, buscándolo; de que sabía exactamente dónde estaba y esperaba el momento perfecto para matarlo. Se obligó a combatir el miedo.

—Tool llega tarde —comentó ella.

—Sí.

—¿Lo habrá atrapado tu padre?

El muchacho negó con la cabeza, frustrado, mientras intentaba escanear a la multitud.

—No lo sé. Voy a echar un vistazo.

—Voy contigo.

—No —respondió, sacudiendo enérgicamente la cabeza—. Tú quédate aquí.

—Ni hablar. Puedo pasar igual de desapercibida que tú. —Se atusó la melena y se cubrió el rostro con varios mechones desgreñados. El tiempo que habían pasado en los pantanos y el agua de Orleans no habían sido benévolos con el sedoso cabello de la joven—. Más incluso.

Nailer no tuvo más remedio que aceptar que tenía razón. La muchacha que tenía delante apenas se parecía a la ricachona que Pima y él habían encontrado en el clíper naufragado. Seguía siendo muy bonita, posiblemente una de las chicas más guapas que había en su vida, pero era evidente que había cambiado. Ahora se mimetizaba con lo que la rodeaba.

—Sí, vale. Como quieras.

Salieron con sigilo del edificio, se metieron en el agua y nadaron lentamente hacia el gentío. Encontraron un lugar tranquilo en el terreno pantanoso que bordeaba la pasarela principal y se acurrucaron mientras escudriñaban el tráfico nocturno en busca de algún indicio de la presencia de Tool, de Richard y de los híbridos con los que había aparecido.

Nailer se estremeció al pensar que su padre deambulaba por ahí con aquel par de matones a su entera disposición. Tool ya era bastante aterrador sin un tipo como Richard López dándole órdenes. Maldijo por lo bajo, sintiéndose acorralado. No le gustaba ninguna de sus opciones: no le entusiasmaba la idea de poner a prueba la lealtad de la capitana Sung del Intrépido ni estar sentado en medio de la nada, medio expuesto, intentando averiguar qué podía haberle pasado a Tool.

Nita lo observaba.

—¿Alguna vez te arrepientes de no haberme quitado el oro de los dedos cuando tuviste la oportunidad?

El chico vaciló un momento antes de negar con la cabeza.

—No. —Sonrió—. Al menos, no últimamente.

—¿Ni siquiera ahora? ¿Con tu padre buscándote?

Volvió a sacudir la cabeza.

—No vale la pena darle más vueltas. Lo hecho hecho está. —Se apresuró a explicarse al ver la mirada herida de Nita—. No me he explicado bien. No estoy diciendo que seas un error con el que tengo que vivir. Solo digo que es lo que hay. —Otra vez la mirada dolida. Maldita sea... No dejaba de meter la pata, y encima ni siquiera estaba seguro de lo que quería decir—. Me caes bien. Nunca te entregaría a mi padre, como tampoco lo haría con Pima. Somos un equipo, ¿no? —Le mostró la palma de la mano, donde aún se veía el corte que se había hecho cuando hicieron su juramento de sangre—. Estoy contigo.

—Estás conmigo —repitió ella con una pequeña sonrisa—. Y me recomendarías para la brigada ligera. Eres un dechado de galantería, ¿eh? —Sus ojos oscuros lo miraron fijamente, intensos, solemnes—. Gracias, Nailer. Por todo. Sé muy bien que si no me hubieras salvado... —Hizo una pausa—. A Pima le daba igual. Me veía como una niña rica más. —Extendió la mano y le acarició la mejilla—. Gracias.

Había algo en sus ojos que Nailer no había visto antes. Algo que despertó en él un anhelo voraz. En ese instante lo comprendió, si tan solo se atreviera...

Se inclinó hacia ella. Sus labios se rozaron. Durante un breve instante, ella se estrechó contra él y dejó que la besara con más fuerza. Luego retrocedió, aturdida, y apartó la mirada. El corazón de Nailer latía desbocado. Notaba cómo la sangre le palpitaba en los oídos, bullendo de emoción. Intentó pensar en algo que decir, en algo ingenioso, algo que la empujara a mirarlo de nuevo, a reavivar la conexión que había sentido hacía solo un momento. Pero no supo qué decir.

Nita señaló algo.

—Ahí viene Tool —indicó con voz ronca—. Puede que tenga información sobre el clíper.

Nailer se dio la vuelta y avistó a Tool entre el gentío, caminando hacia donde se encontraban. Sintió una mezcla confusa de alivio y frustración por la interrupción. Pero, entonces, hubo algo más que captó su atención: dos híbridos se abrían paso entre la multitud y apretaban el paso para interceptar a Tool.

—Son ellos —dijo el chico—. Son los mismos que estaban con mi padre.

Nita contuvo la respiración.

—Han visto a Tool.

—Tenemos que avisarlo. —Intentó levantarse, pero ella lo agarró y tiró de él hacia abajo.

—No puedes ayudarlo —susurró con fiereza.

Cuando se disponía a gritarle, ella le tapó la boca con la mano.

—¡No! —musitó—. ¡No digas nada! ¡Nos atraparán a todos!

Clavó los ojos en los de ella, feroces y solemnes, y asintió muy despacio. En cuanto ella retiró la mano, se levantó de un salto y la fulminó con la mirada.

—Tienes el corazón de piedra, ¿eh? Escóndete si quieres, pero Tool es de los nuestros.

Antes de que pudiera detenerlo de nuevo, se levantó y salió disparado, saltando por encima de las enredaderas en dirección a la pasarela. El híbrido lo vio enseguida, corriendo y agitando los brazos.

—¡Cuidado! —gritó Nailer.

Tool se dio la vuelta y vio cómo sus perseguidores convergían frente a él. El eco de sus gruñidos resonó en la noche y, de repente, los tres empezaron a moverse a gran velocidad. Increíblemente rápido. Más rápido de lo que ningún humano sería capaz de moverse jamás. Los atacantes sacaron un par de machetes y se abalanzaron contra su presa entre rugidos.

Uno de ellos salió despedido hacia atrás, repelido por la fuerza de Tool, pero el otro le asestó un golpe con el arma. La sangre del híbrido salpicó el aire, trazando un arco de líquido oscuro que relució a la luz de los faroles. Nailer echó un vistazo a su alrededor en busca de un arma o algún objeto arrojadizo, un palo, lo que fuera...

Nita lo agarró y tiró de él hacia atrás.

—¡Nailer! ¡No puedes ayudarlo! —aseveró ella—. Tenemos que irnos antes de que nos vean.

Echó la vista atrás, desesperado, forcejeando entre sus brazos.

—Pero...

El gentío había empezado a congregarse donde los híbridos seguían gruñendo y luchando. Nailer podía oír cómo crujían las vigas de madera, pero la multitud le impedía ver lo que ocurría. De repente, la fachada podrida de uno de los edificios cedió y se desmoronó levantando una enorme nube de polvo. La gente empezó a gritar y a salir en desbandada de entre los escombros. Nita volvió a tirarle del brazo.

—¡Vamos! ¡No sobrevivirás a una pelea como esta! Son demasiado rápidos, demasiado fuertes. Nunca has visto cómo luchan los híbridos. ¡No puedes ayudarlo!

Nailer se quedó mirando hacia donde el polvo y los escombros habían engullido a Tool. De pronto se oyeron más gruñidos, seguidos de un aullido agudo y salvaje.

Odiándose a sí mismo por su cobardía, dio media vuelta y echó a correr, escabulléndose entre la muchedumbre.

Se agazaparon cerca del borde del agua y contemplaron las luces que brillaban en las profundidades, en estado de alerta por si aparecía alguna otra criatura a las órdenes de Pyce. La gente pasaba junto a ellos sin hacerles el menor caso, asumiendo que eran un par más de los muchos golfillos que la marea solía arrastrar consigo.

—Lo siento —dijo Nita—. Yo tampoco quería abandonarlo a su suerte.

Nailer la fulminó con la mirada.

—Quería ayudarnos.

—Hay batallas que no se pueden ganar. —Apartó la mirada—. Los híbridos no pelean como los humanos. Son como huracanes. Habrían acabado matándonos o capturándonos. Eso, o le habríamos puesto las cosas más difíciles a Tool.

—Y ahora está muerto.

La muchacha guardó silencio y apretó los labios mientras contemplaba la negrura y el reflejo de las antorchas y las balizas led en el agua. A lo lejos se oía el zumbido de un barco piloto y el traqueteo de los remos al chocar con los escálamos.

—Tenemos que intentar llegar al Intrépido —dijo ella finalmente—. Es nuestra única alternativa.

Nailer no quería darle la razón, pero no se le ocurría una opción mejor. Sin Tool a su lado para protegerlos en aquella ciudad, no eran más que un par de pececillos esperando a ser devorados. Ni siquiera podrían conservar el cuartucho en el que habían estado viviendo si él no estaba cerca para amedrentar a la gente. Aun así, la súbita llegada del clíper y de su padre y sus secuaces híbridos lo llenaba de inquietud. Era demasiada coincidencia. El barco había arribado y Richard había aparecido en las pasarelas como por arte de magia, y solo el azar había evitado que Nailer se encontrara con él.

Y ahora el Intrépido yacía ahí, descansando plácidamente sobre las olas, invitándolos a acercarse, a morder el anzuelo.

En aquellos momentos, los enemigos de Lucky Girl debían de haber redoblado sus labores de búsqueda por toda Orleans, sabedores de que estaban tras su pista. El encuentro con Tool solo serviría para atraer a más gente, una nueva oleada de rastreadores. Un hallazgo que, sin duda, también inspiraría a su padre. Así las cosas, sobrevivir en las calles sumergidas de Orleans sería tarea imposible. No podrían trabajar a la luz del día ni dejarse ver sin llamar la atención.

—Iremos hasta el barco —aseveró Nita—, y la capitana Sung nos ayudará a llegar a mi padre.

—Estás cavando tu propia tumba —dijo él encogiéndose de hombros.

—Lo mismo te digo.

Nailer contempló los muelles lejanos y el bullicio nocturno de Orleans. Una ciudad muerta y viva a la vez, como el cadáver reanimado de un zombi, que perduraba porque la gente seguía necesitando el comercio y porque la desembocadura del Misisipi aún discurría por el centro del continente, con sus grandes barcazas repletas de alimentos y de toda clase de objetos fabricados en los territorios del norte. Río arriba debía de haber muchos lugares en los que esconderse. Muchísimos. Ellos dos no eran más que un par de trozos de madera a la deriva. Si se dejaran llevar por la corriente...

—Podríamos ir río arriba —propuso él.

—No hasta saber cuál es la situación en el Intrépido —dijo ella, señalando con el dedo hacia la forma distante del barco—. Es ahí adonde voy a ir. Contigo o sin ti.

Nailer escudriñó la multitud y dejó escapar un suspiro.

—Está bien. Pero iré yo solo. —Levantó una mano en anticipación a las protestas de Nita—. Si tu capitana está a bordo, la encontraré. Y si la encuentro, te llevaré con ella.

—Pero no te conocen.

—Es a ti a quien quieren. Si me buscan es solo para llegar a ti. Eso me permitirá investigar sin llamar mucho la atención. Pero a ti te reconocerían enseguida. Son tu gente, no la mía.

—¿Y tu padre?

El chico dejó escapar un sonido de exasperación.

—Si tanto te preocupa que pueda estar en el barco, ¿por qué te empeñas en ir hasta allí? Dado que te niegas a escucharme y a mantenerte alejada, iré a echar un vistazo. Sé cómo acercarme sin que se den cuenta, pero será mucho más fácil si voy solo. —Hizo una mueca—. No dejes que te vean. Nos vemos en el refugio para contarte lo que haya averiguado.

Sin esperar a que pudiera responderle, echó a correr por el entarimado y se zambulló en el agua oscura. Se encaminó hacia los muelles flotantes, nadando despacio y a una distancia prudente del camino que delimitaban las boyas. Al menos así podía pasar desapercibido mientras se acercaba.

Siguió avanzando hacia la hermosa embarcación mientras el agua fría chapoteaba a su alrededor, sumido en una oscuridad casi absoluta. Eran muchas las veces que había soñado con barcos como ese, con pasear por sus cubiertas y surcar el mar en ellos, y ahora estaba a punto de colarse en uno.

Si se paraba a pensarlo, lo cierto era que solo aquellos navíos, con sus cascos de fibra de carbono, sus velas ligeras y sus hidroalas que cortaban el agua como cuchillas al cruzar los vastos océanos o atravesar el polo, habían tenido siempre una belleza innegable para él. Se preguntó cuánto frío haría en el norte. Había visto fotografías de embarcaciones cubiertas de hielo mientras navegaban bajo el firmamento polar de camino al otro lado del mundo. A pesar de que debían recorrer unas distancias inmensas, lo hacían a una velocidad y con una elegancia imperturbables.

Cuando por fin llegó al Intrépido, llevaba quince minutos nadando y le dolían los brazos. Se deslizó bajo el muelle y aguzó el oído mientras se dejaba mecer por las olas. Un runrún de voces: hombres y mujeres que bromeaban e intercambiaban sus vivencias durante sus estancias en tierra. Otro que se quejaba de las tasas de reabastecimiento y de los estafadores locales. Nailer prestaba atención a todo lo que decían mientras se bamboleaba en el agua.

Había un par de híbridos apostados en la pasarela y montaban guardia mientras otros dos vigilaban desde la proa y la popa del clíper. Se estremeció al verlos. Había oído que eran capaces de ver en la oscuridad y Tool nunca había parecido sentirse incómodo en la penumbra. De repente, el temor a que lo divisaran en la oscuridad despertó en él un miedo que amenazaba con paralizarlo. Iban a descubrirlo. Se lo entregarían a su padre y moriría. Richard no dudaría en arrancarle las tripas.

Se adentró un poco más en el muelle y prestó atención al golpeteo de las pisadas. En algunas conversaciones se mencionaba a un capitán, pero sin un nombre que lo acompañara: «el capitán quiere zarpar cuanto antes», «la capitana tiene que cumplir con el horario», pero nada concreto.

Permaneció donde estaba con la esperanza de que alguien mencionara a la dichosa capitana Sung. Las olas no dejaban de zarandearlo. Llevaba tanto tiempo quieto que, incluso en la cálida agua tropical, empezaba a sentir frío. El muelle flotante y su ancla se movían y oscilaban sin parar. Por encima volvió a oírse el golpeteo de unas pisadas y el quejido de la lancha motora de alguien que quemaba biodiésel para llegar al barco. Varios rostros relucieron en la oscuridad; hombres y mujeres con cicatrices y de mirada severa. Alguien se acercó a toda prisa para recibir a la embarcación.

—Capitán.

El hombre no respondió, sino que se limitó a bajarse. Echó la vista atrás.

—Tenemos que ponernos en marcha.

—Sí, señor.

Nailer esperó, con el corazón a mil por hora. No era la capitana Sung. Era un hombre, no una mujer. Además, era de todo menos chino. Lucky Girl se había equivocado. Las cosas sí que habían cambiado. Reprimió la desilusión que lo embargaba. Tendrían que buscar otra salida.

El capitán estaba prácticamente encima de él. Escupió al agua a menos de un palmo de distancia.

—La gente de Pyce está por todos los muelles —dijo.

—No he visto ningún barco.

El capitán escupió de nuevo.

—Habrán anclado a las afueras y se habrán acercado en lancha.

—¿Qué hacen aquí?

—Nada bueno, imagino.

Nailer cerró los ojos. «El enemigo de mi enemigo es mi amigo», pensó. El capitán y su teniente habían empezado a subir por la pasarela.

—Zarparemos con esta marea —dijo el capitán—. Quiero irme de aquí antes de tener que hablar con ellos.

—¿Y el resto de la tripulación?

—Manda a buscarlos, pero date prisa. Quiero salir antes de que amanezca.

El teniente hizo un saludo a su superior y se dirigió a la lancha. Nailer respiró hondo. Era arriesgado, pero no tenía elección. Salió nadando de debajo de la pasarela y llamó:

—¡Capitán!

Los dos hombres dieron un respingo y, acto seguido, desenfundaron las pistolas.

—¿Quién anda ahí?

—¡No disparéis! —gritó Nailer—. Estoy aquí abajo.

—¿Qué diablos haces metido en el agua?

El chico se acercó nadando al entarimado y sonrió.

—Esconderme.

—Sube aquí. —El capitán seguía sin fiarse—. Déjame verte la cara.

Salió con dificultad del agua, rezando por no haber cometido un error. Se acuclilló, jadeando sobre la cubierta.

—Rata de cloaca —espetó el teniente con aversión.

—Ricachón. —Nailer le hizo una mueca y luego dirigió su atención al capitán—. Tengo un mensaje para ti.

El capitán no se movió ni bajó la pistola.

—Habla entonces.

Nailer miró de reojo al teniente.

—Es solo para ti.

El capitán frunció el ceño.

—Si tienes algo que decir, dilo. —Echó la vista atrás y llamó a alguien—. ¡Knot! ¡Vine! ¡Arrojad a esta rata al agua! —Los dos híbridos se abalanzaron sobre él. Nailer se sorprendió al ver lo rápido que se movían. Se le echaron encima y lo sujetaron por los brazos antes de que tuviera tiempo siquiera de plantearse huir.

—¡Esperad! —gritó él mientras intentaba zafarse del férreo agarre de los híbridos—. Tengo un mensaje para ti. ¡De parte de Nita Chaudhury!

Una inhalación repentina. El capitán y su teniente intercambiaron una mirada.

—Repite eso —dijo el teniente—. ¿Qué has dicho? —Se dirigió hacia donde estaba Nailer hecho una furia—. ¿Qué es lo que has dicho?

El chico vaciló. ¿Podía confiar en él? ¿En alguno de ellos? Había demasiadas cosas que no sabía. Tenía que jugársela. Una de dos: había tenido suerte o acababa de caer en una trampa.

—Nita Chaudhury. Está aquí.

El capitán se acercó a él con semblante serio.

—No me mientas, chico. —Le agarró la cara con la mano—. ¿Quién te ha enviado? ¿Quién está detrás de semejante mentira?

—¡Nadie!

—Mientes —declaró mientras le hacía un gesto con la cabeza a uno de los híbridos—. Desuéllalo a latigazos, Knot. Consígueme respuestas. Quiero saber quién lo ha enviado.

—¡Me ha enviado Nita! —gritó él—. ¡Digo la verdad, capullo de mierda! ¡Le dije que debíamos huir, pero ella insistió en que podía confiar en ti!

El capitán se detuvo en seco.

—La señorita Nita murió hace más de un mes. Se ahogó y murió. El clan llora su pérdida.

—No —replicó él sacudiendo la cabeza—. Está aquí. Escondida en Orleans. Está intentando volver a casa, pero Pyce la está buscando. Estaba convencida de que podía confiar en ti.

El teniente esbozó una sonrisa de suficiencia.

—Cristo todopoderoso. Mirad lo que nos han traído las Parcas.

El capitán miró fijamente a Nailer.

—¿Me estás provocando? —le preguntó—. ¿Es eso? ¿Intentas provocarme como hicieron con Kim?

—No sé quién es Kim.

El hombre lo agarró y lo atrajo hacia sí.

—Te estrangularé con tus propias tripas antes de acabar como ella —le espetó. Se giró y dijo—: Dadle unos azotes. Averiguad quién lo ha enviado. Si la chica está ahí fuera, saldremos de caza.

El teniente asintió y se dio la vuelta. En cuanto lo hizo, el capitán levantó el arma y le disparó al hombre por la espalda. El disparo resonó en la oscuridad y se propagó por la superficie del agua. El teniente se desplomó sobre el entablado mientras el humo que salía del cañón de la pistola se disipaba lentamente.

Nailer se quedó mirando el cuerpo sin vida. El capitán se volvió hacia los híbridos.

—Soltad al chico.

—¿Por qué has hecho eso? —preguntó cuando recuperó el habla.

—Era mi escolta —respondió el hombre con sencillez antes de dirigirse de nuevo a los híbridos —. Ponedle peso y tiradlo al agua. Luego acompañad al chico. Zarpamos con la marea.

—¿Y el resto de la tripulación?

El capitán hizo una mueca de disgusto.

—Buscad a Wu, Trimble, Cat y a la alférez Reynolds. —Contempló el agua—. Y hacedlo con discreción. Nadie más, ¿entendido? —Se volvió para mirar a Nailer—. Más te vale que no estés mintiendo, chico. No tengo especial interés por vivir una vida de piratería, así que espero, por tu bien, que estés en lo cierto.

—No estoy mintiendo.

Los híbridos Knot y Vine lo condujeron hasta la lancha. Eran enormes e imponentes. La embarcación se alejó lentamente del muelle en dirección a las calles anegadas de Orleans.

—¿Adónde vamos? —les preguntó—. Nita está a poca distancia de la orilla. No es necesario que nos adentremos tanto en la ciudad sumergida.

—Primero nuestros hombres, luego ella —dijo Knot.

Vine asintió.

—Necesitará protección. Es mejor no exponerla hasta que estemos listos para huir.

—¿Para huir de qué?

—Del resto de nuestra fiel tripulación —respondió Vine con una sonrisa que dejaba entrever sus dientes afilados.

19

Knot y Vine actuaban con rapidez y eficiencia, yendo de bar en bar y de prostíbulo en prostíbulo buscando y reuniendo discretamente a sus compañeros. Apenas le dirigían la palabra a Nailer mientras registraban Orleans. El resto de los miembros de la tripulación eran personas normales y corrientes, no había ningún otro híbrido entre ellos. Wu era alto, rubio y le faltaban algunos dedos; Trimble era corpulento y musculoso, con los antebrazos como jamones y un tatuaje de sirena en el bíceps; Cat tenía los ojos verdes y la mirada penetrante; y Reynolds era baja y fornida, tenía una trenza negra y larga que le bajaba por la espalda y llevaba una pistola colgada del cinturón.

Reynolds fue la primera a la que encontraron. Asumió el mando en cuanto se reunió con ellos. En cada sitio al que iban, lo único que decía era «Nita». En cuanto escuchaban el nombre, los tripulantes borrachos recuperaban la sobriedad o soltaban a la prostituta de turno y salían del local enseguida. Una vez reunidos, se convirtieron en una ágil masa de músculos y acero que se abría paso entre el jolgorio de los marineros y los comerciantes de la ciudad sumergida.

Era asombroso ver la eficacia con la que se movían. Todo un equipo de personas movilizadas al instante con solo oír el nombre de Lucky Girl. Resultaba sorprendente ver el valor que le conferían aquellos individuos. Hasta no hacía mucho, Nailer la consideraba una niña rica que compraba el músculo que necesitaba a golpe de talonario, pero entre los miembros de aquella tribu armada y resoluta había algo más: lealtad absoluta. Más intensa incluso que la lealtad de las brigadas que trabajaban en los astilleros de desguace.

Reynolds los asignó a varios puntos de vigilancia.

—¿Alguien ha visto a Kaliki y Michene?

Todos negaron con la cabeza. La mujer esbozó una leve sonrisa.

—Bien. Estad atentos a cualquiera que hayáis visto a bordo de otro de los barcos de la empresa. Sabemos que los lacayos de Pyce rondan la ciudad y que están a la caza. —Se volvió hacia Nailer—. ¿Dónde está?

El chico señaló la mansión inundada que se alzaba sobre las aguas de Orleans.

—Ahí arriba. En una de esas habitaciones. Donde los árboles sobresalen por el tejado.

Reynolds hizo un gesto con la cabeza hacia Vine y Knot.

—Id a por ella —les ordenó antes de dirigirse a Wu—. Trae el esquife.

—Será mejor que yo también vaya —dijo Nailer—. Antes vimos a otros híbridos. Esbirros de Pyce. La estaban buscando. Pensará que vosotros también estáis con Pyce.

Reynolds titubeó.

—El capitán Candless cree en él, ¿no? —apuntó Car encogiéndose de hombros.

—Ve —accedió ella.

Nailer corrió para alcanzar a Knot y Vine.

—Está ahí arriba —dijo sin aliento. Luego se adelantó para indicarles el camino.

Fueron chapoteando por el agua hasta la mansión en ruinas, salpicándolo todo a su paso. Se internaron en la vivienda, haciendo crujir las escaleras podridas que conducían a las plantas superiores. En la casa reinaba un silencio inusitado. No había absolutamente nadie. Ninguno de los otros habitantes de los barrios marginales, ninguno de los otros chatarreros y trabajadores portuarios. Debería haber estado atestada de jornaleros culis roncando, exhaustos e inconscientes tras otro duro día de trabajo. Pero, en vez de eso, había un silencio sepulcral. Su cuarto también estaba desierto, salvo por la cama oxidada y sus muelles.

Nailer bajó por las escaleras que conducían a la planta principal inundada, negando con la cabeza. Los dos híbridos lo siguieron.

—No lo entiendo. Ella...

Una sombra se movió en el agua, haciendo que la superficie se ondeara. Knot y Vine soltaron un gruñido.

—¿Lucky Girl? —susurró Nailer—. ¿Nita?

La sombra se materializó en una figura robusta y musculosa, desplomada contra una pared podrida, sentada con el agua a la cintura mientras respiraba con dificultad en la oscuridad. Un penetrante ojo amarillo se abrió, brillando en la penumbra como una linterna.

—La tiene tu padre —rugió la sombra.

—¡Tool! —Nailer se acercó corriendo.

El híbrido tenía el hocico lleno de sangre y restos de sangre más oscura en el pecho, donde tenía varios cortes de machete. Tenía una herida abierta en la mejilla con varias marcas de garras y un ojo totalmente cerrado, inflamado y amoratado, pero no cabía duda de que era Tool.

—¿Y no peleaste por ella? —El capitán Candless miró a Tool con incredulidad—. ¿Aun cuando tu señor deseaba protegerla? —Ahora todos se encontraban a bordo del Intrépido, un corrillo de marineros desmoralizados de pie alrededor de Nailer y Tool, mientras este les explicaba lo sucedido.

—El chico no es mi señor —puntualizó el híbrido. Se frotó la sangre que aún rezumaba del corte que tenía sobre el ojo medio cerrado.

El capitán frunció el ceño y se acercó a la barandilla del Intrépido. El alba empezaba a teñir el cielo de un gris pálido, iluminando los muelles flotantes y las estructuras lejanas rodeadas de niebla de la ciudad sumergida de Orleans.

—¿Dijeron que la llevaban a un barco? ¿Estás seguro?

—Sí —respondió Tool antes de desviar la mirada hacia Nailer—. Tu padre se llevó un disgusto al ver que no estabas con Lucky Girl. Quería que el buque se mantuviera a la espera para poder seguir buscándote. Ese hombre te la tiene jurada, Nailer.

—¿Y te quedaste escuchando de brazos cruzados mientras ocurría todo esto? —le preguntó la alférez Reynolds.

Tool pestañeó una vez, despacio.

—Richard López estaba con varios híbridos armados. No me meto en peleas que sé que no puedo ganar.

Knot y Vine fruncieron los labios al oír la respuesta de Tool y dejaron escapar un gruñido cargado de desprecio. Tool no se inmutó, solo se limitó a mirarlos.

—La chica es vuestra señora, no la mía. Si os contenta morir por vuestros amos, es asunto vuestro.

Nailer sintió un escalofrío de temor al oír al híbrido. Sus palabras escondían un desafío, y sus congéneres, Knot y Vine, lo percibieron. Sus gruñidos se intensificaron. Dieron un paso adelante, pero el capitán les hizo un gesto para que se detuvieran.

—¡Knot! ¡Vine! Id abajo. Yo me encargo.

Los gruñidos cesaron de inmediato, pero no apartaron los ojos de Tool. Unos segundos después, se dieron la vuelta y bajaron por una de las pasarelas del clíper hasta perderse bajo la cubierta. El capitán se volvió de nuevo hacia Tool.

—¿Mencionaron el nombre del barco?

El híbrido sacudió la enorme cabeza.

La alférez Reynolds se pellizcó el labio, pensativa.

—Hay un par de embarcaciones que podrían estar por esta zona. Está el Siete Hermanas, que hace la ruta de pasajeros norte-sur; el Rayo, que presta servicios de fletamento; y el Madre Ganga, que transporta restos de hierro a Cancún. —Se encogió de hombros—. Nadie más debería tener que pasar por aquí hasta la temporada de cosecha, cuando el grano baja por el Misisipi.

—El Rayo, entonces —concluyó el capitán—. Tiene que ser el Rayo. El señor Marn fue de los primeros en profesarle su confianza a Pyce cuando obligaron al padre de Nita a hacerse a un lado. Seguro que es el Rayo.

Nailer frunció el ceño. Había algo en la lista de nombres que no le convencía.

—¿Hay alguna otra embarcación en tu lista?
—Ninguna que cuente con híbridos entre los miembros de la tripulación.

El chico se mordió el labio, intentando recordar.

—Había otro barco, uno distinto, o al menos con un nombre diferente, que persiguió a Lucky Girl hasta la tormenta. Era un barco grande. Construido para surcar las aguas del norte... Ruta Norte, ¿tal vez?

Reynolds y el capitán lo miraron extrañados.

Nailer volvió a arrugar el ceño, frustrado. No lograba recordar el nombre.

—¿Ruta Norte? ¿Ruta del Polo Norte? ¿Ruta Polar? —dijo—. ¿Polo Norte?

—¿Estrella Polar? —sugirió el capitán, de repente interesado.

El chico asintió sin mucha convicción.

—Puede ser.

La alférez y el capitán intercambiaron una mirada.

—Un nombre espantoso —masculló Reynolds.

El hombre miró fijamente a Nailer.

—¿Estás seguro? ¿El Estrella Polar?

El muchacho negó con la cabeza.

—Lo único que recuerdo es que era un barco para cruzar el polo —respondió.

El capitán hizo una mueca.

—Espero que estés equivocado.

—¿Cambia en algo las cosas?

—Nada que te concierna —dijo el hombre sacudiendo la cabeza. Miró a Reynolds—. Incluso si se trata del Estrella Polar, todavía no deberían saber que somos el enemigo. Ninguno de vosotros ha hecho nada en tierra firme que pueda haberos dejado en evidencia.

—Salvo tú —observó Reynolds con sequedad.

—Dudo que nuestro difunto teniente vaya a quejarse. —El capitán hizo una pausa, de nuevo pensativo—. Podemos hacerles frente. Con un poco de artificio y aprovechándonos de la confianza que nos tienen, es posible. Con algo de mañana y un favorcillo de las Parcas...

—... y una ofrenda de sangre —musitó alguien.

El capitán esbozó una sonrisa.

—¿Hay alguien a bordo del Rayo o el Estrella Polar en quien podamos confiar?

Los demás negaron con la cabeza.

—Han estado barajando tripulaciones —comentó Reynolds—. Creo que a Leo y a Fritz pueden haberlos asignado al Rayo.

—¿Confías en ellos?

La alférez sonrió, dejando entrever los dientes ennegrecidos de tanto masticar nuez de betel.

—Casi tanto como confío en ti.

—¿Alguien más?

—¿Li Yan?

Cat sacudió la cabeza.

—No. Si está con ellos, ha cambiado de bando.

Nailer los escuchaba sin enterarse de nada. El capitán lo miró de reojo.

—Estás metido en un buen berenjenal, chico. El clan está inmerso en una disputa interna por el liderazgo de la naviera.

—Rook —dijo Trimble de repente—. Rook no se pasaría al otro bando.

—¿Es tripulante del Estrella Polar?

—Sí.

—¿Eso es todo, entonces? —Al ver que nadie más intervenía, el capitán asintió—. Pues muy bien. Iremos a por los vasallos de Pyce, tomaremos su barco, liberaremos a la señorita Nita y le arrebataremos nuestra empresa al usurpador. —Hizo un gesto con la cabeza hacia la tripulación—. Pongámonos en marcha. Reynolds, dado que el pobre Henry ha estirado la pata, quedas ascendida.

La mujer sonrió.

—Llevaba tiempo haciendo su trabajo de todos modos.

—Si no lo hubiera sabido, no me habría deshecho de él.

La tripulación se dispersó y se apresuró a ocupar sus puestos de trabajo para soltar amarras y levar anclas cuanto antes.

Tool se incorporó con dificultad.

—Esperad un momento —dijo—. No voy con vosotros.

Nailer se giró, sorprendido.

—¿Te vas?

—No me atrae la idea de morir en alta mar. —El híbrido esbozó una sonrisa feroz que dejó entrever brevemente sus dientes afilados—. Si eres listo, harás lo mismo, Nailer. Aléjate de todo esto.

El capitán lo observó con curiosidad.

—¿Quién es tu señor? —le preguntó—. Dices que no es el chico, tampoco la señorita Nita. Entonces, ¿quién?

Tool lo miró fijamente.

—Yo no tengo señor —respondió.

El capitán se rio, incrédulo.

—Imposible.

—Cree lo que quieras —concluyó. Se dio la vuelta y se encaminó hacia el muelle.

Nailer salió corriendo detrás de él.

—¡Espera! ¿Por qué no puedes venir con nosotros?

Tool se detuvo. Echó un vistazo a la tripulación y luego clavó el ojo sano en el chico.

—Le dije a Sadna que te protegería, pero no voy a protegerte de tu propia insensatez. Si decides jugarte la vida en el mar, no es asunto mío. Creo que ya has encontrado una nueva brigada. Mi deuda con Sadna está saldada.

—Pero ¿qué pasa con Lucky Girl?

El híbrido lo miró.

—Solo es una persona. Esta gente cree que es infinitamente valiosa, pero, a fin de cuentas, no es más que otra persona que acabará muriendo más tarde o más temprano. —Hizo un gesto con la cabeza hacia el creciente bullicio del barco—. Ven conmigo, o quédate y asume el riesgo con ellos. Es cosa tuya. Pero no olvides que son unos fanáticos y que, como tales, morirán por su señorita Nita. Si decides ir con ellos, asegúrate de estar dispuesto a hacer el mismo sacrificio.

El chico vaciló. En compañía de Tool, estaría a salvo. Podrían ir a cualquier parte.

El rostro de Nita se coló en sus pensamientos, su expresión de suficiencia cuando se burlaba de él por no comer con tenedor, cuchillo y cuchara. En contraposición, la insistencia con la que lo había apremiado a conseguir medicamentos para el hombre cuando él todavía no era más que un desguazador de barcos cualquiera para ella. Y luego, el brillo de sus ojos cuando estaban escondidos junto a la pasarela. La mano suave de ella en su mejilla...

—Me voy con ellos —declaró con firmeza.

Tool lo estudió con detenimiento.

—Ya. Muerdes como un mastín y no sueltas a tu presa. De tal palo, tal astilla. —Nailer intentó rebatirlo, pero el híbrido lo silenció con un gesto—. No intentes negar lo evidente. López nunca ha dejado que nada se interponga en su camino —dijo mostrando brevemente los dientes—. Solo asegúrate de no estar mordiendo más de lo que puedas abarcar. Una vez vi cómo una jauría de sabuesos acorralaba a un dragón de Komodo y moría en manada por no haberse retirado a tiempo. Tu padre es más que un dragón. Si te atrapa, acabará contigo. Además, este barco mercante no es ningún buque de guerra, diga lo que diga el capitán.

El chico quiso replicar, decirle alguna bravuconada, pero algo en los ojos de Tool se lo impidió.

—Lo entiendo. Tendré cuidado.

El híbrido asintió con brusquedad y empezó a darse la vuelta, pero se detuvo. Se agachó y acercó la enorme cabeza a él, con el ojo sano fijo en Nailer. El aliento le olía a combate y a sangre.

—Escúchame bien, chico. Los científicos me crearon con genes de canes, tigres, hombres y hienas, pero la gente siempre me toma por su perro. —Desvió la mirada hacia el capitán y esbozó una breve sonrisa que dejó entrever los dientes brillantes—. Cuando comience la pelea, no niegues tu naturaleza asesina. Te asemejas a Richard López lo mismo que yo a un chucho obediente. Nuestra sangre no dicta nuestro destino, pese a lo que piensen los demás. —Volvió a enderezarse y se apartó—. Buena suerte, chico. Y buena cacería.

El capitán observó cómo el híbrido se alejaba cojeando por la pasarela.

—Qué criatura tan extraña.

Nailer no contestó. Ya levaban anclas. La rampa de desembarco se retrajo y se introdujo en un compartimento situado en el costado del clíper. Tool casi se había perdido de vista al final del muelle. De repente, Nailer se sintió muy solo. Quiso llamar a Tool, salir corriendo tras él... Contempló a los ajetreados miembros de la tripulación; todos estaban ocupados en tareas que no comprendía, todos trabajando como una brigada, familiarizados los unos con los otros y con las labores que desempeñaban los demás. Se sintió totalmente fuera de lugar.

Las velas de color pálido se desplegaron y ondearon con la brisa. La botavara se desplazó por la cubierta, obligando a los tripulantes a agacharse para escapar de su sacudida. El velamen se llenó de aire, haciendo que el barco se escorara ligeramente bajo la presión. Un momento después empezó a moverse, impulsado por la brisa creciente del alba.

El capitán le hizo una seña a Nailer.

—Ven abajo, chico. Quiero echarte un vistazo.

Nailer quería quedarse en la cubierta para seguir observando la actividad, para ver si aún era posible divisar a Tool en los muelles, pero dejó que el capitán lo guiara por los escalones estrechos que conducían al angosto interior del barco.

El hombre abrió la puerta de su camarote. Una pequeña litera ocupaba gran parte del espacio, donde una solitaria ventana asomaba a la popa. Bajo la luz cada vez más clara, se veía cómo la estela blanca del clíper se ondulaba tras ellos, como una uve que se expandía en las aguas grises y tranquilas de la mañana. El capitán le hizo un gesto a Nailer con la cabeza para indicarle que bajara uno de los asientos abatibles. Luego desplegó otro para él y tomó asiento, ocupando prácticamente toda la habitación.

—Aquí el espacio es un bien preciado —afirmó—. Es un buque de carga, así que la comodidad no es lo que prima.

El chico asintió, aunque no entendía de qué podía estar hablando. Aquel clíper era algo glorioso. Todo estaba limpio y ordenado. No parecía que nadie tuviera que compartir habitación con más de tres personas. Todas las literas estaban tendidas y ordenadas. No había nada fuera de lugar. No era como el barco del que había salido Lucky Girl, pero se asemejaba mucho.

—Dime, Nailer, ¿de dónde eres originalmente?

—De la playa de Bright Sands.

—Nunca he oído hablar de ella.

—Está costa arriba —dijo él—. A unos ciento cincuenta kilómetros, más o menos.

—Por esa zona no hay nada... —El hombre frunció el ceño—. ¿Eres un desguazador? —Cuando el chico asintió, el capitán hizo una mueca—. Debería haberlo adivinado al verte las costillas marcadas y los tatuajes laborales. —Se quedó mirando la piel marcada del muchacho—. Es un trabajo muy duro.

—Al menos da dinero.

—¿Cuántos años tienes? ¿Catorce? ¿Quince? Estás tan famélico que es imposible saberlo.

—Pima tenía dieciséis, creo —dijo encogiéndose de hombros—. Y era mayor que yo...—. Volvió a encoger los hombros.

—¿No lo sabes?

El chico se encogió de hombros una vez más.

—Sinceramente, es irrelevante. O eres lo bastante pequeño para trabajar en la brigada ligera o eres lo bastante grande para trabajar en la pesada. En cualquier caso, si resultas ser demasiado estúpido, vago o deshonesto, nunca formarás parte de una u otra, porque nadie estará dispuesto a responder por ti. Así que no, no sé cuántos años tengo. Lo que sé es que conseguí entrar en la brigada ligera y que cumplí con la cuota todos los días. De donde yo vengo, eso es lo único que importa, no la maldita edad.

—No te enfades. Siento curiosidad por ti, eso es todo. —El hombre estuvo a punto de comentar algo más al respecto, pero decidió cambiar de tema y preguntarle por Richard López—. El híbrido mencionó que tu padre intenta darte caza, ¿es cierto?

—Sí. —Le habló de la playa, de su padre y de cómo funcionaban las cosas en los pecios. Le explicó también cómo lidiaba Richard con aquellos que se oponían a él.

—¿Por qué no le seguiste la corriente? —le preguntó el capitán—. Las cosas habrían sido más fáciles para ti. Y sin duda más lucrativas. Pyce no tiene ningún reparo en comprar la lealtad de la gente. Si hubieras vendido a la señorita Nita, ahora serías rico y estarías a salvo.

Nailer se encogió de hombros.

El rostro del capitán se endureció.

—Quiero una respuesta —lo instó—. Estás yendo en contra de tu propia sangre. Nada quita que te replantees las cosas, que decidas firmar una tregua con tu padre.

El chico se rio.

—Mi padre no le da a nadie la oportunidad de replantearse las cosas. Él ataca primero. Siempre habla de que la familia debe permanecer unida, pero lo que quiere decir en realidad es que tengo que darle dinero para ponerse hasta las cejas de anfetaminas, asegurarme de que no le pasa nada durante sus colocones y dejar que me pegue cuando le apetezca. —Hizo una mueca—. Para mí, ella es más familia que él.

En cuanto lo dijo, supo que era verdad. Pese al poco tiempo que hacía que la conocía, confiaba plenamente en Nita. Podía contar con los dedos de una mano las personas por las que sentía lo mismo, y Pima y Sadna encabezaban esa lista. Y, ahora, por asombroso que pareciera, Lucky Girl también estaba entre esas personas. Era familia. Sintió un vacío que amenazó con devorarlo.

—Así que ahora quieres vengarte —declaró el capitán.

—No. Yo solo... —negó con la cabeza—. No se trata de mi padre, sino de Lucky Girl. Es buena persona, ¿no? Vale por cien de algunos de los miembros de mi antigua brigada. Por mil de mi padre. —Se le quebró la voz. Respiró hondo, intentando controlar sus sentimientos, y alzó la vista para mirar al capitán—. No dejaría ni a un perro muerto a merced de mi padre, mucho menos a Lucky Girl. Tengo que recuperarla.

El hombre estudió a Nailer con detenimiento. Se hizo el silencio entre ellos.

—Pobre desgraciado —musitó finalmente el capitán.

—¿Yo? —preguntó él confundido—. ¿Por qué?

El hombre esbozó una leve sonrisa.

—¿Eres consciente de que la señorita Nita pertenece a uno de los clanes mercantiles más poderosos del norte?

—¿Y?

—Nada, no tiene importancia —dijo. Dejó escapar un suspiro—. Estoy seguro de que a la señorita Nita le complacería saber que suscita tanta lealtad en un desguazador.

Nailer sintió que se le ponía la cara roja de vergüenza. Con sus palabras, el capitán hacía que sonara como un chucho muerto de hambre que perseguía a Lucky Girl con la esperanza de que le diera algunas sobras. Quiso decir algo, cambiar la impresión que el hombre parecía tener de él, hacer que lo tomara en serio. Sin embargo, no veía más que a un desguazador de barcos cubierto de tatuajes laborales y lleno cicatrices que se había hecho en el desempeño de su trabajo. Un chico al que se le marcaban las costillas. Esto era todo. Un trozo de basura de playa.

Nailer lo miró fijamente.

—Lucky Girl solía mirarme del mismo modo en que tú me miras ahora. Pero ya no. Por eso voy con vosotros. Nada más. ¿Entendido?

El capitán tuvo la deferencia de mostrarse avergonzado. Desvió la mirada y cambió de tema.

—Lucky Girl. Otra vez con ese apodo —señaló—. ¿Por qué «chica con suerte»?

—Porque las Parcas la protegen. Atravesó una tormenta arrasaciudades y sobrevivió aun cuando todos los demás a bordo de ese barco murieron. No se puede tener más suerte.

—Y tu gente valora la suerte —observó el capitán.

—Mi gente. Sí, los desguazadores creemos en la fortuna. En los pecios no hay mucho más a lo que aferrarse.

—¿Y la destreza? ¿El trabajo duro?

Nailer soltó una carcajada.

—Están muy bien, pero solo con eso no se llega muy lejos. Fíjate en ti. Vas por ahí a bordo de un barco elegante, viviendo como un ricachón.

—He trabajado muy duro por conseguir lo que tengo.

—Así y todo, naciste rodeado de riqueza —aseveró él—. La madre de Pima trabaja mil veces más duro que tú y nunca disfrutará de una vida tan placentera como la que tú tienes a bordo de este barco —declaró encogiéndose de hombros—.

Si eso no es nacer con la suerte de cara, no sé qué más puede serlo.

El hombre hizo ademán de responder, pero se detuvo y asintió lentamente.

—Supongo que hasta nuestra mala suerte os parece buena.

—Menos la muerte —apuntó—. Pero el resto, sí.

—Ya, bueno. Por ahora no tengo pensado morirme.

—Ni tú ni nadie.

El capitán sonrió.

—Menudo oráculo estás hecho —dijo poniéndose de pie—. Algún día te pediré que me leas los huesos, pero de momento vaticino que te mantendré a bordo. —Lo miró de arriba abajo—. Habrá que darte un baño, conseguirte algo de ropa y una comida decente. —Le indicó a Nailer que saliera por la puerta y lo condujo por el estrecho pasillo—. Y luego habrá que enseñarte a usar una pistola.

—¿En serio? —preguntó con fingido desinterés.

—Tu amigo el híbrido tenía razón en una cosa: si queremos recuperar a la señorita Nita, habrá que pelear por ella. La gente de Pyce no la dejará ir así como así.

—¿Crees que podréis con ellos?

—Por supuesto. Pyce nos pilló desprevenidos una vez, pero no volveremos a cometer el error de subestimarlo —declaró dándole una palmadita en el hombro al chico—. Con un poco de suerte, la señorita Nita no tardará en estar de vuelta con nosotros.

Las olas se iban arremolinando en torno al clíper a medida que abandonaba la seguridad de la bahía y se adentraba en aguas profundas. Nailer se tambaleó por el pasillo, intentando mantener el equilibrio. El capitán lo observó.

—Pronto te acostumbrarás al vaivén del barco, no te preocupes. Además, cuando se despliegan las hidroalas, es casi como estar en tierra firme.

Nailer no lo veía muy claro. De pronto, la cubierta se elevó bajo sus pies y lo lanzó contra un mamparo. El hombre lo observó con una sonrisa y empezó a alejarse por el pasillo, ajeno al bamboleo de la cubierta.

El muchacho lo siguió a trompicones.

—¿Capitán?

El hombre se volvió.

—Puede que el tal Pyce sea peligroso, pero no deberías subestimar a mi padre. Aunque parezca un saco de huesos lleno de cicatrices como yo, es letal. Como te descuides, no dudará en aplastarte como a una cucaracha.

El capitán asintió.

—Yo no me preocuparía demasiado. Si hasta ahora la gente de Pyce no ha conseguido matarme, tu padre tampoco lo hará. —Volvió a darse la vuelta y condujo al chico hasta la cubierta.

El viento acarició el rostro de Nailer mientras perseguían el amanecer. La luz del sol se volvió más intensa, como una ola dorada propagándose por el océano. El Intrépido atravesaba las olas brillantes rumbo a aguas más profundas.

La cacería había dado comienzo.

20

Una lluvia de espuma blanca se precipitó sobre la proa del Intrépido y roció a Nailer de gotas frías y relucientes. El chico dejó escapar un grito de alegría y se inclinó sobre la barandilla al tiempo que el clíper se hundía en el valle de una nueva ola y volvía a elevarse hacia el cielo.

Lo que en el horizonte siempre le había parecido un movimiento fluido y elegante se volvía una aventura trepidante al vivirla desde la proa del barco. Las olas volaban hacia él como enormes muros de agua que estallaban en mil pedazos al romper contra aquel casco de baja densidad. En todas las cubiertas, los miembros de la tripulación gritaban y faenaban bajo el sol abrasador, orientando las velas, aprestándose contra posibles ataques incendiarios y despejando las cubiertas mientras se preparaban para la batalla que esperaban que se produjera.

El Intrépido patrullaba las aguas azules a escasos kilómetros de la costa de Orleans, esperando avistar a su posible presa. Todos albergaban la esperanza de que Nita estuviera a bordo del Rayo. El Intrépido constituía un rival temible para una embarcación de ese calibre, pero el otro navío, el Estrella Polar, era otra historia. De hecho, hasta el capitán parecía preocupado ante la posibilidad de un enfrentamiento. Candless era demasiado buen líder para admitir que tenía miedo, pero, por la forma en que se le endurecían las facciones al oír el nombre de la goleta intercontinental, Nailer infirió que, de producirse, sería un combate desigual.

—Es veloz y peligrosa —le había dicho Reynolds cuando el chico le preguntó por la goleta—. Tiene el casco blindado y dispone de sistemas de misiles y torpedos con la capacidad de hacernos saltar por los aires antes incluso de que hayamos podido encomendarnos a Dios.

Le había explicado que el Estrella Polar era un barco mercante y un buque de guerra a la vez, un navío acostumbrado a repeler los asaltos de los piratas siberianos y de los inuits mientras surcaba las gélidas aguas de la ruta del Polo hacia Japón. Los piratas eran enemigos acérrimos de las flotas comerciales y estaban más que dispuestos a matar o hundir cargamentos enteros como represalia por la inundación de sus tierras ancestrales. Ya no quedaban osos polares y las poblaciones de focas eran escasas y estaban dispersas, pero la apertura del corredor boreal había dado lugar a la aparición de un nuevo animal adiposo en las regiones polares: los comerciantes del norte, que completaban la breve travesía hasta Europa y Rusia, o hasta Japón y el inmenso Océano Pacífico, a través del casquete glacial derretido. Con la desaparición de las capas de hielo, los siberianos y los inuits habían acabado convirtiéndose en pueblos marinos que perseguían a sus nuevas presas como habían hecho antes con las focas y los osos en el norte helado, y lo hacían con un apetito insaciable.

El Estrella Polar era una embarcación que disfrutaba de estos encuentros e, incluso, los provocaba.

Con todo, y pese a las advertencias de Nailer, Reynolds insistió en que lo más probable era que acabaran enfrentándose al Rayo.

—El Estrella Polar está en el otro lado del mundo —afirmó.
—Pero Lucky Girl...
—La señorita Nita puede haberse confundido. En medio de una tormenta, en plena persecución, cualquiera podría equivocarse.
—Lucky Girl no es tonta.

La nueva teniente lo miró con dureza.

—No he dicho que sea tonta. He dicho que puede haber cometido un error. El programa de navegación del Estrella

Polar lo sitúa a las afueras de Tokio, y eso asumiendo que los vientos hayan sido favorables, pero no más cerca.

La actividad en las cubiertas no cesaba. Una parte muy considerable de los sistemas de la nave estaba automatizada. Era posible izar y arriar las velas con cabrestantes electrónicos alimentados por baterías solares. Las velas propiamente dichas no estaban hechas de lona, sino a partir de unas láminas solares diseñadas para suministrar electricidad al sistema y sumarla a la energía existente gracias a las células solares instaladas en la cubierta. Sin embargo, pese a contar con todos esos sistemas electrónicos y de automatización, el capitán Candless insistía en que todos supieran cómo arrizar las velas en caso de que se produjera una avería y cómo accionar las bombas manuales si el clíper empezaba a hacer aguas y no había electricidad. Juraba y perjuraba que ni toda la tecnología del mundo podría salvar a un marinero si no usaba la cabeza y no conocía su barco.

No cabía duda de que la tripulación del Intrépido conocía su barco.

Los marineros trepaban por los mástiles para comprobar que los ganchos del cabrestante y los puntos de anclaje no estuvieran sueltos ni oxidados. Al lado de Nailer, Cat y otro tripulante cargaban el enorme cañón Buckell emplazado cerca de la proa, acoplando el parapente al barril mientras ajustaban el cable de amarre de monofilamento, fino y resistente como el acero, enrollado en un carrete reluciente que había junto al mecanismo.

Si alguien lamentaba haber dejado a varios tripulantes en tierra cuando zarparon, nadie mencionó nada. El capitán había comentado por lo bajo que algunos miembros de la tripulación que seguían a bordo habrían preferido estar a las órdenes de otro comandante, pero que, llegados a este punto, era irrelevante. Ahora se encontraban en alta mar y si alguien tenía alguna queja, se la guardaba para sí. El núcleo de seguidores leales a Candless se encargaba de mantener a raya a los demás y, así, el Intrépido surcaba las olas del golfo, patrullando, aguardando la llegada de su objetivo.

La primera noche, Nailer había dormido en una litera mullida y al día siguiente se había despertado con la espalda dolorida, ya que no estaba habituado a descansar en colchones que se hundían bajo el peso de su cuerpo, sino en la arena, en tablones de madera o sobre cutíes hechos con hojas de palma. Pero, al segundo día, se sentía tan mimado que empezó a preguntarse cómo se las arreglaría para dormir cuando volviera a la playa.

Aquella idea lo turbaba: ¿cuando volviera?

¿De verdad quería volver?

Si regresaba, su padre o los miembros de su banda lo estarían esperando, gente sedienta de venganza. Sin embargo, nadie de la tripulación del Intrépido le había dado la menor indicación de que podría permanecer a bordo. Estaba en el limbo.

Una rociada de agua lo despertó de su ensueño. El clíper embistió la cresta de otra ola que lo empapó y lo arrancó de su posición. Se deslizó por la cubierta hasta que la línea de vida a la que estaba sujeto lo detuvo con una sacudida. Aunque estaba enganchado a la barandilla para evitar caerse por la borda, las enormes olas turquesa que rompían contra la proa y se derramaban por la cubierta inclinada poseían una fuerza asombrosa. Otra ola se precipitó sobre ellos, obligando a Nailer a sacudirse el agua salada de los ojos.

Reynolds soltó una carcajada cuando lo vio incorporándose de nuevo.

—Deberías ver cómo es cuando vamos rápido de verdad.

—Creía que lo hacíamos.

—No —dijo sacudiendo la cabeza—. Algún día, si desplegamos las velas altas, lo verás. Entonces, más que navegar, volaremos. —Su mirada se volvió distante—. Volaremos de verdad.

—¿Por qué no ahora?

La mujer volvió a negar con la cabeza.

—Las corrientes tienen que ser las adecuadas. No puedes disparar el cañón Buckell a menos que sepas interpretar los vientos fuertes. Normalmente lanzamos cometas para tantear el terreno y asegurarnos. Luego, si las condiciones del mar son favorables y las corrientes altas son las adecuadas

—explicó señalando hacia el cañón—, disparamos esa preciosidad y el clíper sale lanzado del agua.

—Y entonces voláis.

—Eso es.

Nailer vaciló un momento y dijo:

—Me gustaría verlo.

Reynolds le lanzó una mirada especulativa.

—A lo mejor tienes suerte. Si nos vemos obligados a huir, es muy posible que acabemos sobrevolando las olas.

Nailer titubeó.

—No. Me refiero a después de que rescatemos a Lucky Girl. Quiero acompañaros. A dondequiera que vayáis, me gustaría ir con vosotros.

—Cuidado con lo que deseas. Tendrías que partirte el lomo trabajando.

—¿Eso es todo? —hizo una mueca—; no me asusta trabajar.

—Hasta ahora solo te he visto vagueando por la cubierta y cabalgando las olas.

Nailer la miró fijamente.

—Si me aceptáis, haré lo que me pidáis. Solo tenéis que decírmelo. No le temo a ningún trabajo.

La teniente sonrió.

—Habrá que enviarte a lo alto del mástil, a ver si es verdad.

—No hay problema —respondió él sin pestañear.

El capitán apareció detrás de Reynolds.

—¿De qué habláis tanto?

—Nailer, que quiere que le demos trabajo —dijo ella con una sonrisa.

Candless lo miró pensativo.

—Mucha gente quiere trabajar a bordo de los clíperes. Hay clanes enteros que se dedican a ello. Familias que pagan para empezar a trabajar como mozos de cubierta con la esperanza de ir ascendiendo. Mi propia familia lleva tres generaciones trabajando en clíperes. Hay mucha competencia.

—Puedo hacerlo —insistió el chico.

—Mmm... —fue todo lo que dijo el hombre—. Quizá sea mejor dejar esta conversación para cuando hayamos encontrado a la señorita Nita.

Nailer no estaba seguro de si Candless intentaba disuadirlo o si esta era su forma de decirle que no de una manera educada. Quiso insistir, pero no sabía cómo hacerlo sin molestar al capitán.

—¿Crees de verdad que podréis encontrar a Lucky Girl y rescatarla? —le preguntó en su lugar.

—Digamos que tengo un par de ases en la manga —respondió Candless—. Si el capitán del Rayo sigue siendo el señor Marn, podremos abordar el barco antes de que se den cuenta de lo que está pasando. —Esbozó una leve sonrisa y volvió a poner cara seria—. Pero si se trata de la señora Chávez, nos aguarda una buena pelea. No es ninguna tonta, y su tripulación es dura de pelar, así que lo más probable es que las cubiertas acaben bañadas en sangre.

—No será el Estrella Polar —insistió Reynolds.

—¿Ambos cuentan con híbridos entre sus tripulantes? —preguntó Nailer.

—Varios, sí —respondió el hombre—. Pero casi la mitad del Estrella Polar está conformada por aumentados.

—¿Aumentados?

—Híbridos. Los llamamos aumentados porque son algo más que simples personas.

—Como Tool.

—Una criatura extraña, el tal Tool. Nunca había oído que las empresas de recuperación contaran con esa clase de músculo.

—No trabajaba para Lawson & Carlson. Iba por su cuenta.

El capitán negó con la cabeza.

—Imposible. Los aumentados no son como nosotros. Tienen un único señor y cuando lo pierden, mueren.

—¿Los matáis?

—No, por Dios —se rio—. Se mueren de pena. Son muy leales, no pueden vivir sin sus amos. Al parecer, se debe a una línea genética canina.

—Tool no tenía ningún amo.

Candless asintió, pero era evidente que no se lo creía, así que Nailer decidió dejar el tema. No le convenía que el hombre pensara que estaba loco.

Pero eso no quería decir que no sintiera curiosidad por el pasado de Tool. Todas las personas a las que había conocido que estaban familiarizadas con los híbridos y su genética decían que Tool era una criatura imposible, que los híbridos independientes no existían. Y, sin embargo, él había dado la espalda a muchos amos. Había trabajado para Lucky Strike y Richard López, había trabajado para Sadna, había trabajado para protegerlos a Lucky Girl y a él y se había ido sin más cuando la situación había dejado de convenirle. Se preguntó qué estaría haciendo el híbrido en aquellos momentos.

Los pensamientos de Nailer se vieron interrumpidos cuando el capitán Candless desenfundó una pistola.

—Casi lo olvido —dijo el hombre mientras le tendía el arma—. Lo prometido es deuda. Algo para cuando encontremos la nave traidora. Necesitarás practicar con ella. Cat se encargará de instruir a los miembros de la tripulación y tú te unirás a ellos. Te enseñará tácticas de abordaje y cosas similares.

Nailer sostuvo en la mano aquella cosa tan liviana, tan distinta de las pistolas que había visto utilizar a otra gente.

—Pesa poquísimo.

Candless soltó una risotada.

—Puedes hasta nadar con ella. No hará que te hundas. Utiliza munición penetrante. No depende de su peso para introducirse en el cuerpo, al menos no tanto, sino que aprovecha la torsión del cañón. Tienes treinta balas —dijo antes de ofrecerle también un cuchillo de combate—. ¿Sabes cómo acuchillar a alguien? —Le indicó las partes blandas—. No te obsesiones con asestar un golpe mortal y no vayas a por la cabeza. Te obligará a exponerte. Apunta abajo, al vientre, a las rodillas o detrás de las piernas. Si tu oponente está en el suelo...

—Rájale el cuello.

—¡Buen chico! Eres un cabroncete despiadado, ¿eh?

Nailer se encogió de hombros, acordándose de la sangre de Ojos Azules corriéndole caliente por las manos.

—Mi padre es muy hábil con el cuchillo —dijo a modo de explicación mientras se obligaba a apartar aquel recuerdo de su mente—. ¿Cuándo crees que tendremos que pelear?

—Continuaremos patrullando esta zona. Deberíamos poder avistar a cualquiera en un radio de veinte kilómetros. Con los telescopios podremos verlos bien y decidir si queremos iniciar una persecución o acercarnos en son de paz. —Se encogió de hombros—. No sabemos qué pretenden. Tal vez decidan quedarse una temporada, pasar desapercibidos en la zona sur mientras aguardan las instrucciones de la junta en el norte, pero lo dudo. Intentarán huir hacia el norte y establecer contacto con Pyce.

Candless se dio la vuelta y se encaminó hacia la cubierta de mando. Al alejarse, señaló con la cabeza la pistola de Nailer.

—Practica con ella, chico. Asegúrate de poder acertar a lo que apuntas.

Armándose de valor, llamó al hombre.

—¡Capitán!

Cuando Candless se volvió, le dijo:

—Ya que me confías un arma, tal vez puedas confiarme también alguna labor. —Hizo un gesto a su alrededor. El barco era un hervidero de actividad—. Debe de haber algo en lo que pueda ayudar.

Reynolds negó con la cabeza.

—Eres como una garrapata en un perro. Te aferras y no te sueltas.

—Solo quiero ayudar.

El hombre lo estudió con detenimiento y luego le hizo un gesto con la cabeza a Reynolds.

—Muy bien. Desengánchalo y ponlo a hacer algo útil.

La teniente le dirigió una mirada apreciativa.

—Bien hecho, chico —dijo con una sonrisa—. Creo que tengo el trabajo perfecto para ti.

Lo condujo a la bodega del clíper, donde se hallaban expuestos los sistemas hidráulicos de la embarcación. Era una estancia sombría. Los paneles de mantenimiento que se habían retirado de la cubierta yacían apilados en bidones. Bajo el suelo se veían unos engranajes enormes de dientes entrelazados y amenazantes que relucían gracias al recubrimiento aceitoso que los preservaba. Unos pequeños indicadores led brillaban junto a las consolas de mando. El aire apestaba a grasa y metal. Nailer sintió un ligero malestar. Aquel lugar le hizo recordar sus días en la brigada ligera.

Una figura gigantesca salió a rastras del interior del sistema de engranajes y se irguió. Los observó con sus penetrantes ojos amarillos. Knot.

—Nailer dice que quiere ayudar —dijo Reynolds.

Knot lo escudriñó mientras olfateaba el aire con el hocico perruno con expresión inquisitiva.

—Vale. —Asintió de manera casi imperceptible—. Es bastante pequeño. Hay algo con lo que puede ayudarme.

Cuando Reynolds ya se había marchado, le entregó a Nailer una lata de lubricante y un pulverizador que el chico se ciñó a la espalda, y le pidió que engrasara los sistemas de engranajes que extendían las hidroalas. El híbrido le fue indicando dónde se encontraban los enormes mecanismos en el suelo, algunos de ellos de más de un metro de diámetro.

—Asegúrate de desengrasar y volver a engrasar todos los engranajes. Sé concienzudo. No queremos que el óxido invada los sistemas. Pero no te entretengas demasiado. El capitán sabe que estamos revisando el sistema y ya hemos configurado los parámetros de anulación. —Knot señaló una hilera de palancas e indicadores led que había junto a los engranajes—. Técnicamente, nadie debería poder extender las hidroalas mientras las tengamos bloqueadas, pero... —dijo encogiéndose de hombros— no sería la primera vez que ocurre un accidente. He visto a tripulantes perder un brazo porque a alguien se le olvidó volver a comprobar los cierres de seguridad, así que, por mucho que creas que nadie va a desplegar las hidroalas, no hay tiempo que perder.

Nailer estudió los imponentes sistemas de engranajes. Aunque los dientes brillaban débilmente, era como si ansiaran devorarlo.

—¿Tan peligroso es?

—Las hidroalas se extienden muy rápido. No tendrías oportunidad de reaccionar o de apartarte. Cuando empiezan a girar, se tragan cualquier cosa, incluso si estás a cierta distancia. Generan varias toneladas de presión. Acabarías hecho picadillo.

—Qué bien...

—Querías trabajar. —Knot lo miró fijamente—. Esto es lo que puedo ofrecerte.

El chico captó el mensaje. Descendió al compartimento de mantenimiento y empezó a arrastrarse entre los engranajes. El híbrido lo observó un momento y añadió:

—No olvides lubricar las juntas de las válvulas de retención del sistema de alimentación del monofilamento.

Nailer estiró el cuello y echó un vistazo a su alrededor.

—¿Cuáles son esas?

El híbrido le dirigió una mirada exasperada.

—Las que están etiquetadas como tales —respondió mientras señalaba las etiquetas grasientas adheridas a los distintos componentes del sistema.

El muchacho contempló las palabras ininteligibles. Sus ojos pasaron de las etiquetas al híbrido antes de centrarse de nuevo en las etiquetas.

—Claro. Entendido.

Knot lo miró con desdén.

—¿No sabes leer?

—Sé dibujar mi marca y me sé los números. Cosas así.

El híbrido dejó escapar un resoplido de exasperación.

—Tu empresa de desguace tiene mucho por lo que responder —declaró negando con la cabeza—. Habrá que enseñarte, entonces.

—¿Cuál es el problema? —preguntó el chico—. Solo dime qué hay que engrasar. Lo recordaré. Si podía llevar el recuento de las cuotas, podré hacer esto.

Knot puso cara de disgusto.

—No me servirás de nada si no sabes leer. —Señaló con una mano una serie de palancas—. ¿Cómo sabrás cuál de estas libera los engranajes de las hidroalas y cuál sirve para probar los lubricantes? ¿Cómo sabrás cuál acciona el sistema de alimentación y cuál vuelve a activar las hidroalas? —Golpeó una palanca y pulsó un botón situado dentro del compartimento de servicio. Se agachó y sacó a Nailer de las tripas del sistema de engranajes—. ¡Apártate!

Una luz roja se encendió y el híbrido tiró de otra palanca. Los engranajes cobraron vida con un chillido y las ruedas se desdibujaron. Una brisa untuosa los fue envolviendo a medida que los dientes encajaban unos contra otros hasta alcanzar su máxima velocidad. De un momento para otro, todo el compartimento de mantenimiento se había convertido en un vórtice de engranajes giratorios que amenazaban con engullirlo. Si hubiera estado allí abajo, ahora no sería más que un montón de partículas sangrientas. A Nailer se le erizó la piel al comprender lo que entrañaba la tarea que le había encomendado Reynolds.

—¿Cómo sabrás qué hacer? —gritó Knot por encima del chirrido de los engranajes—. ¿Cómo sabrás qué hacer para detenerlo? —repitió mientras aporreaba otro botón y frenaba el sistema. Los engranajes se ralentizaron hasta detenerse con suavidad y la estancia volvió a quedar sumida en el silencio.

»Necesito a alguien que no vaya a cometer un error y arrancarse un brazo por pulsar el botón equivocado —rugió—. Informaré a Reynolds de tu incapacidad.

—¡Espera! —titubeó un momento—. ¿No puedes enseñarme? Si no le dices nada a Reynolds, aprenderé todo lo que haga falta. No hagas que me echen de la tripulación antes de poder empezar.

Los ojos amarillos y caninos de Knot lo escudriñaron.

—¿Sugieres que le oculte un secreto a mi señora?

—No. —A Nailer se le quebró la voz al darse cuenta de lo incierto que se había vuelto el terreno entre él y el híbrido—. Solo digo que puedo aprender todo lo que me enseñes. Lo único que te pido es que me des una oportunidad. Por favor.

Knot ladeó la cabeza y esbozó una sonrisa.

—Bueno, veremos si tus palabras se corresponden con tus actos.

—¿No le dirás nada, entonces?

Knot se rio por lo bajo.

—No, de eso nada. En este barco no hay secretos. Pero tal vez la teniente Reynolds esté dispuesta a concederte un período de gracia... siempre y cuando no pierdas la motivación.
—Estoy más que motivado. Créeme.
Los dientes afilados de Knot brillaron en la penumbra.
—Siempre es un placer ver que los jóvenes se interesan por aprender.

21

La suerte les sonrió al octavo día en alta mar. El Rayo navegaba en aguas profundas hacia el canal de Florida y el Atlántico, que se extendía más allá. La noticia se propagó por la embarcación como una descarga de corriente eléctrica. En cuestión de minutos, todos los miembros de la tripulación convergieron en la cubierta. El capitán Candless se permitió esbozar una sonrisa ante semejante golpe de suerte.

—El Rayo —dijo—. No era el Estrella Polar, después de todo.

Era evidente que se sentía aliviado. Nailer oteó el horizonte, intentando discernir la pequeña mota en la que debía de encontrarse Lucky Girl, pero le fue imposible. Al percatarse de lo que hacía, el capitán sonrió y lo llevó a la cabina de mando, donde un telescopio y un sistema fotográfico tomaban imágenes lejanas del horizonte y las ampliaban. Las manchas borrosas que se divisaban a lo lejos se convirtieron en barcos, en proas y popas, y en rostros difuminados. Y todo ello a más de veinte kilómetros de distancia. Nailer contempló las imágenes maravillado.

—Nos acercaremos a ellos y tomaremos más imágenes —dijo Candless—. Tenemos que saber quiénes están en cubierta. —Señaló con la cabeza las cubiertas del Intrépido—. Y, a partir de ahora, también debemos mantener las nuestras despejadas. —Hizo una pausa—. Te quedarás abajo hasta que estemos preparados para abordarlos. Si la señorita Nita te delata, o si tu padre te ve, estarán en alerta y eso no nos conviene. —El hombre volvió a escudriñar el horizonte, pensativo—. No. No nos conviene en absoluto.

—¿Podremos alcanzarlos? —preguntó Nailer. La distancia que los separaba parecía insalvable.

Reynolds, que se encontraba al timón del clíper, esbozó una sonrisa.

—El Intrépido está hecho para navegar a grandes velocidades y el Rayo no es más que un barquito de recreo.

—Entonces, ¿podemos?

—Por supuesto. Les daremos alcance y los abordaremos. Y nos llevaremos una buena recompensa por ello —afirmó intercambiando una sonrisa cómplice con el capitán.

—No me dará pena ver al señor Marn llevarse su merecido —comentó Candless. Le hizo un gesto a Nailer con la mano—. Ven. Tardaremos un tiempo en acortar distancias. Ya que tienes que quedarte bajo cubierta, deberías aprovechar el tiempo. Así que, andando, a repasar las letras.

El chico reprimió un suspiro.

Knot había acometido la tarea de enseñar a Nailer a leer, y este no había tardado en tomarle manía a la monotonía del estudio. Pero eso al híbrido le traía sin cuidado. La enorme criatura seguía insistiéndole, poniéndolo a prueba y obligándolo a memorizar las letras y a escribirlas.

En realidad, la tarea no era tan complicada como Nailer había imaginado, y menos aún con los penetrantes ojos amarillos de un híbrido clavados en la nuca, pero, de por sí, no era demasiado interesante. Más que nada, era una cuestión de tiempo y esfuerzo. Además, con el barco navegando en círculos y los mecanismos de las hidroalas limpios y lubricados, lo único que Knot le dejaba hacer era estudiar. De hecho, las últimas dos o tres noches, se había ido a la cama con la cabeza saturada de letras y palabras y hasta había soñado con algunos de los ejercicios de ortografía con los que Knot lo había puesto a prueba.

Al híbrido le encantaban las triquiñuelas. Las letras eran fáciles, pero las palabras eran otra historia, porque muchas de ellas no se escribían como sonaban. En el fondo, no dejaba de ser un juego de memorización, igual que contar las veces que girabas en los conductos o llevar la cuenta de la cuota. Además, si se equivocaba en alguno de los ejercicios, los correctivos de Knot no tenían nada que ver con los castigos del viejo Bapi.

Dejó que el capitán lo condujera bajo cubierta y fue en busca del híbrido. Pronto estuvieron sumidos en la lectura de un libro de Knot sobre un anciano que pescaba en un barco. Pero Nailer no lograba concentrarse, consciente de que la batalla por recuperar a Lucky Girl se cernía sobre ellos.

Dándose por vencido, cerró el libro y alzó la vista para mirar al híbrido.

—¿Siempre has tenido un señor? —le preguntó.

Knot lo observó fijamente.

—Trabajo para el capitán Candless.

—Ya, pero si quisieras, ¿podrías trabajar para otra persona?

—No quiero —respondió encogiéndose de hombros.

—Pero ¿podrías?

La mirada de Knot se endureció. Las fosas nasales se le dilataron y los dientes asomaron ligeramente tras los labios curvados.

—No quiero trabajar para otra persona —gruñó el híbrido.

Nailer se sobresaltó. De repente, Knot parecía un mastín acorralado, dispuesto a morder. Todos los músculos de su cuerpo, tan relajados hacía unos segundos, se habían contraído. Quiso insistirle, pero en aquel momento daba mucho miedo, así que decidió cerrar el pico.

El híbrido contempló a Nailer unos instantes más.

—No quiero —repitió antes de apartar la mirada.

De pronto, Nailer se sintió extrañamente avergonzado por haber provocado a la enorme criatura.

—Estábamos leyendo —dijo con vacilación.

—Sí. —Knot asintió lentamente—. Continúa, por favor.

El chico estuvo leyendo un buen rato mientras el híbrido le corregía. Pasado un tiempo, le dijo:

—Creo que has hecho suficiente por hoy. Debo ocuparme de otros preparativos.

—¿Estás preparado para luchar?

Knot sonrió, dejando al descubierto los dientes afilados.

—Luchar es parte de mi naturaleza —hizo una pausa—, pero esta vez también será un placer.

—¿Por Lucky Girl? —Se corrigió—: ¿Por la señorita Nita?

—Sí.

—¿Es ella tu señora? —le preguntó dubitativo—. ¿La persona a la que juraste lealtad?

Knot lo observó.

—No exactamente. El capitán Candless está a su servicio y yo estoy al servicio de él. Pero prestamos doble juramento al clan.

—Pero ahora mismo su clan está dividido. Pyce también tiene híbridos a su servicio.

—Sí. Son tiempos complicados.

Nailer quería averiguar más acerca de la naturaleza de la lealtad de Knot, pero temía irritar a la criatura. La última vez le había parecido que estaba a punto de incitar el ataque de un tigre. Había cuestiones que despertaban sensibilidades que escapaban a su comprensión.

—¿Nunca trabajarías para Pyce?

El híbrido enseñó los dientes afilados y dejó escapar un gruñido sordo.

—Pyce no vale nada. Nos ha traicionado.

—Pero el capitán Candless también trabajaba para él. Hasta hace un par de días...

Knot se levantó con brusquedad.

—Mientras la señorita Nita viva, no serviremos a Pyce. Pensábamos que había muerto. Ahora sabemos que no es así. Eso es todo. La serviremos hasta que muera o hasta que su clan le ceda todo el control a Pyce y a sus herederos. Su padre haría cualquier cosa por ella, así que nosotros no podemos ser menos.

—¿De verdad le importa tanto?

—Es su hija. Su familia.

—Ya. «Familia». —El muchacho se obligó a reprimir una punzada de celos—. Lo único que he recibido de mi familia han sido golpes.

—Algunas familias son diferentes.

Nailer no tenía mucho que decir al respecto. Knot fue a atender sus obligaciones y dejó al chico tumbado en su litera, esperando a que el Intrépido diera caza a su presa.

Familia. Era solo una palabra. Una que ahora sabía deletrear, cuyas letras podía imaginar una tras otra. Pero también era un símbolo. Y la gente creía conocer su verdadero significado. La utilizaban en todas partes: los desguazadores, su padre, la tripulación del Intrépido, Tool... Era una de esas cuestiones sobre las que todo el mundo parecía tener una opinión. Algunos decían que era lo único que tenías cuando no tenías nada más; otros, que la familia siempre estaba ahí, que la sangre llama o lo que fuera.

Pero, si se paraba a pensarlo, la mayoría de esas palabras e ideas le parecían un montón de excusas en las que las personas se escudaban para portarse mal y luego irse de rositas. La familia no era más fiable que el matrimonio, las amistades o los juramentos de sangre de una brigada, por no decir menos. Su propio padre le arrancaría las tripas sin pensarlo si volvía a ponerle las manos encima; que compartieran la misma sangre era irrelevante. Nita tenía un tío que intentaba cazarla.

No obstante, Nailer estaba seguro de que Sadna lucharía por él con uñas y dientes, tal vez incluso daría la vida por salvarlo. Él era importante para Sadna. También para Pima.

Los vínculos de sangre no significaban nada. Importaban las personas. Si ellas te protegían y tú las protegías a ellas, a lo mejor esa era la gente a la que valía la pena considerar familia. Todo lo demás era humo y mentiras.

22

El Rayo era un yate elegante con una tripulación pequeña. El Intrépido seguía su estela mientras el capitán Candless mantenía conversaciones triviales por radio y hacía observaciones amigables sobre las condiciones meteorológicas durante la temporada de huracanes.

Conforme acortaban distancias, el capitán se mostraba más confiado. El yate apenas estaba tripulado, y lo que veía no le asustaba. El barco había tardado un buen rato en adivinar las intenciones de Candless y emprender la huida.

Cuando el Rayo por fin extendió las velas y empezó a ganar velocidad con el viento, Candless soltó una carcajada de satisfacción.

—¡Vaya! Resulta que el señor Marn no es tan idiota como sospechábamos —comentó—. Ahora disfrutaremos de una persecución como Dios manda.

Gritó a la tripulación que se preparara para acelerar. Siguiendo sus órdenes, desplegaron varias velas más y el clíper salió disparado tras su presa. El Intrépido superaba claramente en tamaño y velocidad al Rayo, por lo que el capitán no pudo evitar reírse ante el intento de fuga del yate.

—Como un tigre persiguiendo a un gatito —se burló.

Aun así, su análogo, el señor Marn, era inteligente. Viraba y los esquivaba, incluso los obligó a pasar de largo una vez, mientras los hombres apostados en su cubierta abrían fuego contra el clíper a través del hueco que los separaba. Pero al final fue solo una cuestión de tiempo que el Intrépido les diera alcance y se aferrara a ellos.

—¡Escoraos! ¡De lo contrario, os hundiré y os abandonaré a vuestra suerte! —rugió Candless. El Rayo renunció de inmediato a seguir luchando.

Antes incluso de que hubieran arrizado las velas por completo, la tripulación de Candless ya había abordado el yate en busca de su presa con las pistolas en ristre. Atravesaron la cubierta y bajaron en tropel a la bodega. Tras unos minutos de suspense, el resto de los tripulantes del Rayo aparecieron en cubierta con las manos en la cabeza. Guardias híbridos, cocineros, sobrecargos y, por último, el capitán Marn. Todos clavaron los ojos en el Intrépido.

—¿Dónde está la señorita Nita? —gritó Candless.

Marn sonrió.

—¡Si no puedes encontrarla es porque no tienes vela en ese entierro, traidor desgraciado!

—¿Traidor? —murmuró Candless—. No fui yo quien se embolsó el dinero sucio de Pyce. —Se volvió hacia su teniente—: Reynolds, asume el control del clíper —le ordenó. Bajó los escalones seguido de Nailer. El hueco que separaba a las dos embarcaciones era escalofriante, pero el muchacho estaba decidido a no exteriorizar su miedo. Se armó de valor y saltó. Aterrizó de mala manera en la cubierta en movimiento, pero al menos estaba a bordo.

El capitán Candless echó un vistazo por la cubierta.

—Ve a ver si encuentras a la señorita Nita, chico. Tiene que estar en alguna parte.

Nailer descendió a las entrañas el yate e inspeccionó cada uno de los lujosos camarotes, pero no encontró el menor rastro de Lucky Girl. Nada. No estaba en ninguna de las espaciosas cabinas individuales. No estaba en ninguna parte. Knot, Vine, Cat y varios miembros más de la tripulación también la estaban buscando. El nerviosismo se fue apoderando de ellos a medida que registraban las habitaciones.

—¿Y si la tienen en alguna sala secreta? —preguntó Nailer.

—Habría hecho ruido, ¿no? —dijo Cat.

—No si está drogada o atada.

Cat hizo una mueca de desprecio. Continuaron la búsqueda. Pasado un tiempo, volvieron a cubierta.

—Nada —informó Cat—. No hemos encontrado nada.

Candless maldijo por lo bajo y se volvió hacia Marn.

—¿Dónde está? —Clavó un dedo en el pecho de Marn—. Si la dejas libre, no te arrojaré por la borda. Que es más de lo que te mereces. Has roto todos los juramentos del clan, y deberían colgarte por ello.

—Tal y como lo veo, solo uno de nosotros ha roto los juramentos del clan, ¡y eres tú, pirata malnacido!

El capitán Candless frunció el ceño y se volvió para dar instrucciones a su tripulación.

—¡Desarmadlo! Desmantelad el maldito barco. ¡Hacedlo pedazos si hace falta! Encontrad a la señorita Nita y luego enviadlo al fondo del mar. —Se volvió y clavó los ojos en Marn—. Pudiste haber hecho lo correcto. Tuviste oportunidades de sobra.

Marn sonrió de repente.

—Siempre sospechamos que no eras leal. No podías serlo. No después de lo que ocurrió con la capitana Sung. Siempre lo supimos, pero fuiste más precavido que la mayoría. Esperaste el momento idóneo, sin hacer ruido. Algunos creían que merecías el beneficio de la duda.

Candless forzó una sonrisa.

—Os lo agradezco enormemente —dijo quitándose el sombrero—. Pensaré en vuestra amabilidad mientras veo cómo tu barco se hunde bajo tus pies.

—No te molestes en darme las gracias —se rio Marn—. Ahora que sabemos de qué lado estás, te perseguiremos hasta el fin del mundo.

—No cuando el consejo se haya reunido. Entonces, tú ya no estarás y yo volveré a alta mar.

El capitán Marn sonrió y sacudió la cabeza.

—Me sorprendes. Siempre fuiste un cabrón astuto.

Candless entrecerró los ojos.

—¿Qué quieres decir con eso?

Marn se encogió de hombros.

—Nada, que ya no eres tan ladino como antes. Solías tener un sexto sentido para las cosas. Estaba seguro de que te olerías la trampa y jamás caerías en ella, pero mírate, al final has caído de lleno, tal y como esperaban.

—Como esperaban ¿quiénes? —preguntó mirando fijamente a Marn. Una expresión de temor cruzó el rostro de Candless. Algo le preocupaba. De repente, gritó—: ¡Reynolds!

—¿Capitán?

—¿Cómo está el horizonte?

—Despejado, señor.

—Mira bien.

Hubo un momento de silencio.

—Veo una vela —le informó la teniente.

—¡Identifícala!

Volvió a hacerse el silencio. Unos segundos después, empezó a gritar por la borda:

—¡Es el Estrella Polar, señor! ¡No cabe duda!

El capitán Marn y sus tripulantes sonrieron mientras la noticia se propagaba entre los miembros de la tripulación de Candless.

—Si te rindes ahora —dijo Marn—, trataremos a tus hombres como combatientes y no como sediciosos. —Lo dijo en voz alta, asegurándose de que todos pudieran oírlo—. ¡Os dejaremos en libertad si os rendís en este momento! ¡O podéis morir como perros junto a vuestro capitán! ¡Es vuestra decisión!

El capitán Candless contempló con rostro ceniciento las cubiertas repletas de miembros de su tripulación. Su primera orden no fue más que un graznido. Cuando lo intentó de nuevo, su voz sonó con fuerza, cargada de rabia:

—¡Regresad al barco! ¡Preparaos para zarpar!

Muchos de sus tripulantes se apresuraron a obedecer sus órdenes, pero no todos. Cat y otros tres se quedaron junto a la barandilla, observando a los demás. Cat les dedicó un saludo triste antes de dejar que los hombres de Marn lo desarmaran.

Candless aún no había terminado.

—¡Vine, Knot! Destruid el sistema de navegación.

El cañón del Intrépido comenzó a girar sobre su eje. Marn empezó a protestar, pero Candless lo apuntó a la cara con la pistola.

—Si fuera por mí, te enviaría al fondo de océano, pero tu tripulación no merece morir ahogada porque tú seas un perro mentiroso.

La pistola se disparó y la cabina de mando estalló en llamas. Vine y Knot se acercaron corriendo a las velas armados con un par de antorchas. Un instante después, la seda y los cabos estaban ardiendo. Las llamas alcanzaron gran altura. Los tripulantes del Rayo murmuraban de rabia. El fuego empezó a propagarse hacia el cielo. Entretanto, el resto de la gente de Candless saltó a bordo del Intrépido conforme se escoraba y empezaba a alejarse del yate en llamas.

—¡A toda vela!

Nailer miró hacia donde el Estrella Polar empezaba a avistarse en el horizonte. Incluso sin el telescopio, el navío parecía grande.

—El Estrella Polar es un buque de guerra —le explicó Candless—. Nuestra única esperanza pasa porque quieran el clíper como trofeo. De lo contrario, nos harán volar por los aires y moriremos todos.

Nailer contempló ambos barcos.

—¿Por qué iban a dejarnos vivir?

—No disponemos de su arsenal. Eso hace que se confíen. —El hombre volvió la vista hacia el Rayo, donde la tripulación bombeaba agua del mar sobre las velas incendiadas. Esbozó una sonrisa exenta de humor—. Ahora los gatitos perseguidos somos nosotros. —Se volvió y empezó a gritar órdenes.

—¿Cuál es el plan? —preguntó Nailer.

—Intentaremos llegar a la costa, a ver si logramos hacer que cometan un error. De momento nos llevan ventaja, pero será una persecución larga. —Dirigió la mirada hacia el océano—. Habrá que esperar a ver si podemos sacarnos un as de la manga.

—¿Qué piensas hacer?

El hombre esbozó una sonrisa, pero a Nailer le pareció forzada.

—No lo sabré hasta que se presente la oportunidad.

Se encaminó hacia la cabina de mando con paso ligero, y Nailer, sin ninguna tarea concreta, lo acompañó. Candless y Reynolds desplegaron varios mapas y estudiaron las profundidades del océano.

—Nuestro calado es menos profundo que el del Estrella Polar —observó el capitán—. Tenemos que encontrar una zona en la que escondernos, un lugar que sea inaccesible para ellos.

—Podríamos intentar remontar el Misisipi —sugirió la teniente.

—Seguro que pedirán refuerzos por radio. No quiero verme obligado a luchar en ese río.

Nailer observó los mapas con detenimiento, intentando encontrarles sentido. El capitán señaló unas líneas en el mapa.

—Estas son nuestras profundidades. Siempre y cuando naveguemos en aguas de más de seis metros de profundidad, no habrá problema. A menos de seis metros... —se encogió de hombros—, encallaríamos. —Señaló un punto en una de las cartas náuticas, en medio de las líneas azules de las aguas del golfo—. Estamos aquí, más o menos —apuntó hacia una zona más alejada de la costa—. Tu playa está aquí —dijo antes de volver a su debate con Reynolds.

Nailer se quedó mirando el mapa, las letras que conformaban el nombre de la playa de Bright Sands, y se sorprendió al comprobar que era capaz de distinguir las palabras. Pasó el dedo por las profundidades y los indicadores, leyendo los números. La isla donde él y Pima habían descubierto el clíper naufragado de Nita aparecía como una lengua de tierra, todavía conectada al continente.

—¿Estos mapas son antiguos? —preguntó.

—¿Por qué?

—La profundidad no es la correcta. Esto de aquí debería ser una isla, al menos cuando sube la marea.

Reynolds y Candless intercambiaron una mirada divertida.

—Pues sí, tienes razón. Todas las cifras actuales son más profundas que cuando se elaboraron los mapas, pero las proporciones son las mismas, incluso con el aumento del nivel del mar. Así que, en realidad, todo es más profundo de lo que se ve en el mapa.

Nailer asimiló la información mientras estudiaba cómo la isla había estado conectada antes de que el mar se elevase y la aislara, comparando sus recuerdos de la playa de Bright Sands con aquella versión de papel de antaño. Frunció el ceño.

—El mapa sigue estando mal. —El chico señaló las aguas que bordeaban la isla, donde estaban los Dientes—. Toda esta área está mal. No hay más de un par de metros de separación, incluso con la marea alta.

—¿Sí? —Candless examinó el mapa y miró a Nailer con curiosidad—. ¿Cómo lo sabes?

—Los barcos se quedan varados ahí a cada momento. —Trazó con el dedo la zona donde se erigían los Dientes—. Ahí abajo hay un montón de edificios sumergidos. En la playa les decimos los Dientes porque devoran todo lo que cae en sus fauces. —Les indicó un punto—. Si no quieres acabar en el fondo del mar, tienes que entrar por aquí.

—¿Es posible? —preguntó Reynolds con incredulidad—. ¿Alguien pasó por alto una ciudad entera?

—Tal vez —respondió Candless sumido en sus pensamientos—. Cuando se elaboraron estos mapas, la gente había empezado a abandonar toda clase de inmuebles. Las crecidas y el hambre afectaban a todo el mundo. Si la ciudad estaba abandonada, cabe la posibilidad de que la borraran de las superposiciones. Para esas personas, carecía de importancia. No podían imaginar que un siglo después estaríamos navegando sobre ella.

—Pasaron por alto muchas cosas —aseveró Nailer—. Ahí abajo hay toda una ciudad. Todo tipo de edificios y estructuras de hierro que sobresalen del agua. El nivel de profundidad no tiene nada que ver con lo que dice ahí.

—¿A qué profundidad se encuentra?

—¿Con la marea alta? —Nailer se encogió de hombros—. ¿Un metro? ¿Dos? —dijo volviendo a encogerse de hombros—. Cuando el agua está baja, se ven trozos de las estructuras más altas. Sobresalen.

Reynolds no parecía convencida.

—No es un área de navegación importante —dijo Candless—. Sería fácil cometer un error. —Giró la cabeza y miró a

Nailer—. Ninguno de los suyos se quejaría. Incluso si alguien lo hiciera, ¿quién iba a prestarle atención? La mitad de esa costa se ha dado por perdida; se considera un desierto sumergido donde solo hay malaria y convictos.

—Chávez tiene los mismos mapas —observó la teniente.

—Exacto. —Candless esbozó una sonrisa feroz—. Los que proporciona la compañía.

—Habría que medir muy bien los tiempos —comentó Reynolds pensativa—. Una maniobra complicada.

—Si tengo que elegir entre una maniobra complicada y una pelea imposible, me quedo con lo primero.

El hombre le hizo un gesto a Nailer para que se acercara.

—Dime, chico, ¿cómo es exactamente esta ciudad tuya? ¿Dónde están todos los salientes afilados y puntiagudos?

23

Cuando Nailer terminó de explicarles la disposición de los Dientes, Reynolds se opuso a la idea.

—Es demasiado arriesgado. No sabemos si la percepción que tiene el chico del nivel de profundidad es correcta —argumentó mientras negaba con la cabeza.

—¿Tienes una idea mejor? —le preguntó Candless con suavidad.

No la tenía, pero no estaba dispuesta admitirlo. Estaban de vuelta en la cabina de mando, rodeados por el zumbido y los pitidos de los sistemas de radar que habían activado después de que el capitán ordenara al Intrépido poner rumbo a la playa de Bright Sands. Candless había estimado que los patrones de viento eran lo bastante favorables para desplegar las velas altas y, en cuanto había dado el visto bueno, el estampido del cañón Buckell había sacudido la embarcación.

El misil del cañón, seguido del finísimo cable de remolque, se elevó hacia la atmósfera dibujando un arco y, al alcanzar su punto álgido, desplegó un parapente rojo y dorado que resplandeció en el cielo con los colores de Patel Global. El Intrépido se estremeció y se aupó sobre las hidroalas hasta alzarse por encima de las olas. El velamen principal del clíper ondeó y se enrolló. El viento azotó el rostro de Nailer. Hasta ese momento no se había percatado de lo fuertes que eran las corrientes altas.

—El viento sopla con menos fuerza aquí abajo que ahí arriba —le explicó el capitán—. Hasta ahora nos habíamos dejado llevar por el viento, por eso no habías notado tanto la brisa. Pero ahora volamos con las corrientes de ahí arriba.

El océano se deslizaba a toda velocidad bajo el casco. Cuando Nailer bajó la vista y se fijó en la refracción de las olas, le pareció que toda la luz y el brillo del agua se habían fundido hasta convertirse en un torbellino de movimiento tan trepidante que escapaba al entendimiento.

—Cincuenta y dos nudos —anunció el hombre con satisfacción.

Tras ellos, el Estrella Polar también desplegó sus velas altas. El estampido retumbó en el agua.

—Si tenemos suerte —empezó a decir Candless mientras veían cómo se elevaba el misil—, se enredará y podremos sacarles ventaja. Pillar una corriente ascendente en el momento exacto es complicado. Una vez que estás arriba, no hay problema, pero al principio siempre es jodido.

Y, sin embargo, el viento hinchió las velas del Estrella Polar. A través del cristal alargado del sistema de navegación del Intrépido, vieron cómo el buque se elevaba sobre sus hidroalas y su enorme mole emergía del agua.

—¿Por qué no disparan a las velas? —preguntó el chico.

—Tal vez lo intenten. Cuando estén a un kilómetro y medio de distancia, pueden incendiar el parapente con munición química.

—¿Por qué limitarse al parapente? ¿Por qué no hacer lo mismo con el resto del clíper? Hundirnos...

Candless y Reynolds intercambiaron una mirada.

—Chávez es codiciosa. Si cree que puede reclamar el Intrépido como trofeo, nos tildará de piratas y se quedará con todo; si nos hace naufragar y nos envía al fondo del océano, se quedará sin nada.

Las dos embarcaciones surcaban el océano a toda velocidad. A veces daba la sensación de que el Intrépido había ganado algo de terreno, pero cuando Nailer volvía a otear el horizonte, la silueta pálida del Estrella Polar había crecido. La sola imagen del otro clíper, persiguiéndolos como un tiburón, lo hacía estremecerse.

El capitán señaló un punto en el mapa.

—Si Nailer está en lo cierto, podemos sortear los Dientes por aquí, y hasta parecerá que intentamos escondernos.

—Si está en lo cierto —puntualizó Reynolds.

—Lo estoy —insistió Nailer—. Conozco bien esas aguas.

—¿Has navegado por ellas alguna vez?

El chico vaciló. Quería decirles que sí, que estaba familiarizado con el oleaje, que sabía que tenía razón.

—No —admitió—. Pero conozco los Dientes. Los he visto con la marea baja. —Señaló los números del mapa—. Si los antiguos niveles de profundidad que aparecen en vuestras cartas náuticas son correctos, con la marea alta podríais cruzar en línea recta. Justo por aquí. —Movió el dedo hasta el borde de la isla—. Entre la isla y los Dientes hay una brecha.

—Es una invitación al desastre —protestó Reynolds—. La marea no subirá hasta que caiga la noche, así que no tendremos muchos puntos de referencia visuales. Además, con el margen de error del GPS, podría no avisarnos del peligro hasta que alguna viga haya atravesado el casco.

—Sé dónde está —dijo el muchacho con hosquedad—. Conozco la zona.

—¿Sí? —preguntó ella—. ¿En la oscuridad? ¿Solo con la luz de la luna como guía? ¿Sabiendo que te lo juegas todo a una carta?

—Deja al chico en paz —intervino el capitán.

Nailer la fulminó con la mirada.

—¿Acaso tienes una idea mejor? Vamos a morir de todos modos, ¿no? ¿O qué piensas hacer? ¿Rendirte? ¿Dejar que te tilden de pirata y te cuelguen? —le espetó. Frunció el ceño—. Los ricachones sois unos malditos blandengues. Os da miedo jugárosla incluso cuando ya estáis muertos.

De repente, el clíper se sacudió a sus pies. Todos tuvieron que agarrarse a lo primero que encontraron para mantener el equilibrio. Candless y Reynolds intercambiaron una mirada. El mar se había ido encrespando durante la tarde y ahora, al salir a cubierta, vieron que el agua estaba crecida y revuelta. Aunque las hidroalas mantenían al Intrépido por encima de gran parte del oleaje, conforme aumentaba la altura de las olas, la proa se hundía cada vez más en la espuma. El capitán estudió los parapentes que surcaban el cielo entre masas de nubes cada vez más densas.

—No vamos a poder mantenernos sobre las hidroalas mucho más tiempo. No con el mar así.

El clíper se sacudió al embestir otra ola. Al atravesarla, el agua se precipitó con violencia sobre las cubiertas. Un momento después, la embarcación se inclinó bruscamente cuando una de las hidroalas perdió tracción al deslizarse sobre la espuma. Nailer se aferró a la barandilla para no perder el equilibrio. Pasados unos segundos, la nave se enderezó y se lanzó de nuevo hacia delante, impelida por el parapente que flotaba en lo alto. Los nubarrones se oscurecieron y empezaron a arremolinarse cual nido de víboras mientras los relámpagos restallaban en sus vientres.

—¿Es una arrasaciudades? —preguntó Nailer.

El capitán negó con la cabeza.

—No, pero no deja de ser un problema. Esto lo dificulta todo.

—Podemos intentar perderlos en la tormenta —propuso la teniente.

—Sus sistemas de radares nos rastrearán en todo momento —respondió Candless—. Solo podremos escapar de ellos si conseguimos dejarlos varados.

—Si señorita Nita está a bordo, podrías matarla.

El capitán miró a Reynolds con el ceño fruncido.

—¿Crees que no lo sé? —Apartó la mirada—. Es una encrucijada. Conformaremos un grupo de abordaje e intentaremos sacarla en medio de la confusión.

—No tenemos ninguna garantía de que vaya a funcionar.

—Gracias, Reynolds. Agradezco tu aportación. Pero me niego a dejarnos morir a todos por no tener las agallas de aprovechar la única ventaja que tenemos.

El Intrépido se abría paso a toda velocidad a través de la tormenta. Cuando las corrientes se volvieron demasiado impredecibles, el capitán ordenó que arrizaran el parapente. El cable de monofilamento rechinó y restalló mientras las bobinas del cañón arrastraban la imponente vela hacia la cubierta. Un sonido agudo se elevó por encima de la tormenta: el carrete se había atascado. Knot, Vine y Trimble fueron corriendo hasta el cañón. El viento golpeó el parapente de costado, y el repentino cambio de dirección hizo que el Intrépido se escorara.

Desde la cabina de mando, a través de la lluvia, Nailer podía ver cómo la tripulación se afanaba por desatascar el carrete. A su lado, el capitán Candless sostenía el timón del barco. El hombre negó con la cabeza.

—Diles que corten el cable —le pidió.

Nailer lo miró dubitativo.

—¡Vamos, chico! ¡Ve! Diles que lo corten.

El muchacho bajó a cubierta tan deprisa que casi olvidó engancharse a uno de los anclajes antes de enfrentarse a los embates del viento. Una ola se derramó con violencia sobre la proa de la cubierta y se lo llevó por delante. Se deslizó por la plataforma hasta estrellarse contra el mástil principal. Se levantó como pudo, aún algo aturdido, y cruzó la cubierta a trompicones.

—¡Cortadlo! —gritó por encima del rugido de la tormenta.

Knot lo miró de reojo y luego desvió la mirada hacia el capitán. Desenfundó un cuchillo y, con un tajo limpio y feroz, cortó el hilo de monofilamento. El cable salió disparado hacia arriba y se alejó mientras restallaba y se retorcía como una serpiente. Un instante después, el parapente se perdió de vista entre las sombras de los nubarrones.

Al verlo desaparecer, Nailer se preguntó si la nave había perdido una ventaja que acabarían echando de menos más adelante. Knot le dedicó una sonrisa triste.

—Ya no tiene remedio —dijo, y corrió a reunirse con el resto de la tripulación, que ya acometía la difícil tarea de desplegar las velas mayores en medio de la tormenta.

Nailer contempló con asombro cómo todos se dejaban la piel haciendo su trabajo. La lluvia los acribillaba sin tregua y el mar se elevaba e intentaba engullirlos con sus enormes olas, pero ellos no cejaban en su empeño de someter el clíper a su voluntad. Y el Intrépido respondió. Empezó a surcar el mar tempestuoso, embistiendo los valles de las olas y encaramándose a sus crestas antes de precipitarse por el siguiente barranco de agua. A su alrededor, las olas se erguían sobre ellos, imponentes y monstruosas. Nailer se mantenía alejado de la actividad febril, aferrado a la barandilla y sujeto a sus cables de seguridad mientras la tripulación luchaba por hacer avanzar el barco.

La noche se cernió sobre ellos. La oscuridad era absoluta, alterada únicamente por los relámpagos que restallaban de vez en cuando. En algún lugar detrás de ellos, el Estrella Polar los perseguía, pero Nailer no podía verlo, así que no tenía ni idea de dónde estaba. En cierto modo, le reconfortaba fingir que su estilizada figura no estaba ahí detrás, dándoles caza, pero no era más que una quimera.

Pasado un tiempo, el capitán Candless dio la orden de que empezaran a maniobrar hacia la costa y se aproximaran al punto donde planeaban tenderle la trampa a su perseguidor. Aun navegando a ciegas, el Estrella Polar utilizaría su red de radares para seguir su rastro. Y, en efecto, cuando Nailer por fin decidió resguardarse de los elementos para tomarse una taza de café caliente, en el radar principal del Intrépido ya aparecía la señal luminosa del maldito buque de guerra, que seguía recortando distancias.

Nailer tragó saliva.

—Están cerca.

Candless asintió con expresión sombría.

—Más cerca de lo que nos gustaría. Ve a popa y echa un vistazo.

Nailer corrió hacia una escalerilla y subió por la escotilla de popa del barco. La lluvia cayó a plomo sobre él. La espuma salada le acarició los tobillos cuando el clíper embistió otra ola y se elevó de manera vertiginosa. Nailer se quedó mirando el chaparrón.

Un relámpago desgarró las tinieblas seguido de un trueno ensordecedor. El Estrella Polar apareció de repente, más cerca de lo que había creído posible, alzándose sobre la cresta de una ola antes de descender de nuevo con violencia. Un instante después, volvió a perderse en la oscuridad.

Cuando Nailer volvió a la cabina de mando, el capitán le dijo:

—Han podido mantener el parapente desplegado más tiempo que nosotros. Su clíper es más estable.

—¿Qué se proponen?

El hombre clavó la mirada en la señal luminosa del radar que identificaba a sus perseguidores.

—Nos amenazarán y luego nos abordarán.

—¿En medio de la tormenta?

—Han luchado en aguas más traicioneras. El Ártico es el campo de batalla más duro del planeta. No van a asustarse por un poco de lluvia y unas cuantas olas. —Se acercó a él—. Entre nosotros, chico, ¿estás seguro de lo que nos has contado de los Dientes?

Nailer se obligó a asentir, pero el hombre no se retiró.

—Es un riesgo —continuó—. Uno que no me gusta tener que asumir. Uno como el que acabó destruyendo la última embarcación de la señorita Nita, ¿comprendes? —Hizo un gesto con la cabeza hacia la cubierta, hacia su tripulación—. Tal vez piensas que tu vida no vale nada, pero también estás poniendo en juego las vidas de todos los demás.

El chico desvió la mirada.

—Con buen tiempo... —Dejó la frase a medias. Levantó la vista y miró al capitán—. No lo sé. ¿En la oscuridad? ¿En medio de una tormenta? —Sacudió la cabeza—. He estado en la bahía y he cruzado la brecha, pero no sé si dará resultado o no. No en estas condiciones.

Candless asintió. Volvió a escudriñar la oscuridad, donde acechaba su perseguidor.

—Muy bien. No es la respuesta que me habría gustado, pero es una respuesta honesta. Tendremos que confiar en las Parcas.

—¿Vas a intentarlo de todas formas? —le preguntó el muchacho.

—A veces es mejor morir intentándolo.

—¿Y qué pasa con los demás?

El capitán adoptó una expresión solemne.

—Conocían los riesgos de venir conmigo cuando dejamos Orleans. Sabían que había opciones más seguras que embarcarse con un viejo leal como yo. —Señaló las pantallas de navegación y las imágenes infrarrojas de la línea costera, que despedían una intensa luz verde mientras emitían destellos que parecían relámpagos en miniatura—. A partir de ahora, necesito que seas mis ojos, chico. Ayúdanos a llegar a buen puerto.

Nailer observó las pantallas. Los destellos de los relámpagos permitían discernir las sombras de la costa. De pronto, un cañón retumbó detrás de ellos. Un misil surcó el cielo por encima de ellos.

—Chávez teme que intentemos adentrarnos en la selva —observó Candless.

El chico echó la vista atrás.

—¿Piensan hundirnos?

—¡El Estrella Polar no es tu problema! —El hombre agarró al muchacho por el hombro e hizo que mirara al frente—. ¡Tu problema está ahí fuera! ¡Muéstrame adónde ir!

Nailer se acercó a las pantallas y escrutó el contorno oscuro del litoral. La isla apareció brillante en la pantalla. Frunció el ceño. No, no podía ser. Debía de ser otra colina. En medio de la oscuridad y la tormenta todo era diferente. El barco seguía abriéndose paso entre las olas.

—No la veo —dijo. Intentó echar un vistazo a través del cristal salpicado por la lluvia, pero no vio más que negrura.

—¡Pues mira mejor! —Los dedos del hombre le apretaron el hombro.

Escudriñó la oscuridad. Era imposible. El terreno que mostraban los telescopios era un borrón indistinguible de vegetación y costa. Volvió a clavar los ojos en la lluvia, intentando discernir algo a través de los parabrisas de proa. Otro relámpago. Y otro más. Seguido de un trueno ensordecedor. Y, en ese momento, la vio. Ahogó un grito. Estaban demasiado lejos.

—¡Ahí atrás! —exclamó mientras la señalaba con el dedo—. ¡Hemos pasado de largo!

Candless maldijo por lo bajo. Tiró con fuerza del timón mientras se desgañitaba dando órdenes a la tripulación. Las velas restallaron y ondearon inútilmente. El clíper se bamboleó con violencia cuando una ola lo embistió desde un ángulo inesperado. La silueta de un tripulante se precipitó al vacío desde el mástil y se detuvo con violencia en el aire mientras colgaba de forma precaria de un arnés. La botavara de la vela barrió la cubierta y el Intrépido dio la vuelta. De repente, la enorme mole del Estrella Polar se cernió sobre ellos. El Intrépido se debatía entre las olas mientras sus velas aleteaban a tiento. Abajo, en la cubierta, se oían los gritos de Reynolds:

—¡Deprisa! ¡Deprisa! —repetía mientras preparaba a la tripulación para embancarse—. ¡Todos a las bombas!

El Estrella Polar estaba encima de ellos. Nailer vio a varios híbridos en las bordas. Hacían girar unos garfios en el aire, ansiosos por iniciar el abordaje. Las velas del Intrépido se batieron y de repente se hincharon de aire. El clíper volvió a salir disparado hacia adelante, ganando cada vez más velocidad. El Estrella Polar se emparejó momentáneamente con ellos, intentando aferrarse a ellos, pero el Intrépido paso de largo como una exhalación, impelido por el oleaje.

—¡A la derecha! —gritó Nailer—. ¡Vira a la derecha! —Podía ver la isla. Ya navegaban sobre los Dientes. Los más grandes debían de estar justo debajo. Iban a encallar.

—Aquí le decimos estribor —apuntó Candless con sorna mientras hacía girar el timón. El hombre parecía haberse serenado de repente. El Intrépido siguió avanzando, dejándose arrastrar por las olas hacia el afloramiento rocoso de la isla. De buenas a primeras, habían atravesado los bajíos y rebasado la isla y los Dientes.

El clíper se asentó en la relativa calma de la bahía.

—¡Anclas de tormenta! —gritó el capitán Candless mientras la tripulación plegaba las velas del barco. El Intrépido se bamboleó, se estremeció y osciló de un lado a otro cuando las anclas de proa se aferraron al fondo marino. La repentina inmovilidad de la embarcación provocó que las olas rompieran con más fuerza contra ella. Quedó a merced de la corriente marina, que la arrastró y la hizo girar hasta dejarla con el morro mirando hacia el oleaje. En cuanto dejaron caer las anclas de popa, el barco se estabilizó.

Nailer abandonó la cabina de mando y salió a la cubierta azotada por la lluvia.

—¡A la de dos! —gritó Reynolds—. ¡Preparaos para abordar!

Los relámpagos refulgían en el cielo nocturno. La inmensa mole del Estrella Polar iba a por ellos. Nailer se aferró a la barandilla mientras aquel monstruo embravecido recortaba distancias.

—Parcas... —susurró tocándose la frente. Nunca se había considerado una persona religiosa, pero en aquel momento se sorprendió rezando.

Reynolds se acercó y se colocó a su lado mientras observaba cómo el buque de guerra se abalanzaba sobre ellos.

—Ahora veremos si tenías razón.

Nailer tenía la garganta seca. El Estrella Polar avanzaba a toda velocidad, como si se propusiera arrollarlos con su peso. Conforme se abría paso entre el oleaje, un nuevo temor atenazó a Nailer: con la marea alta y la marejada ciclónica provocada por la tormenta, los Dientes podían encontrarse a mucha mayor profundidad de lo normal. Cabía la posibilidad de que el Estrella Polar pasara sobre ellos sin mayor problema. Un sentimiento de desesperación se apoderó de él. No había tenido en cuenta la marejada. De ahí que el Intrépido hubiera salido indemne aun cuando había cruzado la brecha por donde no debía.

El clíper enemigo había empezado a arriar las velas y a reducir la velocidad, dejándose llevar por la inercia para acercarse a ellos y abordarlos. Nailer observó la escena sumido en la desesperanza. Se había equivocado. Se había creído muy listo y ahora iban a abordarlos por su culpa, todo por no haber pensado hasta en el último detalle.

—¡Capitán! —gritó—. No van...

El Estrella Polar dejó de avanzar. Se quedó suspendido entre las olas, inmóvil, aun cuando el agua seguía fluyendo a su alrededor. Una ola lo embistió. Luego otra. En las cubiertas hubo un frenesí de actividad. Un hervidero de gente cobró vida de repente. El buque empezó a balancearse despacio hacia un lado y luego se detuvo. Una ola gigantesca se estrelló contra él. Otra. El barco quedó completamente de costado y volvió a quedar encallado, presa de otra estructura surgida de las profundidades. Un enorme muro de agua impactó con violencia contra el casco y la embarcación se escoró por completo.

Reynolds soltó una carcajada y le dio una palmada en el hombro a Nailer.

—¡Eso los mantendrá ocupados! —gritó por encima del estruendo de la tormenta—. ¡Acabemos con esto!

Salieron corriendo hacia las lanchas. Nailer se colocó detrás de Reynolds. La pequeña balsa se mecía sobre el mar embravecido, suspendida en el aire por dos eslingas. Knot, Vine, Candless y media docena más de hombres estaban amontonados a su alrededor. Otras dos lanchas repletas de miembros de la tripulación del Intrépido colgaban del costado del barco. El zumbido agudo que emitieron los motores biodiésel al ponerse en marcha se impuso al rugido de la tormenta. Las palas de las hélices empezaron a desdibujarse conforme iban ganando velocidad. El motor de la lancha de Nailer vibró y cobró vida con un rugido. Las balsas de delante se soltaron de las eslingas y se precipitaron como rocas sobre las olas entre los chirridos de los propulsores. En cuanto cayeron al agua, salieron disparadas como flechas rumbo al Estrella Polar, que se hundía de manera irremediable.

—¡Despejado! —gritó Reynolds. Las eslingas se soltaron y la lancha cayó de golpe. A Nailer se le encogió el estómago. Iban en caída libre. Un instante después, se estrellaron contra el océano. La inercia del impacto hizo que el chico se doblara hacia delante y chocara contra la espalda ancha de Vine. Sintió una punzada de dolor; se había mordido el labio. Cuando la balsa se lanzó hacia delante, tuvo que agarrarse para no perder el equilibrio mientras aceleraban.

—¡Comprobad las armas! —ordenó Candless. Nailer se llevó la mano a la pistola que llevaba a la cintura. Tenía el corazón desbocado. Trimble sonrió de oreja a oreja a su lado.

—No hay nada como un abordaje en plena tormenta; ¿no crees, chico?

El muchacho asintió débilmente. La pequeña embarcación se abrió paso entre la espuma y los cachones, guiada por la mano segura de Reynolds. Se acercaron por la popa hasta emparejarse con el Estrella Polar, que seguía escorándose lentamente. La tripulación enemiga se había congregado en la cubierta. A Nailer le pareció ver a la capitana aferrada a una de las barandillas, intentando organizar a los suyos para estabilizar la embarcación. Sintió una punzada triunfal. Qué confiada debía de haberse sentido hacía solo unos minutos y qué desesperada parecía ahora. Se rio bajo la lluvia mientras el agua le corría por la cara. Él era el culpable de su desdicha.

La lancha chocó con el casco del buque enemigo. Knot lanzó un garfio atado a una escalerilla de cuerda por encima de la borda y subió por el costado, seguido de cerca por Vine. Saltaron por la barandilla con las pistolas y los machetes en ristre mientras el resto de la tripulación hacía lo propio.

Reynolds le dio una palmada en el hombro.

—¡Andando, chico!

Nailer se agarró a la escalerilla y empezó a trepar. Se asomó a la cubierta a tiempo de ver cómo Candless forcejeaba con la otra capitana. El hombre se retorció e hizo que la mujer cayera por la borda y se precipitara en el mar, donde empezó a bracear frenéticamente para intentar mantenerse a flote. Candless apuntó al resto de la tripulación de Chávez con el arma.

—¡Bajad las armas y rendíos! —gritó por encima del estruendo de la tormenta. Y, por si había alguien a quien no le hubiera quedado claro, la pistola se encargó de decir el resto. Nailer contempló el mar revuelto, preguntándose qué habría sido de la capitana. Había desaparecido sin dejar el menor rastro, engullida por los Dientes.

Acababan de hacerse con el control del Estrella Polar.

Cuando empezaba a volverse hacia Reynolds con una sonrisa en los labios, una oleada de híbridos emergió de la bodega disparando sus armas. Candless se desplomó en medio de un reguero de sangre. Reynolds hizo a Nailer a un lado y abrió fuego. Al verla, él empuñó su pistola y empezó a disparar a través de la lluvia. Estaba convencido de que no le daría a nadie, pero siguió apretando el gatillo de todos modos. De repente, una ola gigantesca sacudió el buque. La cubierta se ladeó y los combatientes empezaron a deslizarse hacia el mar.

Nailer logró agarrarse a la barandilla cuando estaba a punto de precipitarse por la borda, pero no pudo evitar que su pistola se perdiera entre las olas. Tenía medio cuerpo colgando por fuera del barco. La marejada le abrazaba las piernas, ansiosa por arrastrarlo consigo. El chico logró escapar del vórtice y se aferró a la barandilla. El imponente clíper, tan invulnerable en apariencia, se había vuelto imposiblemente pequeño. Se estaba hundiendo.

Vio que Reynolds le disparaba a alguien en la oscuridad, pero no podía ver a quién. La mujer se percató de su presencia.

—¡Ve a buscar a la señorita Nita! —le gritó mientras las balas rebotaban a su alrededor.

Uno de los híbridos del Estrella Polar emergió del agua junto a ellos. Parecían invencibles. La teniente apuntó a la criatura con la pistola y le disparó en el pecho. Volvió a caer al agua. Nailer echó un vistazo a su alrededor en busca de los híbridos del Intrépido, pero no había ni rastro de ellos. Era posible que Knot, Vine y el resto de sus congéneres ya estuvieran muertos.

La pistola de Reynolds rugió de nuevo. La mujer lo fulminó con la mirada.

—¡Ve!

Nailer desenfundó el cuchillo de combate y buscó a tientas el resto de su munición, ahora inservible, para entregársela a Reynolds. Se abrió paso hasta la escotilla más cercana, rezando por no encontrarse con otro grupo de híbridos, y accedió al interior del buque.

La furia de la tormenta se apagó. Nailer se limpió la cara frenéticamente para despejarse la vista y parpadeó, desconcertado por la repentina quietud. Una hilera de luces led de emergencia iluminaban el pasillo, alimentadas por la corriente de las baterías del clíper. Mientras avanzaba por el pasillo, no pudo evitar calcular el precio que podía llegar a alcanzar un sistema de iluminación como aquel en el mercado de la chatarra. Pasó por delante de accesorios de latón y puertas de acero mientras tomaba nota de las tuberías de servicio que podría arrancar sin mayor esfuerzo. El pasillo se ladeó de repente, sacudido por las olas de la tormenta que arreciaba en el exterior. Se tambaleó.

«Concéntrate, idiota. Encuentra a Lucky Girl y sal pitando de aquí».

Nada se movía en el tenue resplandor carmesí de los pasillos. En algún lugar por encima de él, seguían oyéndose disparos, pero en el interior reinaba un extraño silencio. Continuó adentrándose en la nave, atento a los crujidos y al chapoteo del agua, pendiente del sonido de sus pasos furtivos y de su respiración entrecortada. Se detuvo un momento, intentando recuperar el aliento. Aguzó el oído y prestó atención al menor indicio de movimiento.

Nada.

Siguió avanzando por el pasillo con el cuchillo en la mano. Era imposible que estuviera solo ahí abajo. Lucky Girl debía de estar cerca y, dondequiera que estuviera, habría alguien con ella.

Una vez más, Nailer se sorprendió de su capacidad para cometer estupideces suicidas. Traicionar a su padre había sido una estupidez de las gordas, pero deambular por un barco que se iba a pique lo superaba. Si hubiera sido inteligente, se habría lavado las manos cuando Lucky Girl desapareció en Orleans. Podría haber encontrado otro trabajo. Podría haberse marchado sin problemas, remontar el Misisipi... Cualquier cosa. Pero, en lugar de eso, se había dejado llevar por la lealtad que le demostraba su gente: Candless, Reynolds, Knot, Vine... Aunque, a decir verdad, sus fantasías estúpidas acerca de aquella guapísima niña rica también habían tenido un papel importante.

«Buen trabajo, campeón».

Negó con la cabeza. Y ahora, ahí estaba, de vuelta en la playa de Bright Sands, donde había empezado todo, con la suerte más en contra que nunca y dispuesto a que un híbrido le volara la cabeza de un disparo porque pensaba que una ricachona...

Movimiento más adelante. Ruidos. Apoyó la oreja contra la pared del pasillo. Oyó el eco de unos gritos ahogados. Echó un vistazo hacia el final del pasillo. Una escalerilla descendía al nivel inferior. Se aproximó sin hacer ruido, acercó la cabeza al agujero y aguzó el oído.

—¡Tráeme otro sello! ¡No! ¡De aquí! ¡Ahí no, aquí! ¡Aquí! —Más gritos: miembros de la tripulación que se afanaban por contener el daño para intentar impedir que el mar embravecido siguiera vertiéndose en el buque.

Nailer se asomó por el hueco. Abajo, el pasillo empezaba a inundarse. Varios hombres y mujeres chapoteaban de un lado a otro con el agua por las rodillas. Aunque el agua no dejaba de colarse por las grietas del casco, los tripulantes bregaban sin descanso. En aquel momento, Nailer deseó tener una pistola. Podría haberles disparado a todos... Enseguida reprimió la idea. Provocar una pelea con un grupo de gente al que no le importaba en absoluto sería una insensatez.

Uno de los hombres se volvió. Sus ojos se abrieron de par en par.

—¡Oye!

El chico sacó la cabeza del agujero y echó a correr.

—¡Nos han abordado! —El grito resonó desde el nivel inferior. —¡Nos han abordado!

Pero Nailer ya se había alejado por el pasillo. Las botas de sus perseguidores empezaron a repiquetear en la escalerilla justo cuando acababa de meterse en un camarote y cerraba la puerta. Estaba en una cabina de tripulación. El violento vaivén del barco había desperdigado las literas y demás enseres por todas partes. Oyó cómo el golpeteo de las botas pasaba de largo y se alejaba.

Respiró hondo y se dispuso a salir del camarote. La inclinación de la nave dificultaba mucho sus movimientos. Los pasillos se estaban inclinando de tal manera que la puerta que hasta hacía unos segundos ocupaba la pared ahora empezaba a ocupar el suelo. De hecho, tuvo que levantarla como una trampilla para poder salir de la habitación y, una vez fuera, dejarse arrastrar hasta el otro extremo del pasillo antes de ponerse en pie. El clíper intentaba ponerse panza arriba.

Fue a trompicones hasta la escalerilla, rezando para no encontrarse con ningún otro tripulante.

El descenso acabó siendo una experiencia cuando menos extraña, ya que se vio obligado a desplazarse prácticamente de lado. La embarcación estaba casi de costado. El agua fluía con libertad a su alrededor. Pasó corriendo por delante de una de las brechas que la tripulación del Estrella Polar había sellado en la bodega de carga y se adentró en las entrañas de la nave malherida, registrando desesperadamente cada uno de los camarotes y depósitos que salían a su paso. No encontró a nadie. Todo el mundo debía de estar en las cubiertas o atareado intentando contener la inundación. Estaba solo.

En ese momento, decidió renunciar al sigilo y empezó a gritar:

—¡Lucky Girl! ¿Dónde diablos estás? ¡Nita!

No hubo respuesta.

Tenía que estar en alguno de los niveles superiores, era la única explicación. No sabía cómo, pero debía de haberla pasado por alto.

O puede que la tuvieran drogada.

O que ya se la hubieran llevado.

O que nunca hubiera estado allí.

Hizo una mueca. Era posible que la hubieran dejado en Orleans. O que la hubieran matado. Avanzó con dificultad por los pasillos anegados mientras intentaba encontrar una salida. El agua había invadido todas las cubiertas. La pared se había convertido en el suelo y, dado que el buque seguía escorándose, le resultaba cada vez más complicado orientarse. La embarcación se sacudió y el mundo volvió a girar de repente. El agua lo salpicó todo. Cuando tiró de una puerta para abrirla, una tromba de agua lo embistió y lo arrastró por el pasillo hasta que logró salir a la superficie y recuperar el equilibrio. En cuanto se puso de pie, huyó de la crecida.

—¡Lucky Girl!

Nada. Había agua por todas partes. Las luces de emergencia habían empezado a sufrir cortocircuitos, por lo que varias secciones del clíper estaban en completa oscuridad.

El Estrella Polar se estaba hundiendo. Tenía que salir de allí. A juzgar por los pasillos y los camarotes vacíos, incluso sus tripulantes habían huido. Se preguntó cómo habría acabado el combate. ¿Quién habría ganado?

Siguió recorriendo los pasillos que la inclinación del barco había puesto patas arriba. Un fuerte y apestoso olor a maquinaria engrasada le impregnaba las fosas nasales. Era como estar de vuelta en uno de los pecios; como volver a estar atrapado en el depósito de petróleo.

Abrió otra puerta de un empujón y la atravesó a gatas. No tenía ni idea de dónde estaba. Los mecanismos de las hidroalas del Estrella Polar yacían en la penumbra rojiza del interior, rodeados del chasquido de los engranajes y del zumbido de los sistemas mecánicos de automatización de las velas y los carretes de las hidroalas y el parapente. Las señales de advertencia rezaban: ¡MECANISMOS DE ALTA VELOCIDAD EN USO! CUIDADO CON LAS MANOS Y LA ROPA HOLGADA. A Nailer le hizo gracia comprobar que era capaz de entender lo que ponía. Estaba a punto de morir ahogado, pero, oye, sabía leer.

En una de las paredes, varios indicadores luminosos y de seguridad parpadeaban para indicar que se habían producido fallas y averías eléctricas en la parte superior, probablemente a raíz de que la cubierta de mando quedara sumergida. Los componentes mecánicos eran casi idénticos a los que había tenido que lubricar en el Intrépido bajo la supervisión de Knot. Eran más grandes, pero su disposición era muy similar. Al ponerse de costado, los paneles de mantenimiento alojados en el suelo se habían aflojado y se habían caído, dejando al descubierto los enormes engranajes y los sistemas hidráulicos entrelazados. Por lo visto, las embarcaciones que formaban parte de la flota de Patel Global eran casi idénticas. No iba a encontrar a Nita allí. Se volvió para continuar con la búsqueda. El buque gimió y volvió a sacudirse bajo sus pies. Nailer se preguntó si iba a acabar como Jackson Boy después de todo. Muerto en otra clase de naufragio, pero muerto al fin y al cabo.

—¡Nita! ¿Dónde diablos estás?

Se internó en un nuevo pasillo. El Estrella Polar seguía intentando darse la vuelta y, de momento, solo la resistencia de sus mástiles, que habían quedado atrapados entre los Dientes, evitaba que se volcara por completo. Si la embarcación acababa panza arriba, tendría que salir nadando. Se preguntó si sería capaz de volver a la superficie entre el oleaje y los restos del naufragio.

—¡La madre que me parió! —Una voz familiar interrumpió sus pensamientos—. Hola, Lucky Boy.

Un escalofrío le recorrió el cuerpo. Se volvió.

Su padre estaba de pie en medio del pasillo inundado con Nita colgada del hombro, amordazada y atada de pies y manos. Tenía la cara empapada y llevaba un machete en la mano.

Nailer retrocedió, horrorizado. Richard sonrió. Incluso en la penumbra rojiza de las luces led, era evidente que estaba colocado. Las pupilas dilatadas, los ojos desorbitados y la sonrisa salvaje lo delataban.

—¡Me cago en la leche! —exclamó el hombre—. No pensaba encontrarte aquí. —Dejó a Nita en el suelo de cualquier manera y dibujó un arco en el aire con el machete—. No pensaba volver a verte.

Nailer intentó encogerse de hombros, demostrarle que no le tenía miedo.

—Ya. Yo tampoco.

Richard soltó una carcajada. El sonido retumbó en el espacio reducido. Los dragones, claramente visibles en los brazos desnudos, se le enroscaban en el cuello y la nuez como una corona de púas. Las costillas se le veían por encima de su musculatura de luchador.

—¿Vas a quedarte ahí parado? —le preguntó su padre—. ¿O piensas ayudarme?

Nailer vaciló, desconcertado.

—¿Ayudarte? ¿Quieres que te ayude con la chica?

Richard volvió a sonreír.

—Era broma. Debería haberte dejado morir cuando encontramos el botín. Debería haber sabido que te comportarías como un cabroncete malagradecido.

—Déjala ir —dijo—. No la necesitas.

—No —respondió su padre sacudiendo la cabeza—. No la necesito. Pero no voy a irme con las manos vacías y, por lo que parece, ella es el botín más valioso que hay aquí.

—Te atraparán.

—¿Quiénes? —Soltó otra risotada—. A nadie le importa una mierda ya. «Sálvese quien pueda» y todo eso. —Se encogió de hombros—. De todos modos, a los Recolectores les da igual si está viva o muerta. Con tal de que les venda sus órganos, a ellos les da lo mismo. —La miró de reojo—. Puede que antes fuera una ricachona, pero ahora no es más que un botín que puedo vender por partes.

Nailer siguió la mirada de su padre. Le sorprendió ver que Nita estaba consciente. Forcejeaba contra sus ataduras, intentando liberarse.

Le propinó una fuerte patada.

—Estate quieta —le advirtió.

Nita soltó un gruñido de dolor y dejó escapar un gemido cuando recuperó el aliento. Richard se volvió hacia Nailer y volvió a esgrimir el machete.

—¿Qué piensas hacer, chico? ¿Crees que puedes rajarme con ese cuchillito? ¿Vengarte de mí por las tundas que te he dado?

Blandió el machete de nuevo y dejó que la hoja oscilara frente al chico.

—Pues venga —lo provocó. Le hizo señas para que se acercara—. Cuerpo a cuerpo, chaval. Como en el *ring* —dijo enseñándole los dientes maltrechos—. ¡Voy a arrancarte las tripas y a esparcirlas por el suelo!

Se lanzó hacia delante. Nailer se hizo a un lado un instante antes de que el machete pasara volando a la altura de su cara. Su padre se rio.

—¡Buen trabajo, muchacho! ¡Eres muy rápido! —Dio otro tajo. Nailer sintió una punzada de dolor en el vientre, donde la hoja había dibujado una línea—. ¡Casi tan rápido como yo!

El chico se tambaleó hacia atrás. El corte no era profundo, se había hecho heridas peores trabajando en la brigada ligera, pero lo aterró comprobar lo rápido que era su padre. Era tan letal como un híbrido. Richard volvió a acercarse a él y asestó varios golpes cortos con el arma. Nailer cedió terreno. Hizo una finta con el cuchillo, intentando alcanzar a su padre por la cara interna del machete, pero este anticipó su movimiento y logró alcanzarlo en la mejilla.

—Sigues siendo un poco lento.

Nailer retrocedió, intentando luchar contra el miedo que lo invadía. Se limpió la sangre que le corría libremente por la cara. El tipo era tan rápido que resultaba perturbador. Puesto de anfetaminas, era sobrehumano. Le vino a la mente la vez que Richard se había enfrentado a tres oponentes de manera simultánea en el *ring* y los había derrotado como parte de una apuesta. Había partido en desventaja, pero había aplastado a todos sus rivales, los había dejado inconscientes y se había erguido sobre todos ellos mientras esbozaba una sonrisa sangrienta y triunfal. Richard López había nacido para luchar.

Arremetió de nuevo contra él, obligándolo a apartarse de un salto.

«Concéntrate», se dijo a sí mismo.

Su padre lanzó una serie de ataques rapidísimos. Nailer consiguió esquivar el machete a duras penas, pero no pudo evitar que el cuerpo de Richard se estrellara contra el suyo. El cuchillo se le resbaló de la mano por culpa de la sangre y salió volando. Su padre y él empezaron a rodar por el suelo. Richard intentó agarrarlo, pero el chico logró zafarse y se escabulló por el pasillo.

—¡No podrás huir tan fácilmente! —dijo el hombre entre risas.

Nailer se puso a buscar el cuchillo a tientas, desesperado, pero no veía nada en la penumbra. Al ver que su padre lo acechaba, dio media vuelta y echó a correr. Tras él, Richard soltó una carcajada y empezó a perseguirlo mientras se dirigía a toda prisa hacia la sala de máquinas. Bajo el resplandor de las luces de emergencia, el chico echó un vistazo a su alrededor, buscando alguna herramienta que pudiera utilizar como arma. El hombre irrumpió en la habitación detrás de él.

—Vaya, vaya... Eres más escurridizo que una serpiente.

El muchacho retrocedió. Maldijo por lo bajo la pulcritud de la tripulación del Estrella Polar. No había nada fuera de lugar, ni siquiera una llave inglesa o un simple destornillador. Nailer agarró uno de los paneles de mantenimiento que se habían soltado y lo arrojó contra su padre, que lo esquivó con facilidad.

—¿Eso es lo mejor que puedes hacer? —le preguntó.

Al recoger otro de los paneles, el chico levantó la vista para ver de dónde había caído. A su lado se alzaba una pared entera repleta de engranajes y sistemas hidráulicos: el suelo de la habitación se había convertido en un muro. Si era capaz de trepar, podría escapar de su padre metiéndose en cualquiera de los conductos de mantenimiento.

Fue corriendo hacia la pared de engranajes expuestos y se encaramó a ella. Con la nave de costado, había tantos paneles abiertos que no le resultaría complicado trepar por ellos. Echó un vistazo a los espacios que había entre unos y otros, casi sollozando de desesperación. Ninguno de los huecos era lo bastante grande como para poder escapar del alcance del machete de su progenitor. Siguió subiendo.

—¿Adónde crees que vas, chico?

Nailer no respondió. Se asió a otro de los enormes engranajes y se impulsó hacia arriba. Le dio un manotazo al cierre de seguridad de uno de los paneles de mantenimiento, lo arrancó y se lo arrojó a su padre, pero volvió a errar. Richard lo observaba con perplejidad desde abajo.

—¿Crees que no puedo subir hasta ahí y hacerte bajar? —Sacudió la cabeza—. Pensaba que eras más listo, chico.

Nailer se aupó un poco más.

—¿Por qué no bajas y mueres como un hombre? Nos facilitarías mucho las cosas a los dos.

—Si tanto me quieres, ven a buscarme —respondió él mientras negaba con la cabeza.

Aflojó otro de los paneles. Si provocaba a su padre lo suficiente como para que fuera tras él, a lo mejor conseguía partirle la crisma con aquel trasto.

—Como quieras, chaval. Que conste que he intentado ser amable —dijo antes de aferrarse a uno de los engranajes y tantear el siguiente panel en busca de asidero. Pese a que el machete entorpecía sus movimientos, trepaba a una velocidad espeluznante.

Nailer dejó caer el panel. Por un momento, pensó que daría justo en el blanco, pero entonces otra ola embistió la nave, haciendo que se sacudiera con violencia, y el condenado trasto cayó al suelo sin rozarlo siquiera. Richard lo miró y le sonrió sin inmutarse.

—Me temo que no eres un chico con tanta suerte, Lucky Boy —se burló antes de impulsarse hacia arriba con la rapidez de una araña.

Nailer trepó un poco más arriba, pero no había adónde ir. Se aferró a uno de los engranajes sin dejar de mirar a su padre. Estaba atrapado. Richard sonrió y dio un golpe de machete. El chico encogió las piernas para evitar que lo alcanzara. La hoja se estrelló contra el acero.

El brillo intermitente de un piloto led llamó la atención del muchacho. Al observarlo con detenimiento, sintió una oleada de esperanza. Estaba justo al lado de una consola de mando con su correspondiente etiqueta: ANULACIÓN DEL BLOQUEO DE ALAS. MANTENGA LAS MANOS Y LA ROPA HOLGADA ALEJADAS.

Nailer aporreó la palanca de desbloqueo y pulsó el botón de anulación del mecanismo tal y como había hecho Knot hacía lo que parecía una eternidad. Bajó la vista hacia su progenitor.

—Déjame ir, papá. Deja que Nita y yo nos vayamos.

—No esta vez, chico. —Richard lo agarró por el tobillo.

Tras encomendarse a las Parcas, se aferró a la palanca y saltó, utilizando el peso de su cuerpo para tirar de ella. El peso de su cuerpo la movió hacia abajo; de repente, iba en caída libre.

El estruendo de la maquinaria inundó la habitación.

24

Nailer cayó al suelo. En cuanto aterrizó, sintió un fuerte dolor en el tobillo. El aullido de la maquinaria se interrumpió de repente. El chico levantó la mirada. Su padre colgaba en el aire por encima de él, con medio cuerpo atrapado en el sistema de engranajes de las hidroalas. Intentaba alcanzar el mecanismo, que se había tragado uno de sus brazos y una de sus piernas. Tenía los dientes llenos de sangre.

—Joder —dijo. Parecía confundido, más que otra cosa. Intentó liberarse de nuevo. A Nailer se le erizó la piel. Solo por cómo lo habían succionado los engranajes, debería haber muerto, pero ahí estaba, luchando por su vida. Espoleado por las anfetaminas y en pleno colocón, Richard seguía sin ser consciente de la magnitud de sus heridas. Por un momento, el chico estuvo a punto de dejarse llevar por el miedo irracional de que su padre no fuera mortal; de que lograra liberarse y fuera otra vez a por él.

El hombre lo miró fijamente desde lo alto.

—Ven aquí, chico.

Nailer negó con la cabeza y retrocedió. Richard volvió a intentar alcanzar los engranajes con la mano libre.

—¿Qué narices has hecho? —le preguntó. Observó los engranajes con detenimiento, luego la sangre que goteaba del interior de los mecanismos. En la penumbra rojiza de las luces led, era casi negra—. Aún no he acabado contigo —dijo. Volvió a mirarlo—. Vaya que no, ni de lejos.

Pero su voz sonaba cada vez más débil. Nailer clavó los ojos en el hombre que lo había aterrorizado durante gran parte de su vida. De repente, Richard López parecía diferente, no el hombre jactancioso y peligroso que siempre había sido, sino algo más, algo distinto. Miserable. Vulnerable.

—Venga ya, Lucky Boy —graznó—. Somos familia. Échame una mano. —Estiró el brazo para intentar tocar al chico. Intentó esbozar una sonrisa. Se humedeció los labios ensangrentados—. Por favor —dijo. Y luego, más suavemente—: Lo siento.

Nailer sintió una repulsión que lo hizo estremecerse. Miró por última vez a su padre, se dio la vuelta y fue cojeando hacia donde habían dejado a Lucky Girl.

Se topó con ella en la puerta; estuvo a punto de dejar escapar un grito antes de reconocerla. La chica llevaba su cuchillo de combate en la mano.

—Gracias por el cuchillo —dijo ella—. ¿Dónde está...? —Ahogó un grito.

Casi tuvo que sacarla a rastras de la habitación.

—Vamos. —La condujo a toda prisa por el pasillo, medio esperando que su padre volviera a llamarlo, pero no se oyó nada más.

—¿Adónde vamos? —le preguntó Nita entre jadeos.

—Tenemos que salir de aquí —respondió él mientras tiraba de ella hasta una escalerilla que ascendía a las cubiertas superiores. De pronto, el Estrella Polar se estremeció y se dio la vuelta. El mástil principal no había dado más de sí. El clíper se había puesto panza arriba. Si querían llegar a las cubiertas superiores, iban a tener que sumergirse de lleno en el mar.

—El barco se ha volcado —murmuró—. No podemos bajar. —Se asomó al hueco. El pasillo ya estaba medio lleno de agua, por lo que la cubierta inferior ya debía de estar totalmente sumergida.

—¿Podemos salir nadando? —preguntó ella.

—No a oscuras. No sin saber adónde vamos. —El nivel del agua seguía subiendo—. Nos hundimos —declaró. La desesperanza se apoderó de él.

Nita se quedó mirando el agua.

—Entonces habrá que subir, ¿no? —Lo sacudió—. ¿No? ¡Tenemos que subir! —Le tiró del brazo—. ¡Vamos! Tenemos que encontrar la forma de llegar a la base del clíper.

—¿Para qué? ¿Qué buscas? —le preguntó él.

—El barco se hunde, ¿no? El agua tiene que estar entrando por alguna parte. A lo mejor hay un agujero en el casco.

El chico asintió, comprendiendo lo que se proponía. La detuvo y tiró de ella en otra dirección.

—Por aquí. Tenemos que llegar a las bodegas. Están por aquí.

—¿Cómo sabes por dónde hay que ir?

—Trabajo como desguazador —dijo el chico entre risas—. Cuando pasas tanto tiempo desmantelando barcos viejos, llegas a entenderlos. —Se metieron en otro pasillo y subieron por una escalerilla. Recorrieron el techo de otro pasillo mientras el suelo pasaba de largo por encima de sus cabezas—. ¡Ahí! —Sonrió al divisar la escalerilla que conducía a la bodega en la que, hasta no hacía mucho, la tripulación del Estrella Polar se afanaba por sellar las brechas—. Prepárate —le advirtió al tiempo que apoyaba la hoja del cuchillo en una de las selladuras.

—¿Para qué?

—Para un montón de agua.

Nita se aferró a un accesorio de latón con una mano y al cinturón de Nailer con la otra. Le hizo un gesto con la cabeza.

—Preparada.

El chico cortó la membrana que la tripulación había colocado en su vano intento por salvar la nave. Cuando el material gomoso se separó, el agua los embistió con tanta violencia que los estrelló contra la pared. Nailer se agarró a Nita mientras aguantaba el chaparrón. Unos segundos después, el torrente se redujo a un chorrito. No había tanta agua como había temido. Supuso que la mayor parte de ella ya habría descendido a los otros niveles desde otros puntos del buque. Se encaramó a la escotilla.

—Por aquí —le indicó.

—¿Cómo me has encontrado? —le preguntó ella mientras lo seguía—. Cuando me capturaron en Orleans, pensé que estaba todo perdido.

—El capitán Candless... —se interrumpió al recordar el tiroteo que se había producido en la oscuridad y el cuerpo ensangrentado del hombre al desplomarse— tenía un plan para encontrarte.

—¿Y decidiste acompañarlo?

Nailer esbozó una sonrisa.

—Menuda estupidez, ¿no?

—Ya te digo —respondió ella entre risas.

Se abrieron paso por espacios de carga destrozados, sorteando montones de basura y escombros hasta llegar a unas puertas que ahora estaban boca abajo y sobre sus cabezas. Por fin llegaron a la bodega. Cuando se dejaron caer en el interior, el destello de un relámpago iluminó un agujero abierto en el casco unos metros por encima de ellos, una brecha irregular que hendía la fibra de carbono. Un poco más abajo se veía otro agujero, muestra fehaciente del éxito del plan de Nailer. El agua salada caía en cascada por los agujeros cada vez que alguna ola rompía contra el barco y empapaba las cajas de mercancía y la maraña de herramientas que había desperdigadas por todas partes.

Nailer entrecerró los ojos y contempló el casco desgarrado. Un relámpago refulgió en el cielo. No era tanto un agujero, sino una grieta. Y estaba a mucha altura, a demasiada.

Nita le tiró del brazo.

—Las cajas— le indicó—. Vamos a apilarlas.

Agarró una caja y la arrastró hasta colocarla debajo del agujero. Al comprender lo que se proponía, el muchacho se apresuró a ayudarla. Trabajaban sin descanso. Algunas cajas pesaban demasiado como para moverlas uno solo; otras eran demasiado pesadas incluso para levantarlas entre ambos. Nailer sentía un dolor abrasador en el tobillo mientras se afanaba por mover y apilar los trastos en una especie de torre. Una nueva cascada de agua cayó sobre ellos. El chico respiraba de forma entrecortada a causa del esfuerzo y el dolor. Nita se había encaramado al montón de cajas para seguir apilando las que él le iba alcanzando.

Otra ola irrumpió con violencia en la bodega. Era tan grande que a punto estuvo a derribar a la muchacha.

—¡Nos hundimos! —gritó Nailer por encima del estruendo de la tormenta.

Nita echó un vistazo al hueco que tenía encima.

—Creo que estamos a suficiente altura.

—¡Pues salta!

—¿Y tú?

—Tienes que ir tú primero. Yo no puedo saltar tanto con el tobillo así. Cuando subas, échame una mano.

La joven asintió y se agachó para tomar impulso mientras se tambaleaba en lo alto de la pila. Saltó. Una ola se estrelló contra ella, pero logró tocar el borde con las manos y aferrarse con firmeza antes de impulsarse hacia arriba y salir de la bodega. Nailer siguió sus pasos. Las sacudidas del barco hacían que la montaña de cajas fuera cada vez más inestable. El dolor del tobillo era cada vez más intenso, casi cegador. No podría saltar tanto.

Nita se asomó por el hueco de arriba y le tendió la mano.

—¡Rápido!

Colocó bien los pies y se agachó. «Ignora el dolor —se dijo a sí mismo—. Solo salta». Respiró hondo y se impulsó hacia arriba. Sintió un estallido de dolor en el tobillo. Se agarró al filo irregular del casco con los dedos. Empezó a resbalarse. Nita lo asió de la muñeca.

—¡Aguanta!

Una ola rompió contra el barco y se derramó sobre ellos. Nailer se aferró como pudo al borde del casco, tosiendo y escupiendo agua. Otra ola cayó sobre ellos.

La muñeca de Nailer empezaba a escurrirse entre los dedos de la muchacha.

—¡No puedo subirte a pulso! —gritó ella.

«¡Sube! —se urgió—. Como te quedes aquí, acabarás cayéndote y partiéndote el cuello. No has llegado hasta aquí para morir ahogado en la oscuridad».

Pero estaba agotado.

—¡Espabila, Nailer! —le gritó Lucky Girl—. ¿O crees que voy a subirte en volandas como si fueras un ricachón?

Nailer tuvo que contener la risa. Enterró los dedos en el armazón de la nave y, poco a poco y con gran esfuerzo, se aupó por el agujero. Nita lo sujetó por debajo del brazo y empezó a tirarle de la camiseta para arrastrarlo hacia arriba mientras él tanteaba la superficie resbaladiza en busca de algo a lo que agarrarse. Otra ola se abalanzó sobre ellos, pero esta vez estaba preparado y, en cuanto pasó, se impulsó hacia arriba con la ayuda de Nita. Cuando por fin sacó las piernas de la bodega, se asió con fuerza al casco, intentando recuperar el aliento.

La lluvia caía a raudales sobre ellos. Nita estaba tumbada a su lado, con el rostro enmarcado por unos gruesos mechones de pelo azabache que parecían serpientes mojadas. Los relámpagos restallaban con violencia y refulgían con una intensidad que, al haber pasado tanto tiempo en la oscuridad del clíper, resultaba cegadora. Seguía diluviando. A cien metros de distancia, el Intrépido seguía anclado, azotado por la tormenta.

—Tenemos que llegar allí —le indicó él.

—¿Cómo? ¿No hay un taxi acuático esperándonos?

Nailer no pudo evitar sonreír.

—Los ricachones lo queréis todo en bandeja de plata.

—Ya... —La expresión de la joven se volvió solemne mientras contemplaba el Intrépido—. A todo o nada, ¿no?

—Algo así.

La muchacha entrecerró los ojos y escudriñó el horizonte entre la lluvia.

—He nadado distancias más largas —dijo—. Lo conseguiremos.

Se quitó los zapatos y esperó a la siguiente ola. En cuanto se abalanzó sobre ellos, se zambulló y dejó que su fuerza la impulsara hacia delante. Se movía como pez en el agua. Nailer se encomendó a las Parcas, acordándose de la desaparecida capitana del Estrella Polar, y se lanzó tras ella.

El mar, revuelto y furioso, lo engulló sin piedad. Cada vez que movía las piernas para propulsarse, sentía un dolor atroz en el tobillo. Empezó a bracear desesperadamente hacia lo que parecía ser la superficie mientras las olas intentaban arrastrarlo a las profundidades. Siguió agitando los brazos y las piernas, pugnando por salir a flote. Atravesó la capa de espuma y emergió a la superficie. Otra ola lo sepultó de nuevo y lo revolcó. Luchó de nuevo por liberarse de las insaciables profundidades hasta que logró salir, tosiendo y escupiendo. Tomó una bocanada de aire. Dejó escapar un gemido de dolor cuando empezó a patalear de nuevo.

—¡Déjate llevar! —le gritó Nita—. ¡Deja que la corriente te arrastre! —le instó mientras cabalgaba las olas a su lado. Cuando vio que uno de los cachones se encrespaba sobre ella, se sumergió y volvió a salir a la superficie, nadando enérgicamente—. ¡No te resistas! —insistió antes de acercarse a él para apoyarlo y ayudarlo.

A Nailer le sorprendió ver que sonreía. Se dejaron llevar por la corriente, que los impulsaba hacia delante al compás de las olas que los rodeaban. En cuanto dejaron atrás los Dientes y salieron del vórtice, fue como si de repente la marea se pusiera de su lado. Empezó a empujarlos hacia delante, llevándolos precisamente adonde querían ir.

El Intrépido se alzaba imponente sobre ellos.

Varios salvavidas salieron volando por la borda y chapotearon al caer al agua entre la espuma. Por un instante, Nailer se preguntó quién tendría el control del clíper, pero enseguida cayó en la cuenta de que en realidad le daba igual. Lucky Girl y él empezaron a nadar hacia los salvavidas, hacia su salvación.

25

—La muerte siempre tiene un precio.

Era la madre de Pima, sentada a su lado mientras contemplaban el mar. Nailer le había contado lo que había ocurrido a bordo del Estrella Polar y, en algún momento del relato, se había sorprendido llorando. Luego había parado sin más. Ahora era como si no sintiera nada, solo un extraño vacío entre las costillas que se negaba a desaparecer.

—Era mala persona —dijo—. No es algo que suela decir de mucha gente, pero Richard López hizo mucho daño durante su vida.

—Ya —admitió Nailer. Aun así, se sentía fatal. Su padre había sido un ser desquiciado y destructivo y, en honor a la verdad, perverso. Pero ahora que estaba muerto, no podía evitar recordar otros tiempos, momentos en los que no había estado colocado, cuando se había reído con sus bromas, cuando habían asado un cerdo juntos en la playa... Buenos tiempos. Momentos en los que se había sentido seguro, en los que su padre sonreía y le contaba historias sobre gente que había hecho grandes negocios, a los que les había sonreído la fortuna.

—No era tan malo —murmuró.

—No —Sadna negó con la cabeza—, pero tampoco era bueno. No al final, y no durante mucho tiempo antes de eso.

—Ya, eso lo sé. Me habría matado si yo no lo hubiera hecho antes.

—Pero eso no te sirve de consuelo, ¿verdad?

—No.

La mujer sonrió con tristeza.

—Eso es bueno. Me alegro.

Nailer la miró, desconcertado.

—Richard nunca sintió nada cuando hacía daño a la gente. Le importaba un pepino. Que sientas algo es bueno, créeme. Aunque te duela, es algo positivo.

—No lo sé —dijo mientras contemplaba el mar—. ¿Y si te equivocas? Yo... —titubeó— me alegré cuando lo maté. Mucho. Recuerdo haber visto todas aquellas palancas y saber lo que tenía que hacer. Y lo hice. —La miró—. En cuanto oí que las máquinas se ponían en marcha, supe que había ganado. Sentí que la fortuna me había sonreído. Fue la mejor sensación del mundo. Mejor que escapar del depósito de petróleo. Mejor incluso que encontrar los restos del naufragio de Lucky Girl. Yo estaba vivo y él no y, en ese momento, me sentí poderoso. Muy poderoso.

—¿Y ahora?

—No lo sé... —respondió encogiéndose de hombros—. Primero Ojos Azules. Ahora él. —Miró a Sadna—. Cuando rajé a Ojos Azules, Tool me dijo que era igual que mi padre.

—No eres...

—Pero ¿y si lo soy? No siento nada. Nada en absoluto. Cuando lo hice sentí alegría, pero ahora no siento nada. Estoy vacío. Sencillamente vacío.

—Y eso te asusta.

—Acabas de decir que mi padre no sentía nada cuando hacía daño a los demás.

Sadna estiró el brazo, le sujetó la barbilla y le giró la cara para que no pudiera apartar la vista.

—Escúchame, Nailer. Tú no eres tu padre. Si lo fueras, estarías en la playa, bebiendo con tus amigos, buscando una chica que te hiciera compañía esta noche, sintiéndote satisfecho contigo mismo. No estarías aquí arriba preguntándote por qué no te sientes peor.

—Ya. Supongo.

—Lo sé. Si no quieres creerte a ti mismo, al menos créeme a mí. Superar algo así lleva tiempo. Hoy no te sentirás mejor.

Tampoco mañana. Sin embargo, en un año no será así. Tal vez en un año lo hayas olvidado casi todo. Pero seguirá estado ahí. Tienes las manos manchadas de sangre. —Se encogió de hombros—. Eso siempre tiene un precio. Nunca llega a desaparecer por completo. —Hizo un gesto con la cabeza hacia donde Lucky Strike había empezado a construir un altar en honor a las Parcas entre los árboles—. Ve a hacerles una ofrenda a las Parcas. Da las gracias por haber tenido suerte y haber sido rápido e inteligente. Y luego ve a hacer algo bueno en el mundo.

—¿Ya está? ¿Eso es todo? —dijo Nailer entre risas—. ¿Ir a hacer algo bueno?

—¿Prefieres que alguien te muela a palos? ¿Que Lucky Strike se cobre un ojo por otro ojo, quizá?

—No sé. —Se encogió de hombros—. Al final... —vaciló. Dejó escapar un suspiro tembloroso—. Al final lo noté diferente. Como si hubiera vuelto a ser el de antes. Como si pudiera verme, verme de verdad... —Se interrumpió antes de añadir—: No era tan malo. —Negó con la cabeza. No dejaba de darle vueltas a lo mismo. Odiaba repetirlo, no entendía para qué se molestaba.

«¿Por qué no puedo alegrarme de que esté muerto?».

—Irá a mejor. —Sadna le apretó el hombro—. Confía en mí.

—Ya. Gracias. —Respiró hondo mientras contemplaba el azul intenso de las olas. Se quedaron un rato en silencio.

Pima llegó y se puso de cuclillas a su lado.

—¿Estáis listos?

Sadna asintió.

—Tengo que hablar con algunas personas. —Le dio una palmada en la espalda a Nailer—. Échale un ojo —le dijo a la chica mientras se ponía de pie y se encaminaba hacia la playa.

Pima se acomodó al lado de Nailer sin mediar palabra, esperando. Paciente.

Juntos contemplaron la actividad en la bahía. El Intrépido ya casi había terminado de cargar suministros. Pronto zarparían al norte, hacia donde se encontraba la gente de Lucky Girl. Habían logrado contactar con su clan, y la noticia de la supervivencia de Nita y la traición de Pyce ya estaba provocando cambios en el poder. Las personas leales a Nita y a su padre pugnaban por recuperar el control de la empresa. Lucky Girl decía que los bloques electorales estaban fluctuando. Significara lo que significase aquello. Se mostraba complacida al respecto, así que Nailer supuso que era algo bueno.

—Ahí fuera, el mundo es una locura —dijo Nailer.

—Ya —convino Pima—. ¿Estás preparado para ver qué te depara?

El chico vaciló un momento, luego asintió.

—Supongo que sí.

Se incorporaron y se dirigieron a la playa. Varios esquifes transportaban reservas de agua dulce al Intrépido bajo la supervisión de Lucky Strike. El tipo no había tardado en llegar a un acuerdo con los vencedores de la contienda marina y ahora, una vez más, la suerte parecía volver a sonreírle. Nita también le había contado que se las había arreglado para cerrar un trato por los derechos de explotación del malogrado Estrella Polar si encontraba la manera de reflotarlo.

El Intrépido resplandecía a la luz del sol. Nailer divisó al capitán Candless de pie en la cubierta. Unos vendajes blancos le cubrían gran parte del pecho y el cuello. Reynolds aseguraba que la única razón por la que seguía vivo era porque era demasiado estúpido para saber cuándo estaba muerto. La voz del hombre resonaba entre las olas mientras gritaba órdenes y supervisaba las reparaciones y los preparativos finales.

Comenzó a soplar una suave brisa que arrastraba consigo el tufillo de los astilleros y el desguace de barcos. Un poco más abajo, en la playa, los oscuros armazones de los pecios del viejo mundo seguían desperdigados por la arena como cadáveres mutilados, exudando petróleo y productos químicos, atestados de trabajadores. Él ya no era uno de ellos. Ni Pima. Ni Sadna tampoco. Aunque no pudiera salvar a todo el mundo, al menos podía salvar a su familia.

Pima siguió la dirección de su mirada.

—¿Crees que Lucky Girl hablaba en serio? ¿Sobre lo de apretarles las tuercas a Lawson & Carlson y obligarlos a hacer algo con este sitio?

—¡Quién sabe! Si logra hacerse con el control de la empresa, Patel Global puede ser un gran cliente. —Hizo un gesto con la cabeza hacia el Intrépido, donde Nita acababa de salir a cubierta. Llevaba una falda blanca que se arremolinaba a su alrededor, radiante bajo el sol tropical—. Alguien con tanto dinero debería poder hacer algo, ¿no?

—Ella está forrada, eso seguro.

—Sí.

Nita relucía bajo el sol cubierta de oro y plata, regalos de buena voluntad que Lucky Strike había hecho aparecer como por arte de magia para intentar ganarse el favor del Intrépido. Nita se agachó y le dijo algo al capitán Candless antes de volverse hacia la orilla. El cabello azabache ondeó al viento como un estandarte ensortijado que se agitaba con la brisa marina.

Nailer la saludó con la mano, sonriendo, y ella le devolvió el saludo.

Pima lo miró de reojo.

—¿Estás de coña?

El chico se encogió de hombros, intentando no sonrojarse. Pima se rio.

—¿Una ricachona como ella?

—Tienes que admitir que es muy bonita.

—Muy rica, si acaso.

—Y muy buena destripando anguilas.

Pima soltó una carcajada y le dio un codazo en las costillas.

—¿Qué te hace pensar que un grumete de poca monta como tú tiene alguna oportunidad con una chica como esa?

—Ni idea. —La miró de soslayo y le sonrió—. Igual es porque creo que voy a tener suerte.

—Ah, ¿sí? —dijo agarrándolo—. ¿Eso crees?

Intentó tirarlo a la arena, pero Nailer logró escabullirse y echó a correr por la playa entre risas mientras Pima lo perseguía.

En la bahía, la tripulación del Intrépido continuaba con sus labores de carga bañada por el sol y las olas. Más allá, el mar azul se fundía con el horizonte, invitándolos a embarcarse en una nueva aventura.

AGRADECIMIENTOS

Aunque mi nombre sea el que figura en la cubierta de *El cementerio de barcos*, son varias las personas con las que me siento en deuda por haberme brindado su ayuda e inspiración. Al equipo del taller de escritura de Blue Haven: Greg van Eekhout, Sarah Prineas, Jenn Reese, Cat Valente, Sandra MacDonald, Deb Coates, Paul Melko y Daryl Gregory, gracias por haberme aportado ideas y perspectivas valiosas, en especial a mis primeros lectores, Sarah Castle (que sabe demasiado sobre ahogarse en petróleo) y Tobias Buckell, por toda vuestra inspiración técnica. Asimismo, quiero dar las gracias y hacer una mención especial a Charles Coleman (C. C.) Finlay por crear Blue Haven y haberme invitado a formar parte de su comunidad de escritores. Dudo que El cementerio de barcos hubiera llegado a ver la luz sin ella. También le estoy inmensamente agradecido a mi esposa, Anjula, por su apoyo constante en esta locura que es escribir, incluso cuando me asaltan las dudas. Y, por último, debo darle las gracias a mi padre, Tod Bacigalupi. Él fue quien me introdujo en las maravillas de la ciencia ficción cuando era un niño, y eso marcó un antes y un después.

Cualquier error, omisión o defecto que pueda contener el libro es responsabilidad únicamente mía.